寫真年代

向陽

臺灣作家手稿故事 叁

李喬　楊牧
林亨泰　管管
張香華　林清玄
洛夫　羅青
向明　尉天驄
宋澤萊　胡品清
李瑞騰　黃娟
瘂弦　麥穗
岩上　黃凡
李昂　林文義
林梵　蕭蕭
劉克襄　余光中

目次

〔序〕

寫時代之真，抒文學之情

「臺灣作家手稿故事」從二〇一一年開始寫作，星霜履移，迄今九年，歷三個階段。第一階段從二〇一一年寫到二〇一三年，都在《文訊》雜誌發表，二〇一三年七月由九歌出版社以《寫字年代》為名出版；第二階段從二〇一四年十二月起，先在《鹽分地帶文學》雜誌連載，其後有數篇轉回《文訊》，迄二〇一七年十二月止，二〇一八年一月以《寫意年代》為書名，再由九歌出版；第三階段則從二〇一八年一月寫到二〇一九年十二月，都在《文訊》發表，仍然交給九歌，書名曰《寫真年代》。

從「寫字」而「寫意」到「寫真」，這三本「臺灣作家手稿故事」終於完結了，各本收二十四篇作家手稿故事，合為七十二篇，儘管仍有多位作家手稿在我書房之內曖曖含光，因多為同輩好友，將來仍有聚合因緣，就不再續寫了。

能以九年時光寫七十二位在臺灣文壇各具分量、各有成就的作家，這是我今生的最大福分。這三本書寫的，多數是以一九八〇年代為背景的作家手稿故事，約從一九八〇到一九八七年解除戒嚴的八年期間，我因主編《自立副刊》、主持《陽光小集》詩雜誌，與文壇作家來往頻繁，留下了不少他們的手稿。這批手稿一直珍藏於書房之中，標記著曾經屬於我的文學青年記憶，也標記了一九八〇年代戒嚴下臺灣文壇的部分生態。這批手稿歷經風災、水患、地震、蟲害和我的搬家，一直未曾流散佚失，我視它們為我文學路上的明燈，偶而重讀，於暗夜之際，總能激勵自己繼續前進。

但一直沒有想過要訴說這批手稿的故事。這批在苦悶的年代寫出的手稿或「批信」（信函），是眾多臺灣作家的心血，它們原來的主人在文學觀、政治立場和生命態度上各有不同，有些作家是文壇主流，足以呼風喚雨，更多的作家是站在文學（或政治）邊陲、只能以喑啞之聲發言的「異端」。他們因為與我的私人情誼或者邀稿，寫出的文稿或寄來的信函，紙薄而情重，其中故事雖多，但還不到時機披露吧。

直到二〇一一年，因為《文訊》總編封德屏的邀約，我開始整理這批手稿和信函，從中挑選可以披露、值得書寫的故事，才讓這批珍貴的手稿走出我的書房，以我的回憶為主調，分享給文友和讀者。不過，要到專欄結集，故事露出，《寫字年代》、《寫意年代》和這本《寫真年代》陸續出版，那個已經消失的年代、不再的時光，才真的被留存下來，作為以作家手稿和信函為素材的、斷裂的文學史料而存在。

＊

以九年時光寫成的這三本臺灣作家手稿故事，多半是在「不知東方之既白」的苦鬥下完成。這七十二篇手稿故事，在專欄連載期間是以一月一篇的方式交稿，按理時間充裕，可以游刃有餘，但事與願違，在教學、研究和部分行政工作之餘，往往要到截稿日，才有空書寫；儘管所述盡屬舊事，儘管曾經深刻銘記，年代久遠，還是要翻查資料，核對時間，才能下筆；加上手稿原件、作家照片、當年刊物也要掃描存檔，這都要花費不少功夫，才能將齊全的文圖寄出。各篇寫作時間，從前一晚上八九點開始，到完稿寄出，常常是日出之際，天光已亮。

發稿之後，環顧書房，書架旁、地板上、電腦桌邊，但見報紙橫陳、雜誌堆疊、書信手稿四處散置，彷彿剛經歷一次地震似的，要等睡醒之後才有精神整理；而經過九、十個小時的奮戰，也已手腳痠痲，眼神渙散，精力耗盡了。這三本手稿故事的每一篇，幾乎都是在如此漫長而吃力的過程中寫出。所幸如今《寫真年代》既出，這樣的長夜煎熬總算過去了。

因此，這九年七十二篇手稿故事的背景，就是一個寫作者入秋之年沉浸其中的七十二個苦熬的夜。在長夜中，我撫觸作家的手稿、信函，追憶已成歷史的年代發生的舊事，敲打鍵盤，讓逝水年華重回電腦螢幕；在長夜中，我起身，到書架前搜尋架上的書籍，打開櫥櫃翻找舊存的照片；在長夜中，我偶或打哈欠、伸懶腰，走到書房外的陽臺，探看山村的星空，聆聽夜蟲的啼鳴；在長夜中，我以虔敬、感恩的心緒，追溯七十二位作家與我交會時散發的光熱。我的七十二個苦熬的夜，宛然是向逝去的年代致敬，向曾經提攜、關照過我的作家致謝的夜。

＊

在這本《寫真年代》中，我寫了十四位「省籍」作家：李喬、林亨泰、宋澤萊、李瑞騰、劉克襄、岩上、李昂、林梵、楊牧、林清玄、黃娟、黃凡、林文義、蕭蕭；十位「外省籍」作家：張香華、洛夫、向明、瘂弦、管管、羅青、尉天驄、胡品清、麥穗、余光中。這個比例，與《寫字年代》（「省籍」十五位、「外省籍」九位）、《寫意年代》（「省籍」十六位、「外省籍」八位）大約是相當的。「省籍」與「外省籍」之分，在今天已經了無必要，唯在三書所述的時代背景（戒嚴年代）中，則有藉供參照的需要。

在世代比例上，前兩書合共寫了日治時代出發的戰前世代作家九位：楊逵、黃得時、王昶雄、龍瑛宗、陳千武、葉石濤、郭水潭、楊熾昌、巫永福，本書則無同世代其他作家。以戰後世代（一九四五年後出生）的作家言，本書寫了十位，較諸《寫字年代》（五位）、《寫意年代》（六位），稍有增加。其他如性別、文類、政治立場比例，就請有興趣的讀者拿三本書自做比較了。

還記得在《寫字年代》書序中，我曾形容書中所收二十四位作家，「如二十四節氣之交替，風華具現」；其神采，「也如司空圖二十四詩品」所示。如今，加上《寫意年代》和本書《寫真年代》所寫的作家，多達七十二位，更是風華多姿，文品多樣。他們都是在臺灣文學百年時空當中以文學為志業的作家，他們以作品豐富了當代臺灣文學的內蘊；他們也都曾在各自專擅的創作領域寫出重要作品，或者引領一時文學風氣，或者為家國社會發聲，或者為黎民百姓直言……。分開來看，他們都是各自獨立的作家，擁有各自的寫作理念、文學成就，也有源於出身、階級背景和意識形態而來的立場；合起來看，他們寫的都是時代之真，抒的都是文學之情，或強或弱、時閃時爍，他們都是構成當代臺灣文學星空不可或缺的星芒。

*

《寫真年代》繼《寫字年代》、《寫意年代》之後以「臺灣作家手稿故事」三書的型態出版，首先要感謝九歌創辦人蔡文甫先生、總編陳素芳的力促和支持，還有三書前後主責編輯陳逸華、蔡佩錦、鍾欣純在出版過程中的費心。

當然也要感謝《文訊》雜誌總編輯封德屏，作為「臺灣作家手稿故事」三書最早的催生者，她提供給我《文訊》這樣重要的媒體平臺，前後兩次開設專欄，容我逐月細說，如今方才三書皆備；寫作專欄期間，先後得到杜秀卿、邱怡瑄、涂千曼的協助、催生，沒有她們，這批熬夜寫出的文稿就看不到陽光。此外，也要感謝已故的《鹽分地帶文學》雙月刊總編輯林佛兒和主編李若鶯教授。他們是前書《寫意年代》多數篇章的催生者。

我也要感謝幾位廣電人。《寫字年代》和《寫意年代》出版後，大愛電視臺「殷瑗小聚」節目主持人殷正洋、李文瑗曾連續邀請我接受訪問，暢談兩書中部分作家的書寫；中央廣播電臺「21點聽臺灣」主持人詹婉如則以專訪方式，邀我到她的節目中介紹臺灣作家；中廣「藝文Fun輕鬆」主持人陳怡蓁也多次邀我介紹書內的臺灣作家。此外，更要感謝中央廣播電臺董事長、小說家平路，以及該臺節目部副理周秀梅，因她們的盛情，找我和資深節目主持人徐凡一起主持「寫作這條路」節目，自今年元月開播，以三書為基礎，每週四半小時播出，一集介紹一位作家，讓臺灣作家的手稿故事被廣大的閱聽眾聽到。她們都是臺灣文學傳播的信鴿。

最後，感謝此刻打開《寫意年代》的你。願本書二十四位作家的手稿故事能吸引你進入臺灣文學的莊園，願臺灣作家的心血和光熱能為你帶來暖意；也期待你因此追讀《寫字年代》和《寫意年代》，一起來喜愛源自這塊土地，伸手可及、張眼可見的臺灣文學！

二〇二〇年二月二十六日暖暖山居

〔手稿故事〕1

以小說介入歷史與政治

——李喬

一

今年十一月十一日，在清華大學舉辦的「第三屆竹塹學國際學術研討會議」中，李喬先生受邀發表演講，我剛好是接續他演講之後下一場研討的主持人，與他在會場中見到面，年已八十三歲的他，身體健朗如昔，聲音依然宏亮，談話也還是強健有力，看到他就感到歡喜，也不禁回想起我年輕時初識他的一些畫面。

我與李喬認識是在一九八〇年冬天，當時他的長篇《荒村》開始在《自立晚報・自立副刊》連載，副刊主編是我文化學院的老師祝豐（司徒衛），執行編輯則是好友杜文靖，在他介紹下，而得識心目中仰慕的李喬。那時我已讀過他發表於《臺灣文藝》（一九七九年三月號）的《寒夜》，對於他以一個客家家族墾荒的故事為題材，書寫臺灣歷史的小說，深感興趣；也逐日閱讀正在《自立副刊》連載的《荒村》，看他延續《寒夜》，把舞臺定位於日治中期非武力抗日階段，寫出的農民運動，而開展了我對日治年代的興味。不過這次見面，只是打招呼，這時美麗島事件已過一年，他知道我使用臺語寫詩，得過吳濁流新詩獎，如是而已。

開始熟稔，是一九八二年六月，我接任黃驗主編《自立副刊》之後。我記得剛接編時，副刊存稿已然不多，因此即刻向文壇朋友邀稿，以補副刊之不足，李喬也是我邀稿的對象之一，電話中他很爽快地應允，幾天後就寄來短篇小說〈罪人〉，這篇小說寫得相當精采，以一位犯罪嫌疑人方育倫涉嫌殺人，被帶到警察局偵訊的口供為題材，帶入自然生態保育觀點和「天地萬物為一體」的生命觀，有懸疑、反諷，也有諧謔、悲憫。我當然立即發排（發交排版），並配插畫，以頭條發表於當年七月二十八～二十九日的副刊。

李喬與向陽合影於清華大學「第三屆竹塹學國際學術研討會議」會場。

對我來說，那是我初接副刊的階段，戰戰兢兢，生怕約不到名家佳作，李喬已是文壇名家，不以我初掌副刊而婉拒約稿，還提供如此可讀的佳構，當然讓我感動。

接著是這年八月的鹽分地帶文藝營，他應《自立晚報》之邀，前往位在南鯤鯓的文藝營

李喬短篇小說〈罪人〉，刊登於一九八二年七月二十八～二十九日《自立副刊》。

「公保」與「醫德」

《山在那邊》●謝鵬雄

手術志願書

自立副刊

罪人

■李喬

圖／李林

十九世紀俄羅斯的筆

蕭瑟樹海

松本清張／著

朱佩蘭／譯

230

（上）

演講，他當時的講題是「創作的真諦」，談創作經驗和小說寫作的「四種行程」和「兩種程式」。我因為擔任副刊主編，是工作人員，在場聆聽，他的聲音宏亮，講述清晰，事隔三十多年，我已忘掉他講的內容，只記得他演講過程手勢配合聲音，相當動人，學員回報的掌聲也十分熱烈。演講後，我們總算有時間閒談，他鼓勵我要把《自立副刊》編好，說：「這是臺灣人的報紙，向陽你責任很重，不可輕忽。」這句話，我也記到今天。

除了李喬的演講之外，這一屆的鹽分地帶文藝營講座陣容也相當精采。當時《自立晚報》發行人吳三連先生還相當健朗，親自主持始業典禮，演講者有白先勇講「影響我最深的幾本作品」，葉石濤講「臺灣文學的方向」、鍾肇政講「大河小說的欣賞與寫作」、羊子喬講「鹽分地帶文學」、彭瑞金講「鄉土文學」、白萩講「臺灣現代詩卅年」、瘂弦講「三四十年代詩壇的迷惘與悲劇」、高信疆講「從現代資訊新發現談現代詩的未來」、桓夫（陳千武）講「光復前新詩的特性」、趙天儀講「現代詩的香火」……。而多位日治年代出發的作家，郭水潭、林芳年、楊逵、龍瑛宗、王昶雄、黃得時……，包括研究臺灣文學的日本學者塚本照和等也都前來與會，可說是集一時之文星的盛會了。

但在一九八二年的臺灣，鹽分地帶文藝營雖然談的都是文學，演講者也有當時的兩大報副刊主編高信疆和瘂弦，一樣備受情治人員「關切」，導致文藝營風聲鶴唳。那是黨外雜誌風起雲湧，卻每出一期就查禁一期的年代，《自立晚報》被視為「黨外報紙」，辦個文藝營都如此，我負責編輯副刊，用柏楊跟我說的話，是「提著腦袋當編輯」的事。李喬當時對我的鼓勵，在這樣的背景下，或許也帶有督責的用意吧。

從清華大學回到家中，這些畫面一直在我腦海裡，久久不散。

二

回家後，我找出了當年的一些剪報，以及我留存的李喬手稿，這才發現，在我主編《自立副刊》的期間，他為副刊寫了不少作品，小說創作之外，有演講稿，也有評論稿和專欄。足見這個階段他對《自立副刊》的支持。

一九八三年八月二十二日，他在鹽分地帶文藝營發表演講，同日的副刊就刊出他事先寫好的〈臺灣文學的幾個課題〉。在這篇講稿中，他分別針對五個議題提出論點：1.提倡敘事詩，2.方言的再思考，3.開發政治小說，4.融合不同文學主張，提高境界，5.「臺灣文學史」的編寫——這是一九八三年，以今天的角度來看，李喬當年觸及的五個議題的確相當精闢而銳利，他在當年敏銳地觀察到仍在混沌不明的狀態中的臺灣文學走向，如今都還是當前臺灣文學界值得省思的課題。

這些課題中，「敘事詩」已轉為「史詩」創作；「方言」部分已有臺語文學的持續發展與壯大（包含客語、原語）；文學史的書寫，也有進境且仍持續。唯一已然褪去的則是政治小說和政治詩的風潮。重讀這篇讜論，不能不佩服當時的李喬對臺灣文學走向的預測之準、對文學

一九八三年八月二十二日，李喬在鹽分地帶文藝營發表演講，同日副刊刊出他的講稿〈臺灣文學的幾個課題〉。

自立晚報 中華民國七十二年八月二十二日

台灣文學的幾個課題 ·李喬

1 提倡敘事詩

2 方言的再思考

3 開發政治小說

4 融合不同文學主張，提高境界

5 「台灣文學史」的編寫

我看台灣小說界 ●葉石濤

鹽 詩／張 凡 攝影／劉還月

第五屆鹽分地帶文藝營今日活動

談禪與文學 訪宋澤萊 ●康原

自立副刊

風潮的掌握之深。

一九八三年，也是臺灣文壇相當活潑的一年，而政治小說和政治詩就在這一年成為最主要的話題。這一年十一月十九日李喬在《自立副刊》發表〈「政治詩」淺見——為陽光小集「政治詩專輯」而作〉。這是我為《陽光小集》向他約的稿子，因此我手邊留下了他的手稿。李喬在這篇稿子中首段就說：

一九八三年臺灣的文壇是七七年鄉土

論戰以來，最熱鬧的一年：「臺灣文藝」改組刊行，「文季」復刊，「陽光小集」風格形成，「文訊」與「新書月刊」創刊；李昂的異色小說「殺夫」被肯定，陳映真意識形態明確的小說「山路」受推崇，楊逵老先生獲吳三連文藝獎，對其「行誼」得以平反；有人正式提倡「政治小說」「政治詩」。凡此，對今後臺灣文壇的影響，於文學史上的意義，在歷史上，必然會記下一頁的。

作為一個小說家，李喬這段開場白顯示了他在小說之外的評論長才。觀察一九八三年的臺灣文壇，這是不可忽略的場域速寫。而李喬對於政治詩，簡單地說，是以「詩言志」為軸心，認為詩「正是人民表達『政治見解』，抒發『政治理想』，控訴『政治逼害』、申訴『政治願望』的重要手段」。但他也強調，提出「政治小說」「政治詩」，必須將「此時空」（向陽按，指美麗島事件後的一九八〇年

〈坦坦集〉／李喬
「政治詩」淺見
——為陽光小集「政治詩專輯」而作

一九八三年十一月十九日，李喬在《自立副刊》發表〈「政治詩」淺見—為陽光小集「政治詩專輯」而作〉。

代）的特質以及方向「入小說」「入詩」，「而且要緊緊掌握那不變不易的文學特質」（向陽按，李喬指的是「愛的、人性的、生命的」特質）。

於今看來，這篇短論足可作為見證一九八〇年代揚起的「政治小說」與「政治詩」思潮的重要文獻。這樣的文章，在當時的報紙副刊中，也只有《自立副刊》才可能刊載——看李喬在手稿題目旁加註「可刪改，不用，擲之可也」，即可了解當年的環境，以及他怕我有所為難的體諒之心。當然，既然「提著腦袋」當編輯，這文章我還是一字不刪地登出來了。

手邊保存的另一份，則是這篇文章刊出前一週（十一月十二日）李喬給我的一封信，附上一篇評論陳映真發表的政治小說〈山路〉的稿子。信上這樣寫道：

奉上「山路」評稿，請指教，如果「不適」，擲還可也。我主張人與作品分離，文學見解與文學作品二論。「山路」真好，我「無法不推崇」，擬選之，不知陳先生肯否爾！您掌下，將有「聖誕紅」「陳君日記」二作選入，請您同意。

收到李喬的信，讀完他以「壹闡提」筆名寫的評論〈「山路」悠遠〉，我立刻回信告訴他決定刊登，請他放心；十天後這篇評論就見報了。

陳映真〈山路〉發表於同年八月出版的《文學季刊》第三期，寫白色恐怖時期左派人士對於共產中國的獻身，與陳映真其他小說〈鈴鐺花〉、〈趙南棟〉以及報導文學〈當紅星在七古林山區沉落〉同屬一系列作品。這個階段，反國民黨陣營的臺灣文學界已經統獨二分，所以李喬信上強調「人與作品分離，文學見解與文學作品二論」，但以作品論作品，「無法不推崇」〈山路〉。

政治見解不同，無損於李喬對陳映真小說〈山路〉的推崇，這印證了他在鹽分地帶文藝營講〈臺灣文學的幾個課題〉中所說的「融合不同文學主張，提高境界」的講法，也讓我敬佩他不以政治立場論文學的開闊胸襟和評論態度。

三

一九三四年出生於苗栗大湖鄉蕃仔林的李喬，從年輕時開始展開他的文學創作生涯，迄今仍為臺灣文學孜矻不懈。在他創作生涯前二十年，主要以短篇小說創作為主，累積了二百多篇作品；建立起他在臺灣文學史中屹立不搖的定位的，則是他的長篇小說，累積也有十來部之多，其中又以《寒夜三部曲》和《埋冤・一九四七埋冤》最受肯定；近年來（二〇一〇～二〇一三），另推出《幽情三部曲》，也備受矚目。

在我的觀察中，他可能是和陳映真一樣，最關注政治議題，最常以政治「入小說」的小說家；陳映真的成就主要在短篇，不易發展小說中的歷史深度，李喬則以長篇大河小說，展現了他對臺灣被殖民歷史脈絡的深沉刻繪，以及他對臺灣土地和人民的深厚感情。讀他的小說，總

一九八三年十一月十二日，李喬給向陽的信，說他「無法不推崇」陳映真的政治小說〈山路〉。

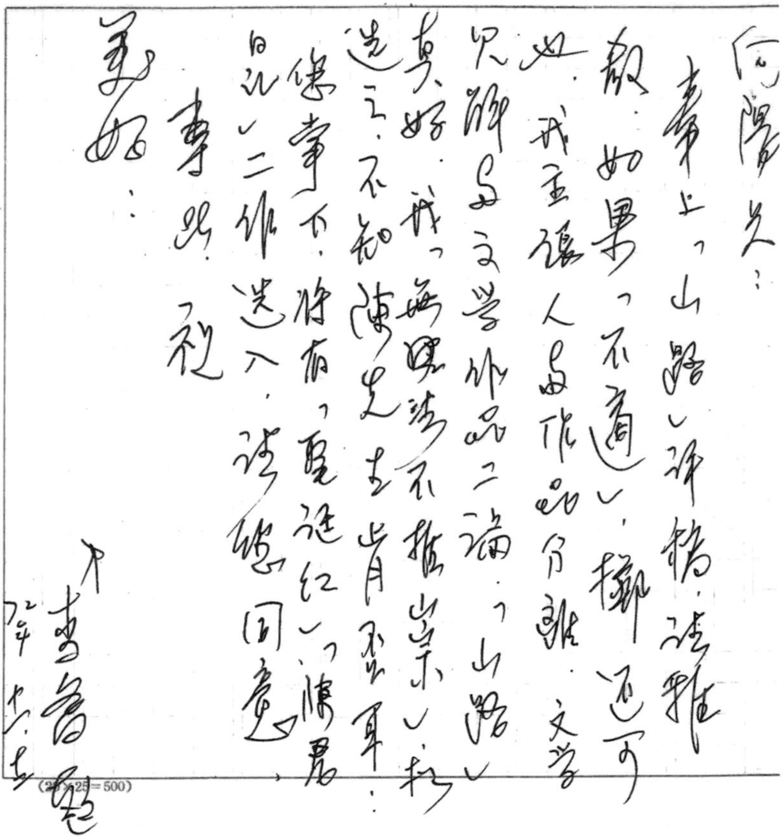
向陽兄：
奉上「山路」評稿，請指
教。如果「不適」，擲還可
也。我主張人與作品分離，文學
只論文學作品之論。「山路」
真好，我「無法不推崇」，投
送之，不知陳先生肯否耳：
李喬 上

令人感到沉重而透不過氣來，正因為他急切地希望透過小說改變臺灣的政治現狀，他用情既深，下筆也重，這自然和他的文學觀有相當貼合的關聯。

一九八五年，我在《自立副刊》推出每月見報一次的《文學月報》，在五月二十五日出刊的一期，李喬發表約四百餘字的短文〈文學是研究人

李喬自述〈我的文學觀〉手稿。

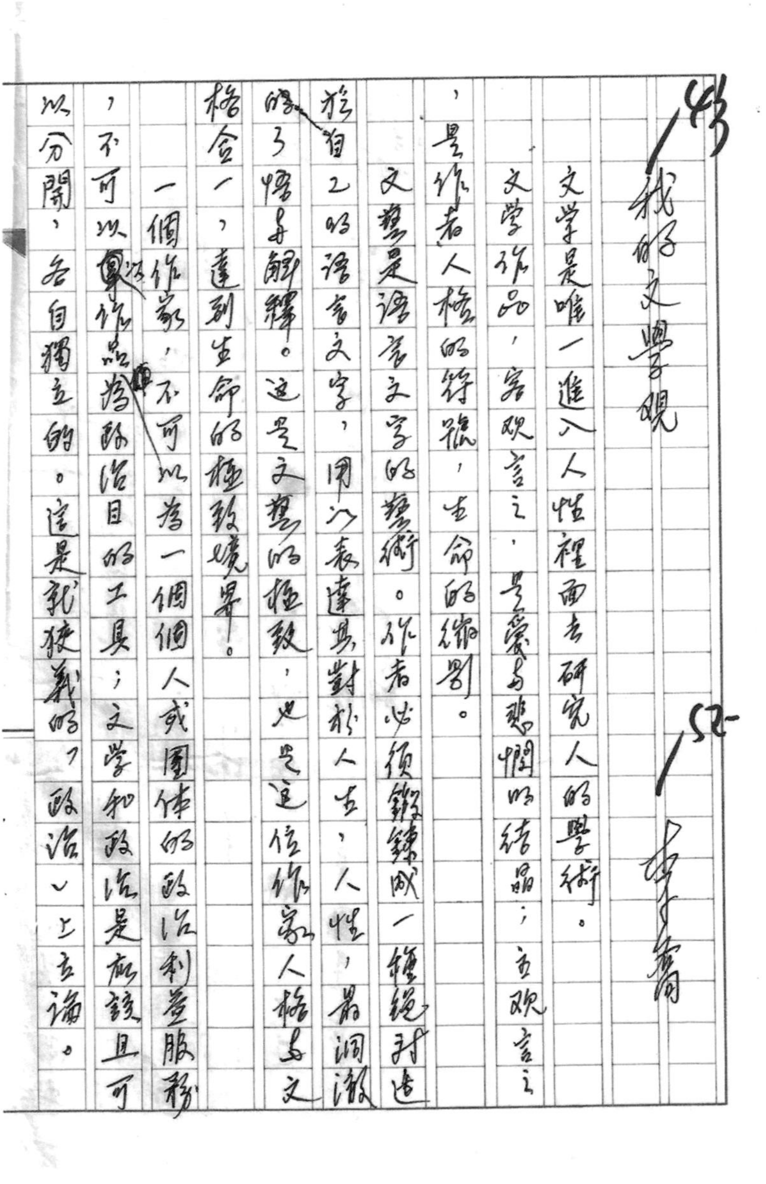
我的文學觀
李喬

文學是唯一進入人性裡面去研究人的學術。

文學作品，客觀言之，是愛與悲憫的結晶；主觀言之，是作者人格的舒展，生命的縮影。

文藝是語言文字的藝術。作者必須鍛鍊成一種絕對造於自己的語言文字，用以表達其對於人生、人性，最洞澈的了悟與解釋。這是文藝的極致，也是這位作家人格與文格合一，達到生命的極致境界。

一個作家，不可以為一個個人或團體的政治利益服務，不可以讓作品為政治目的工具；文學和政治是應該且可以分開，各自獨立的。這是我狹義的「政治」上立論。

的學術〉（原稿〈我的文學觀〉），起筆甚佳：「文學是唯一進入人性裡面去研究人的學術。文學作品，客觀言之，是愛與悲憫的結晶；主觀言之，是作者人格的符號，生命的縮影。」這正是李喬文學最可貴的創作源頭。在他來看，文學的極致是「作家人格與文格合一，達到生命的極致境界」。我從年輕時認識的李喬以及他的創作，到今天依然如是。

儘管他關心政治，並且也常身體力行，涉入實際的政治實踐，但在文學創作中，他自有一把尺。在這篇自述文學觀的短文中，他清晰地將作家與政治的關係以「狹義的政治」和「廣義的政治」劃分開來：

> 一個作家，不可以為一個個人或團體的政治利益服務，不可以以作品為政治目的的工具；文學和政治是應該且可以分開，各自獨立的。這是就狹義的「政治」上立論。
>
> 但是從廣義的政治看：作家不可能「超越」政治，而且不應該「超越」。作家和任何族群的一份子相同，應該且不能沒有自己獨立的立場與主張。

這就是我年輕時認識的李喬，一個具有思辨性的小說家，一個全心全力通過小說對臺灣歷史、社會與政治進行思辨性批判的小說家；在這次清華大學舉辦的「第三屆竹塹學國際學術研討會議」中演講的他，亦復如是。

——二〇一八年元月

〔手稿故事〕2

福爾摩沙詩哲

——林亨泰

一

被譽為「福爾摩沙詩哲」的詩人林亨泰，去年歡度九十三歲生日前後，我與他見了兩次面。生日前一個月，他以他的詩藝成就榮獲第四十屆吳三連文藝獎，擔任吳三連獎基金會祕書長的我，主持頒獎典禮，以臺語朗讀評審委員會敬致予他的〈評定書〉：

從戰前的「銀鈴會」到戰後的「現代派運動」，再到「笠詩社」的演變。綜觀林亨泰創作的發展過程，清楚地顯示年輕時的「始於批判」，中壯年的「走過現代」，以及晚近「定位本土」，強調對家園的認識與關懷。最終，其現代主義詩觀不僅追求詩之前衛性與世界性，同時慧眼獨到地融進了臺灣精神。

這段話清楚地敘明了林亨泰文學生命的主軸，勾勒了他一生創作的變與不變，變的是書寫的方法，不變的是他的思想和臺灣精神。

在得獎人席中坐著輪椅的林亨泰，聽到評審委員會對他的肯定，想必也有所感慨吧！他是從日治時期開始寫詩，戰後從日文跨越到中文書寫的一代，一如他上臺領獎後，由愛女林巾力為他代讀的得獎感言所說：

> 作為詩人或小說家，就是透過語言與文字去表達他／她生活在社會之中對於生命的觀察和體悟，但是同樣的，這看似理所當然的事情，對我們這一代的作家與詩人來說，卻是迂迴而困難的。這不單單只是美學或駕馭文字的問題，而是如何窮盡生命的時間去進行語言的跨越，以及要怎樣在有限的言論自由中去誠實面對人生與社會的課題。我與我們這個世代的人們在臺灣曲折的歷史裡一起跨越了許多崎嶇，而終將被也要被時間所跨越，但讓我感覺無憾的是，在我的生命裡曾經與臺灣歷史一起參與了這些艱困與超越，讓我的詩作得以見證這個大時代的許多人生故事。

這九十多年的人生歲月，經歷從日本統治到國民黨威權年代而進入解嚴後的臺灣歷史，對於他和與他同一世代的作家來說，一路崎嶇、迂迴且艱困，必須不斷跨越、轉折，而終能以詩作來見證臺灣的故事，獲得後來者的肯定，他應該也會感到欣慰才是。

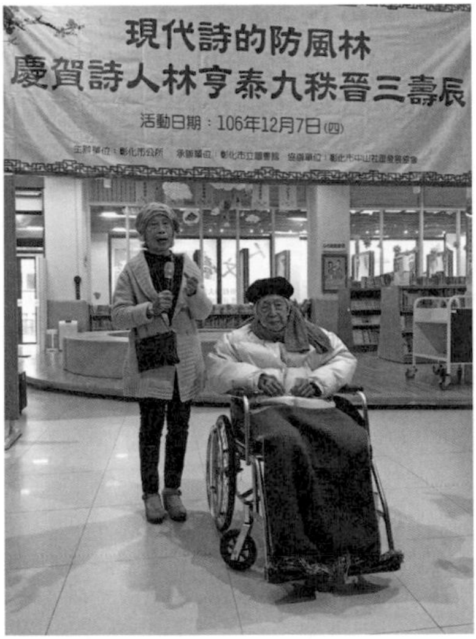

二〇一七年十二月七日，彰化市圖書館為林亨泰慶生，圖為林亨泰及其夫人致詞。

二〇一七年十一月，林亨泰榮獲吳三連文學獎，與向陽合影於頒獎會場。

小傳

林亨泰。男性。一九二四年十二月十一日生於台灣彰化。一九五〇年六月台灣師範大学教育学系畢業。一九七四年八月因腎臟炎自彰化高級工業学校退休。病癒後，一九七八年九月起，担私立建国工專、国立台中商專，私立東海大学等校兼任講師，任「專書選讀」「日文習作」等課程。一九九五年五月中風病倒，才辞掉一切教職。

一九四七年加入「銀鈴会」，滿懷社会改革的理念。兩年之後，多数同仁因政治整肅或失踪或繫獄或約談，「銀鈴会」無形中解体。一九五六年參与現代詩社的「現代派運動」，並扮演了重要角色，提出「主知的優位性」以及「方法論的重要性」等主張，对於当時詩壇起了決定性影响。一九六四年共同籌組「笠詩社」，担任首任主編，致力於「時代性」与「本土化」的融合，認為「現代」与「鄉土」並不衝

林亨泰中風後手寫的〈小傳〉。

第二次與他見面，則是應彰化文學館之邀，參加彰化縣文化局為他舉辦的慶生活動。他一樣坐著輪椅，參與慶生會，我坐在他身旁，看著九十高齡的他專注地觀賞一群國小學童朗讀他的詩作〈風景〉，聆聽我們一群詩壇後輩說給他聽的賀詞，精神矍鑠，也為他感到高興。年輕時認識的他，經過四十多年風吹雨打、走過暗夜，如今仍能以他的詩作，和詩作中不屈的靈魂，為臺灣現代詩學樹立典模，過去創作生涯中的寂寞終於有了迴響，獨行的空山終於也聽到了後來者的人語。

二

出生於一九二四年的林亨泰，是以日文開始他的文學生命的「跨越語言的一代」作家。他在日本統治下，接受了完整的日本殖民教育，聽說讀寫都以日文為之，他使用日文書寫、思考與表達；他真正開始創作，則是戰後國民黨來臺時期。一九四七年他還是臺灣師範學院（今臺灣師範大學）的學生，因為好友朱實的邀請，加入了成立於一九四三年的「銀鈴會」，開始在該會同仁刊物《潮流》發表詩作，其後集結為他的第一本詩集《靈魂の產聲》（靈魂的啼聲），列為「潮流叢書之一」，於一九四九年四月由銀鈴會發行。

我手中存有的《靈魂の產聲》，是林亨泰於一九九四年九月持贈的影印本。當時我已離開自立晚報，進入政大新聞系博士班就讀，並在靜宜大學中文系兼任講師，因為寫作臺灣新詩風潮論文，問詢於他是否存有這本孤本，蒙他慷慨贈送。也因為閱讀這本詩集，方才看到戰後初期臺灣新詩的日文書寫樣態，並且對於臺灣現代詩運動並非由紀弦一人所主導、火苗也非由紀弦點燃，有了更深刻的認識。

《靈魂の產聲》，作為林亨泰的第一本詩集，收錄三十首日文詩作（其中〈山の彼方〉一首係由九篇短製組成的組詩），展現了他不凡的詩的起步，也預示了其後他開始中文書寫的詩風。在這本初試啼聲的詩集〈後記〉中，林亨泰強調「我的青春與詩，就是我的夢與哀歌」、是「對真實的生命的愛」，也是「反映現實的意志的啼聲」。這種正視生命和現實的詩觀，其後綿亙於林亨泰的漫長詩路之中，從無改變。

反映現實和生命的真實之外，《靈魂の產聲》中，林亨泰也嶄露了他對哲學思維的敏銳。如〈哲學者〉（哲學家）、〈ヘーグル辯證法〉（黑格爾辯證法）、〈形而上學者〉等都是。在〈黑格爾辯證法〉這首四行短詩中，他以前兩行「黑格爾說／正・反・合……」對照後兩行「我笑得咬到舌頭／喜・悲・悲喜交集」，表現了年輕時的他對於語言作為符號、作為論述的高度敏感性；而〈形而上學者〉這首詩則如此呈現：

急於把鏡中映照的形象
抓住的小孩啊
儘管看得一清二楚

本體並不在鏡子裡
轉頭看吧，就在你的自身哪

這首詩挪用了法國心理學家拉岡（Jacques Lacan）的「鏡像」理論，來探究「自我」認同的形成，以及形象的虛與實，進而觸及本體論（Ontology）的課題，一九四〇年代年方二十來歲的林亨泰，已經展現了他對哲學思維和語言的強烈興趣。這個書寫方法與路線，到了林亨泰參與現代派運動，乃至創辦《笠》詩刊之後，一直是他最擅長、最拿手的一環。他在一九五五年寫出的符號詩系列，以及今已成經典的〈風景No.1〉、〈風景No.2〉，如是；他在一九六〇年代發表於《創世紀》詩刊的〈非情之歌〉組詩，以「黑」與「白」的二元對立符號，貫穿各詩之中，表現人類社會乃至冷戰年代的對立與矛盾，思索人的存在的生命課題，也是此一方法與路線的延續。

即使到了一九八〇年代黨外運動勃興時期，林亨泰以寫實主義切進的《爪痕集》，以及反映一九九〇年代初野百合運動發生後所寫的〈賴皮狗〉、〈一黨制〉等政治詩，這種以矛盾意象語言寫作的方法，依然是他寫作的主調。〈賴皮狗〉這樣表現：

樓梯的邏輯
只有

林亨泰簽贈第一本詩集《靈魂の產聲》給向陽。

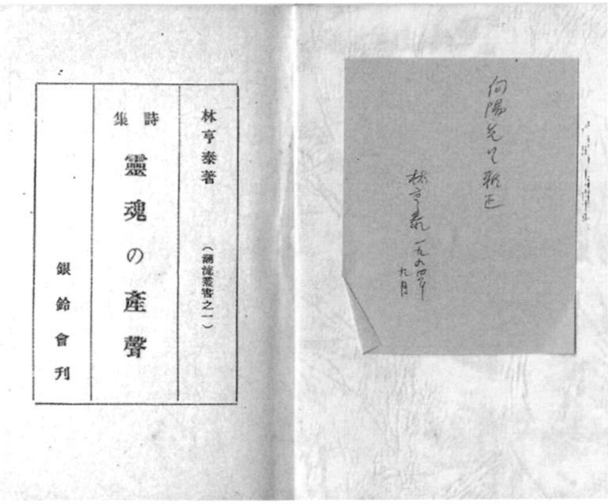

林亨泰第一本詩集《靈魂の產聲》封面。

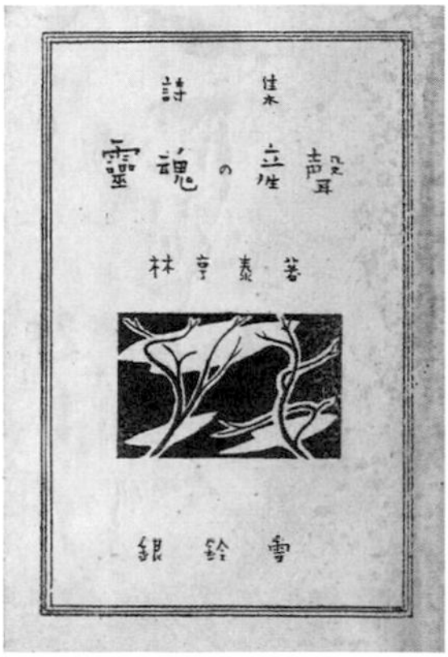

要上，就上去
要下，就下來

邏輯的樓梯
只能
不上，就該下
不下，就該上

可是這隻獸
只想
一直賴在那裡
不上，也不下

這首詩以當年不改選的「萬年國會」為對象，通過「上」與「下」的強烈對比，表現「樓梯」的張力，反諷「萬年國會」議員「一直賴在那裡／不上，也不下」的荒謬政治情境，在林亨泰擅長的語言邏輯下，展現了力道十足的批判性，諧謔與沉痛並彰、諷刺與批判齊出，都早已在第一本詩集《靈魂の產聲》中現出端倪。

三

一九八七年七月十五日，政府宣布解嚴。這一年，林亨泰六十三歲，三月一日，他寫了題為〈安全〉的這首詩：

要說的，都能不必顧慮地說
說完話，嘴再也不必悄悄話
所說的，既然都是心中所想
所想的，既然都是口中所說
想與說，也就全都在這兒了

想與說，既然全都在這兒了
所想的，都毫無隱瞞地曝光
所說的，都擺在眾目睽睽下

林亨泰寫於一九八七年解嚴前的詩〈安全〉手稿。

安全

林亨泰

要說的，都能不必顧慮地說
說完話，嘴再也不必悄悄話
所說的，既然都是心中所想
所想的，既然都是口中所說
想与說，也就全都在這兒了
想与說，既然全部都在這兒
所想的，都毫無隱瞞地曝光
所說的，都擺在衆目睽睽下
說完話，牆再也不必裝耳朵
說安全，沒有比這更安全了
（一九八七、三、一）

說完話，牆再也不必裝耳
朵
說安全，沒有比這更安全
了

他將這首詩寄來報社給我，我收到時已經是四月了，當時國民黨政府已準備解除戒嚴（實際宣布是七月十五日），正在研訂《動員戡亂時期國家安全法》，而街頭運動仍然頻仍發生，政府查禁圖書、控管媒體，箝制言論自由的各種舉措也依然存在。在這樣的社會氛圍中，林亨泰寫的這首〈安全〉，有諷刺國安法多此一舉的用意在，當然也還是「不安全」的，他告訴我可登就登，不登也無妨，退回給他就可。

我看完後，覺得這首詩很有諧趣之義，林亨泰的微言大義是，自由地想、自由地說，想的和說的都一致，不必隱瞞，可以大聲，也不必擔心隔牆有耳，這才是真正的「國家安全」。他以詩為政論，寫的正是當時臺灣百姓心中的話。我決定刊出，但須避過五二〇總統就職的敏感日期，因此就選在五月二十三日的《自立副刊》登出了。這首詩，見證了一九八七年解嚴前臺灣社會的政治氛圍和民心所向，是一首非常寫實，但又延續了林亨泰一貫而下的現代主義語言邏輯的佳作，放諸極權獨裁國家而皆準，即使到了二十一世紀的今天也還管用。

詩作登出後，林亨泰來電向我致謝，怕我因此「惹禍」上身，所幸此時已靠近解嚴，執政的國民黨還在為前一年九二八成立的民進黨頭痛中，這首詩也就「安全」過關了。

作為一個有思想的詩人，林亨泰的詩絕對不只是符號或語言的遊戲。他在一九五〇年代參與了紀弦提倡的現代詩運動，也提供不少他在日治時期吸收的西方現代主義思潮和理論，促成了戰後現代主義運動的生發。他的符號詩、具象詩都曾經引發當時現代主義詩人的仿效與跟隨；他的〈風景NO.2〉發表後，曾在法國主修哲學的學者江萌（熊秉明）先撰寫〈一首現代詩的分析〉一文，從語法、詞彙、前後兩闕的關係，到詩的音樂性，進行相當細密的文本分析；其後又另撰〈譜「風景（其二）」一詩的示意〉一文，對於此詩的音樂性大加讚賞，傳為美談。〈風景NO.2〉全詩如下：

防風林　的
外邊　還有
防風林　的
外邊　還有
防風林　的
外邊　還有
然而海　以及波的羅列
然而海　以及波的羅列

這首詩和〈風景No.1〉發表於一九五九年出版的《創世紀》詩刊，它是一首圖像詩，錯落的防風林和遠方羅列的海波浪對峙，形成鮮明的圖像感；但它同時也有著林亨泰慣用的語言邏輯思維，通過「防風林」與「海以及波」來醞釀「靜與動」、「剛與柔」的二元對照，加上前闕短句、後闕長句，又形成參差相映的音樂之美，無怪乎江萌會以近兩萬字的長論來推舉這首僅有四十二字的短詩。

江萌之文以新批評進行純粹的分析，因此未及於這首詩的思想性和時代性。從思想性來看，這首詩有老子「守柔處弱」的哲思蘊蓄其中，在《道德經》中，這樣的思想散見各章。老子說：「人之生也柔弱，其死也堅強。萬物草木之生也柔脆，其死也枯槁。故堅強者死之徒，柔弱者生之徒。」在這首詩當中，「防風林」屬草木，看似堅強，實則已近枯萎；相對的，老子推崇的則是水之為德：「天下莫弱於水，而攻堅強者莫之能勝，其無以易之。柔之勝剛，天下莫不知，莫能行。」水能讓、能柔，但必要時則具有無堅不摧的力量。在這首詩當中，「海以及波的羅列」就顯現了「柔之勝剛」的力量。這是此詩的哲思所在。

從時代性來看，整個一九五〇年代，臺灣處於白色恐怖時期，發軔於此一年的現代主義運動，某種程度上也有以象徵之語言，隱晦詩旨，以趨避言論與思想之迫害。林亨泰年輕時參加銀鈴會，一九四九年四六事件發生，銀鈴會解散，成員遭到政治迫害，林亨泰也遭到特務逮捕、審訊後釋放，並因此停筆，直到一九五三年與紀弦通信之後才恢復創作——這樣的經歷，以及隱藏心中對國民黨威權體制的不滿，應該也會在潛意識中影響他的創作。這首詩中的「防風林」，從這個角度來解釋，就有暗喻國民黨防堵人民思想，一重又一重的作用；第二闕的「然而」作為關鍵語，表示「轉折」，也就凸顯了象徵思想自由、不受控制的「海以及波浪」的到來。

林亨泰曾自述，他寫〈風景No.2〉這首詩，乃是他當年從溪湖坐車到二林沿途所見，先是看到一排排的防風林，過了二林之後就看到海，看到一波波的海浪，因此「把坐在急駛的車上所看到的情景寫下來」。詩人自述，當然可信，我的解釋則是參照他的人生經歷和一九五〇年代的政治環境而發，相信他也能同意吧。

林亨泰與笠同仁。

四

從主張現實主義文學的銀鈴會出發，一路走到今天，年輕時的林亨泰受過楊逵的鼓勵與影響，其後因為四六事件停筆；到中年時認識紀弦而重拾詩筆，並參與一九五六年的現代派運動，以前衛而極具衝撞力量的詩作和理論，深刻化戰後臺灣現代詩的內涵和方法；迄一九六四年與陳千武等詩人合創《笠》詩刊，並擔任主編，鼓舞臺灣本土詩運動，融合現代主義技巧，重返現實主義之路——林亨泰的文學之路，一如他的語言，都在跨越的過程中不斷前進。

他曾告訴我，他雖然成功地由日語跨越到中文書寫，最大的遺憾則是未能使用臺語來寫詩。在他收入《世紀末偏航——八〇年代臺灣文學論》一書中的〈從八〇年代回顧臺灣詩潮的演變〉這篇長論中，他提到某次聽我朗誦臺語詩〈阿爹的飯包〉，覺得非常感動，「這種感動是完全不同於日語詩、中文詩的感動」，因為有其「個別性」、「自我目的性」及「民族性」，因此他認為臺語詩的發展是非常有必要的。這段話，在見面聊天時，他曾多次告訴我，也讓作為後輩的我更生寫作信心。那是一九八〇年代的事了。

雖然林亨泰遺憾於未能使用臺語寫詩，但他在現代詩語言的琢磨上、思想的深化上，無論早年使用日語或戰後改用中文，他都是最前衛的作家；而在美學主張上，無論他採取現代主義或寫實主義，他也都是能夠涵容兩者於內容與形式的傑出詩人。他曾主張，臺灣文壇應同時容納「民族主義文學」（本土現實主義文學）和「現代主義文學」以及「後現代主義」，以建立豐碩而強韌的「民族文學」，來彰顯臺灣精神。在這個層面上，他也跨越了「主義」的藩籬，而能指向臺灣文學多元涵容的明天。

二〇〇一年十一月，林亨泰榮獲真理大學「臺灣文學家牛津獎」，獎詞讚譽他為「福爾摩沙詩哲」，說他的作品在形式層次上，具有足夠的意象化與結構化；在涵義層次上，具有充分的深層化與多義化。並說：「他的哲學思考，已成為臺灣詩林之典範。」他的確受之無愧！

——二〇一八年二月

〔手稿故事〕3

文壇千手觀音

——張香華

一

去年八月一日下午，《文訊》社長封德屏邀請我隨「團」到竹北探望詩人張香華，同行者有劇作家汪其楣、詩人曾淑美、詩人張芳慈，以及晚上趕到的詩人楊佳嫻。這是她從新店花園新城搬到竹北之後，我首次來拜訪她。

一九三九年七月三十一日出生的香華姊，才剛度過七十八歲的生日，神采奕奕，歡迎我們一行人到訪。因為眼疾，她的視線已然模糊，但聽聲辨人，仍然準確無比，一聽到我的聲音，就說「向陽你來了」；她滿頭銀亮的白髮，特別顯現出一種屬於詩人的浪漫氣質和睿智感覺，那大概是上天獎賞給她的禮物吧，為她從年輕時一路追求的美和詩的創作。

我與香華姊認識時，還是大三的學生，當時她在建中教書，寫詩並執編《草根》詩刊。我是先認識她先前在北一女教過的得意門生夏宇、陳玉慧，才與她有緣，並因為投稿《草根》的關係，和她有了來往；後來又因為她與剛從綠島出獄的柏楊結婚，也和入獄前曾擔任《自立晚報》副刊主編的柏楊結緣。算一算，從我年輕時與她相識，至今已超過四十年了。

這一天下午，我們一群人在她的客廳中度過了非常溫暖的下午。我們與她閒聊，談相互認識的舊日時光，而不覺日影的挪移。香華姊特別提起我寫的臺語詩〈阿爹的飯包〉，說有機會她希望能用臺語唸我寫的這首詩，讓我聽聽她的聲音詮解和心境。我寫〈阿爹的飯包〉這首詩，是在一九七六年，正是我初識她的那一年，經過四十一年了，她還惦記著這首詩，對我來說，這就是這一天最感動的事了。

回到暖暖住家後，我在臉書貼出了這一天去拜訪她的照片，寫下感想。回想四十一年來與香華姊來往的片段，更覺人間緣分的珍貴。這一路以來，因為詩而認識，也因為詩而互相往來的一切，都在追憶的過程中閃現著微光……。

二

香華姊是早慧的詩人，她十九歲時就已在《文星》發表詩作〈門〉與〈夢〉，其中〈夢〉這首詩顯然是她的生日之作，末段這樣寫：「昨夜，我枕著的／夜裡，有十九個芳香的花環／抛擲在我里程的碑前／僅僅是一個夢、一個夢／醒

張香華第一本詩集《不眠的青青草》。

來時，歲月已無痕跡／留在我眼眸裡，是昨宵夢境的／迷茫」，詩中透露的是一股少女情懷，有著純潔的浪漫。

然而，她雖然持續寫詩，第一本詩集《不眠的青青草》卻遲到一九七八年方才出版，這時她已三十九歲，距離她在《文星》發表詩作，已經二十年過去。這時的她剛卸下《草根》執行編輯職務不久，也與從綠島回來的柏楊結了婚，因此詩集的〈序〉就是柏楊以「郭衣洞」之名所寫。在這一篇書序中，柏楊說，他入獄前不喜歡新詩，曾寫過一篇嘲諷新詩人的小說〈打翻了鉛字架〉，卻因為在綠島繫獄時，讀過張香華發表的〈水銀〉等三首詩而愛上了新詩；又因出獄後，在一個聚餐的機會中遇到了張香華，而後兩人熱戀成婚。

在柏楊的眼中，張香華的詩「率真而細膩」，「只有純情的詩人才能聽到青草抽芽的聲音」（出自張香華詩作〈不眠的青青草〉末句）。柏楊的確懂詩，他從詩中看到了張香華天生的浪漫而純真的特質。這段在柏楊坎坷人生中奇蹟似締結的婚姻，來自詩，也因為詩，而讓柏楊後半段的人生發光發亮，並且幸福地走過。

二〇一七年八月一日，張香華與向陽合影於竹北張宅。

對當時的張香華來說，何嘗不是如此？她在〈後記〉中寫道：「直到今年，一股強大而熱情的力量，出現在我的生命之中，不但使我對以往的自己做了一番回顧，也使我對未來做再出發的邁步。」這是她決定出版詩集的原因，「一股強大而熱情的力量」說的當然是柏楊熱烈的追求之情。

香華姊和柏楊的愛情和婚姻，除了詩以外，還混雜著她對柏楊坐政治黑牢的敬疼。她後來自述，剛與柏楊交往時，即使是很友善的朋友也忠告她，說「這個人思想有問題，要多考慮」，但她愈交往愈覺得柏楊「這個人勇敢、正直、真摯、熱心」，「心一橫，就決心嫁給他了」。

有一個夜晚，她聽柏楊敘述被囚火燒島的絕望歲月，久久不能入睡，於是起來寫下〈我愛的人在火燒島上〉這首動人的詩。這首詩以「有一個島嶼／有一首歌／有一個我愛的人」起首，第一段寫兩人未能早日相逢的緣慳之憾；第二段則寫「我愛的人在火燒島上／沒有美麗的青山、溪流／沒有碧水漣漪／只有惡濤巨浪／烈日風沙／青草枯黃／菜蔬焦死／飛鳥斂跡／窗欄外的白雲，凝結成硬塊」，透過短句和具體的意象，寫出了柏楊（以及所有政治犯）的慘痛遭遇；接著的是以下這段悲歌：

那時，我愛的人
繞室唱一首〈老黑爵〉

他蒼涼的歌聲
淹沒了我的身影
他衰退的視力
不能辨識我的容貌
他不能知道我疲憊的心
因為他比我更疲憊，疲憊於無望

第三段則轉趨於她和柏楊的愛的力量：「如今，我愛的人／來到我身旁／伸手給我，救我出災難／使飄泊成為過去／疲憊如拍落的塵土／他教我對抗風浪，修補斷槳／他教我觀察天候星象／我們用臂圍成一個避風港／我們用溫暖的眼色，點燃火苗的希望／我們將合唱壯麗的詩章」。末段則以這四句來收合：「不能忘記那些沒有星月的黑夜／只有海潮的哨音，日曬的烙痕／如今，我們紀念那個島嶼／我們懷念那首歌」。正是這樣的敬疼，點燃了香華姊和柏楊的愛情，也終於使他們成為可以共患難的夫妻。

我認識香華姊在先，她與柏楊結婚之後，我與柏楊也就順理成章地成了忘年交。我退伍之後在《時報周刊》當編輯，和朋友辦《陽光小集》，因為香華姊的關係，三不五時就往她和柏楊在新店花園新城的家跑，我們沒大沒小，香華姊和柏楊對我們也特別縱容。一九八二年九月，我和張雪映、陳煌到花園新城訪問他們談現代詩，提問甚多，他們兩人認真而又仔細地回答。這個訪問稿後來就以〈別讓鉛字架再被打翻——訪柏楊、張香華伉儷談現代詩〉為題，在《陽光小集》詩雜誌第十期發表，引發讀者的討論。

在我的記憶中，花園新城的客廳，向來是柏楊與訪客高談闊論的講壇，香華姊總是忙著張羅一切，偶而插句話。這天的專訪，柏楊談興甚高，她只能趁隙說些話，她的語調和聲音優雅，話雖不多，但能掌握我們的問題，她認為新詩讀者少，客觀方面與教育有關，主觀方面詩人也得負責，「寫得不好，寫得晦澀，寫得歪七扭八的，這時候，問你寫甚麼？你說只有上帝才知道，那樣的詩當然沒辦法使讀者認同。」簡單幾句，邏輯清楚，這就是她在純情之外的理性；訪問的最後，她提到美國詩人佛洛斯特在甘迺迪就任總統時應邀上臺朗誦詩作，「真是脫俗，一點政治意味都沒有，在詩的內涵上卻是那麼溫和、明朗，意味著光明的人生路途。」也讓當時主張大眾化的我們受益無窮。

別讓鉛字架再被打翻

訪柏楊、張香華伉儷談現代詩

●訪問／向陽、張雪映、陳煌●地點／花園新城
●時間／一九八二年九月十六日●記錄／明秋心

柏楊・張香華於馬德里死亡谷

■張雪映：現代詩還在嘗試階段，中國新文學運動只產生了一甲子，在一個這樣急遽的變化裡，現代詩不斷的在摸索，未來要怎麼走還不確定，我們知道柏楊先生您對中國文化的研究精闢，請您來談一下，已有幾千年歷史的傳統詩，突然轉化到現代詩來，因為幾乎現代的年輕朋友都愛寫新詩，它也發展了半個多世紀，請您告訴我們這方面的感想。

■柏　楊：中國是一個詩的民族，非常非常的一個愛詩的民族。第一，就是說中國詩流傳了將近五千年，似乎是有中國人那天起，就開始有詩。第二，我們的方塊字，是一種準確性非常差的文字，不但用來作為自然科學的研究很難，即令用來表達很精確的一種感情、一種精確的事物，也同樣很難。但是用來作詩，卻非常的夠了，因為它不準確，而詩的感情正需要用這種不準確的文字來表達。由於它的不準確性，所以中國方塊字非常適合作詩，再加上一個很強大的

121

〈別讓鉛字架再被打翻—訪柏楊、張香華伉儷談現代詩〉，《陽光小集》詩雜誌第十期。

溫和、明朗、光明，這不就是香華姊的詩風和人格特質嗎？在她的眾多詩篇之中，在她與柏楊長

張香華詩作手稿〈庭園佈置〉。

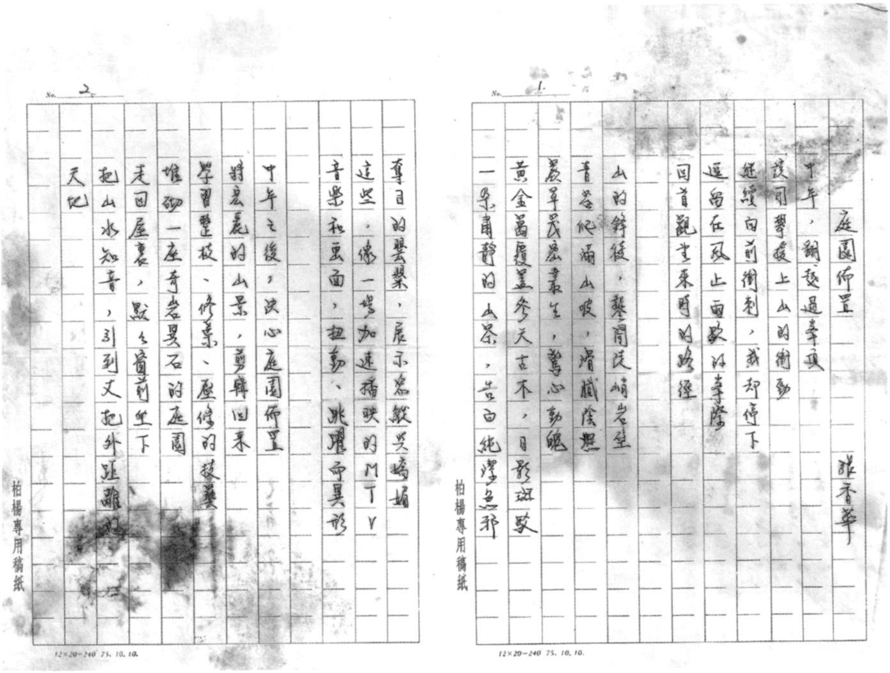

久相處的婚姻之中，也在她待人處事的細節中，即使到了如今滿頭銀髮，為眼疾所困，她仍輕聲細語，面帶笑容，樂觀以對眼疾，持續創作。

三

我手頭保存了一篇香華姊的詩作手稿，題為〈庭園佈置〉，應該是在我主編的《自立副刊》登載，但我已忘了登在何時何日矣。這首詩展現了香華姊溫和、明亮而動人的風格，寫的是她中年之後的心境：

中年，翻閱過峰頂
該用攀援上山的衝勁

繼續向前衝刺，我卻停下
逗留在風止雨歇的峰際
回首觀望來時的路徑

（中段略）

中年之後，決心庭園佈置
將宏麗的山景，剪輯回來
學習整枝、修葉、壓條的技藝
堆砌一座奇岩異石的庭園
走回屋裡，默默窗前坐下
把山水知音，引到丈把外距離的
天地

這首詩，一如香華姊的字跡，秀麗而澄淨。表面上，她寫的是實際的庭園佈置過程，實質上，則是對中年人生應該知所「剪輯」，重新學習「整枝、修葉、壓條」的體悟；結尾「把山水知音，引到丈把外距離的／天地」一收，恬淡之中，則有氣派光華的力道。這時她已經與柏楊結婚多年，她的詩也已告別年輕時的浪漫情懷，而有著溫和卻又堅毅的智慧在其中。

我所認識的香華姊，無論早期執編《草根》詩刊，或者她和柏楊結婚之後，接納《陽光小集》同仁，乃至於一路至今，她總是以大姊的包容，鼓勵我和同輩的朋友。《陽光小集》是同仁刊物，她和柏楊二話不說，就捐款給我們，成為贊助同仁。她與柏楊結婚後，常遭政治干擾，於是毅然辭去建中的教職，為柏楊的創作事務打理一切，她自稱是「柏楊助理」，為柏楊處理一切非寫作的雜務，讓柏楊能專心著述，完成十年《通鑑》白話本的浩繁工程。為了推動人權工作，她和柏楊一起投入國際特赦組織（ＡＩ）的人權救援行動，又於一九九四年成立了「ＡＩ中華民國總會」，在國內宣導人權理念，舉辦書展、演講、座談、街頭簽名，還辦了月刊……，這一切事務，當然都是在她的手中完成。在花園新城的住所，香華姊擁有自己的書房，這書房處理的，卻大半不是她自己的創作。〈庭園佈置〉這首詩，或者也透露了她對恬淡人生的某種嚮往吧。

儘管忙碌至此，詩還是香華姊的最愛，她持續寫詩、寫散文，繼續出版詩集、散文集，《不眠的青青草》之後，她陸續推出了《愛荷華詩抄》、《千般是情》、《南斯拉夫的觀音》、《踐踏繽紛的落花》、《乘著光的梯子》、《溫馨的邊緣》、《茶，不說話》、《初吻》、《貓，你喜歡我嗎？》……等多部詩集。除此之外，她還將臺灣詩人的作品推廣到塞爾維亞，出版了塞爾維亞譯本的《中國現代詩選》。她的聲音優雅，且帶有感情，擅長朗讀，因而曾主持警廣「詩的小語」節目長達十年之久，她為聽眾介紹臺灣詩人詩作，無論詮釋或朗

張香華、柏楊給向陽、方梓的信（一九八五年九月二十日）。

No. 1.

向陽、方梓：

　　接到你們從Mayflower 831C號來的信，覺得既親切又熟悉。希望你們在Iowa的日子愉快又充實，也祝福你們和來自各方的作家朋友們交流順暢、溝通深入。

　　此地一切運轉如常，今晚李歐梵、高信疆在新象藝術中心，有一場音樂、文化方面的對談，料將有一番精闢的發揮，柏楊太忙，大概只有我去參加聆聽了，可惜。

　　楚先生一家見到了嗎？請代我們致意。譚嘉、嘉行處，我們剛剛發出一函，Paul和華苓一定忙得團團轉，請代問候。

　　我們實在很懷念去年那段日子，Mary是否還是Mayflower的舍監？她非常好心，又照顧人週到，我們特別想念她。

金山牌 (12×25)

No. 2.

潤華、青蘋過得可好？才梓的烹調術，在那個鍋碗都不齊的環境中，大概要面對一番新的挑戰。我們祝福你們快樂、豐收！

香華
一九八三、九、廿、

小雨、小和寄語姜家　彬彬請安！

代我們問候譚嘉、嘉弟、叢先生夫婦。

Merry 和 Dan！耕翠好！

（12×25）

金山牌

讀，都深受聽眾喜愛……。

這樣忙碌，卻又能把柏楊的事、她的詩創作和各種文學推廣事務處理得有條不紊，她簡直就是臺灣文壇的千手觀音，無私無我付出，以她對詩的初心和承擔一切，全力以赴。

四

我常常想起，香華姊和柏楊對我的厚愛，在柏楊離開人世之後。一九八五年九月，我應邀到美國愛荷華大學參加「國際寫作計畫」，主持人聶華苓大姊告訴我，推薦我來的人，就是前一年來愛荷華的柏楊和香華姊，以及當時也在美國遊學的高信疆。我抵達愛荷華之後，寫信給柏楊和香華姊致謝，沒多久就收到她給我和方梓的信。信上這樣說：

接到你們從Mayflower 831C寄來的信，覺得既親切又熟悉。希望你們在Iowa的日子愉快又充實，也祝福你們和來自各國的作家朋友們交流順暢、溝通深入。

此地一切運轉如常，今晚李歐梵、高信疆在新象藝術中心，有一場音樂、文化方面的對談，料將有一番精闢的發揮，柏楊太忙，大概只有我趕去參加聆聽了，可惜。

裴先生一家見到了嗎？請代我們致意。譚嘉、嘉行處，我們剛剛發出一函，Poul和華苓一定忙得團團轉，請代問候……。

這封信，用稿紙寫，情深意厚。Mayflower 831C是我和方梓在愛大的宿舍，香華姊和柏楊前一年也住過這棟宿舍，因此說「覺得既親切又熟悉」。信中第三段提到的裴先生、譚嘉、嘉行，是前一年他們來時認識的朋友，柏楊的〈醜陋的中國人〉演講就是在愛荷華發表，嘉行（呂嘉行）即是演講的紀錄者——香華姊囑託他們照顧我、方梓和同行的楊青矗兄，這樣的細膩之心，隱含於字裡行間。信末柏楊附語：「小兩口和青矗賢弟　柏楊候安！／代我問候譚嘉、嘉行、裴先生夫婦……」，都讓我感動。

這封信存放三十三年了。當年我三十歲，香華姊四十六歲，柏楊六十五歲，如今我已快趕上當年柏老的歲數。而柏老已離開人世，香華姊則從花園新城攬翠樓遷居於竹北鄉間，重讀此信，往昔時光，歷歷在心。祈願在我書寫人生中曾經拔擢我、鼓勵我的香華姊，在竹北鄉間的庭園生活，一如她的詩所說，可以「默默窗前坐下／把山水知音，引到丈把外距離的／天地」。

——二〇一八年三月

〔手稿故事〕4

一代詩魔——洛夫

一

春分前兩日，春雨料峭而細密地落在臺北，驚聞詩人洛夫去世的訊息，不免寒意。中央社的報導，說他係因肺疾過世。洛夫一生寫詩，創作不懈，才剛於一月出版詩集《昨日之蛇：洛夫動物詩集》，他是一九六〇年代以超現實主義詩風掀翻臺灣詩壇的元老詩人，他的去世，和去年十二月先他而去的詩人余光中一樣，都讓臺灣現代詩壇錯愕，惟兩人皆高壽而去，亦無憾矣。

回顧洛夫的詩路，始於一九四六年高中時期，當時他是湖南衡陽的高中生，就已在衡陽的報刊發表詩作，一九四九年隨軍來臺之後，於一九五二年發表來臺第一首詩作〈火焰之歌〉於《寶島文藝》，才開展了他在臺灣現代詩壇叱吒風雲的新頁。一九五四年他與張默共創「創世紀」詩社，次年邀瘂弦加入，形成「鐵三角」，透過詩刊編輯、詩作以及詩論的發表，在詩壇掀起不少漣漪與風暴。

在一九五〇「戰鬥文藝」政策雷厲風行的年代，創世紀詩社高舉鮮明的戰鬥色彩，《創世紀》詩刊〈發刊詞〉揭櫫該刊旨趣有三：「一、建立新詩的民族路線，掀起新詩的時代思潮。二、建立鋼鐵般的詩陣營，切記毋互相攻訐、製造派系。三、提攜青年詩人、徹底肅清赤色黃色流毒」；此後的社論也強調「詩的時代性、戰鬥性、革命性」。一九五六年二月，當紀弦成立現代派，發表現代詩的「六大信條」之後，洛夫隨即於三月出刊的《創世紀》發表〈建立新民族詩型之芻議〉，以「中國風、東方味、民族性、生活化」來區別並對抗現代派的「橫的移植」。這是洛夫首次對現代詩壇投出的第一個主張。

不過，到了一九五九年四月，《創世紀》第十一期改版，轉而朝向超現實主義發展，洛夫也開始創作他具有超現實風格的《石室之死亡》，進入一九六〇年代之後，隨著紀弦宣布解散「現代派」，創世紀詩社因而取代了現代派的位置，成為提倡超現實主義的火車頭。從「新民族詩型」到「超現實主義」，這是洛夫詩風與主張的一大轉折。

一九六一年七月，源於余光中在《現代文學》第八期發表長詩〈天狼星〉，洛夫也於《現代文學》第九期發表〈「天狼星」論〉，指陳其中有「標新立異」之嫌，也批評其中部分章節以重複詞語製造音樂性的敗筆。此論一出，余光中立刻在《藍星詩頁》發表〈再見，虛無！〉一文，反駁洛夫的論點，並宣告向「虛無」的「現代詩」告別，從此兩人分道揚鑣，在詩壇分庭抗禮，互別苗頭。這場論戰，被稱為「天狼星論戰」。這是洛夫在詩壇掀起的第一波風暴。

無可否認的是，整個一九六〇年代，是洛夫和《創世紀》提倡的超現實詩風擅場的年代。在這個階段中，洛夫先後出版了《石室之死亡》、《外外集》、《無岸之河》（自選集）等詩集及詩論集《詩人之鏡》。這時還是中壯之年的他，已在現代詩壇成為呼風喚雨的核心人物。

不過，他的詩與詩論，也引來這個階段出現的年輕詩人對他崇仰或批判、追隨或離棄。顯著者，如洛夫編選《一九七〇年詩選》，引發當時的年輕詩人傅敏（李敏勇）批判他「暴露了嚴重的詩之無知和人格的缺憾」（「招魂祭事件」）；如當時就讀於臺大歷史所碩士班的陳芳明說他提倡的超現實主義「遠離中國的土壤，這是這個動盪的時代，這個動盪的國土所不見容的」（〈鏡中鏡〉）；如當時崛起的青年詩刊《龍族》、《大地》、《主流》、《草根》，乃至進入一九八〇年代之後的《陽光小集》，對於他和《創世紀》所引發的西化、晦澀、遠離社會與鄉土的詩風的揚棄……。更不用提顏元叔、唐文標、關傑明等詩評家對於他所強調的超現實主義的抨擊了。

面對這些來自詩壇外部與內部的批評，洛夫固然一一回應，但也做了修正和調整。身在風暴中的他，開始放淡語言，逐漸轉回傳統的、現實的題材，而有了新的超越與突破，如《魔歌》（一九七四）、《時間之傷》（一九八一）、《釀酒的石頭》（一九八三）、《月光房子》（一九九〇）、《隱題詩》（一九九三），乃至於移民加拿大之後的《雪落無聲》（一九九九）、《漂木》（二〇〇一）、《洛夫禪詩》（二〇〇三）……等詩集，多已能化繁為簡、去澀留純，不再以意象的繁複、晦澀的語境和技巧的耍弄為能事了。

洛夫被詩壇譽為「詩魔」，與他出版詩集《魔歌》不無關連，更與他的詩語言的掌握，常有出人意表的魔幻語境，整體表現超脫不俗且變化多端有關，從早期的晦澀、濃稠，到晚期的寧靜、飄逸，他的詩風隨著生命的進程而不執著於一，卻又能在語言上維持一定的藝術性和統一性，足以魅惑讀者，引發無窮想像。這是他從年輕到老去窮研詩語言的結果，也是他在意象經營和意境琢磨上過人之處。他是個創造性的詩人，不斷地創造、超越，正是他的詩具有魔力和魅力的所在。

二

我與洛夫先生認識，是在一九七五年九月，當時我大三，開始認真習詩，被選為華岡詩社社長，透過已有詩名的渡也引介而有來往。開學後為了籌畫十一月在華岡舉辦的新詩系列講座，邀請紀弦、瘂弦、管管、張默、洛夫和羅青等六位詩人來校演講。除了第一天講總論的紀弦因為遭逢母喪未能來校，其餘五場均如期進行。我留存的資料顯示，當時瘂弦講「中國新詩的沿革」、管管講「中國詩與禪」、張默講「詩的批評」、洛夫講「詩的語言與結構」、羅青講「中國新詩的展望」。連續五天，場場爆滿，聽眾約有在八十到百人之間，可見盛況。

當時的洛夫四十五歲，正處盛年，他主編《中國現代文學大系・詩》年初剛出版，《創世紀》在這年九月復刊（第三〇期），並發表他改變風格後的名詩〈長恨歌〉，這時是他創作的

一九七五年十一月，洛夫應邀到文化大學演講，與當時仍就讀於該校的李瑞騰、向陽合影。

洛夫送給向陽的詩集《石室之死亡》題簽。

巔峰。他接到我的邀請，很快就答應了，不嫌華岡路程遙遠、不嫌演講費微薄，也不擺大詩人派頭，這讓當時二十歲的我特別感動。

事隔多年，我還記得他的湖南腔，他談話時果斷而霸氣的臉容，至於演講內容則不復記得了，只知道當晚他朗誦了《石室之死亡》的第一首詩：

祇偶然昂首向鄰居的甬道，我便怔住
在清晨，那人以裸體去背叛死
任一條黑色支流咆嘯橫過他的脈管
我便怔住，我以目光掃過那座石壁
上面即鑿成兩道血槽

我的面容展開如一株樹，樹在火中成長
一切靜止，惟眸子在眼瞼後面移動
移向許多人都怕談及的方向
而我確是那株被鋸斷的苦梨
在年輪上，你仍可聽清楚風聲，蟬聲

對二十歲的我來說，這是相當新鮮的經驗。高中時我就讀完《石室之死亡》，只覺意象繽紛、語法奇特、想像詭異，但又晦澀拗口，難以理解。這一晚聽他親自朗讀，雖還是不懂，卻別有韻味，而最迷人的，是結尾兩行詩句：「我確是那株被鋸斷的苦梨／在年輪上，你仍可聽清楚風聲，蟬聲」。

洛夫先生朗讀這首詩，也意外地啟發了我的習作。一九七六年我開始發表「十行詩」，推敲形式時，之所以選擇十行，就受到這首詩形式的召喚；只有內容和語言的處理，我去除晦澀語法，改採古典意象，並以明朗句法加以變化。這是《石室之死亡》在形式上對我的啟發。

或許也因為這樣，當我大量發表「十行詩」後，他總是對我鼓勵有加。我的第一本詩集《銀杏的仰望》收錄第一階段的十行詩，他就對其中〈獨酌〉、〈未歸〉相當欣賞，要我繼續寫下去，讓我增加信心不少。一九八〇年四月，我出版第二本詩集《種籽》，一樣收錄續寫的十行詩，他收到我寄去的詩集，很快就寫信回覆我：

「種籽」是一本光輝四射的抒情詩集，（中略）詩已讀過一部分，後記則已詳讀，感受極深，詩人中能有你如此之器識，執著，而創造力如泉湧者，實在罕見。我一直在期待一位既能繼承前人，而又能開拓新境的年輕詩人出現，而今你的氣候已成，我感到無比的欣慰，且將極盡全力為你鼓掌！

難得見你這樣具有自覺，自信，自負而又自律的詩人，我希望為你做兩件事，一是寫一篇評介，題目暫擬為「新節奏，新風格的誕生」，但由於蕭蕭對你的形式已有定評，我能發揮的將稍受限制，我也許將以漫談的詩話方式來說，而不作嚴謹的理論式的鋪陳。

（下略）

收到前輩詩人殷殷期勉的溢美信，對當時還年輕的我激勵自多。再過不久，我又收到他的信，說他已經寫好這篇評介，以〈新節奏的誕生——讀向陽詩集《種籽》雜記〉為題，七千餘字，將寄給《文藝月刊》和《創世紀》同時刊載。

《文藝月刊》登出後，我捧讀洛夫先生的大文，慚愧與感謝交雜於心，在語言和結構的處理上，我自知缺失仍然甚多，他應該是基於對新人的提拔，才花了時間寫長論吧。我注意到，他特別舉我的十行詩〈心事〉，分析其語言，指出「這首詩之傑出非凡，即在情與景之契合，意與象之貼切，寫盡了作者由沉鬱而無奈，由無奈而悲喜交集，由悲喜交集而怵然一驚的各種心境的變化。」

三十八年前的舊事了，在洛夫先生已然辭世的此刻，重睹此信，重讀該文，都不能不讓我對他當年的栽培之情、殷望之深，備感愧對！

一九八〇年五月十八日洛夫來信

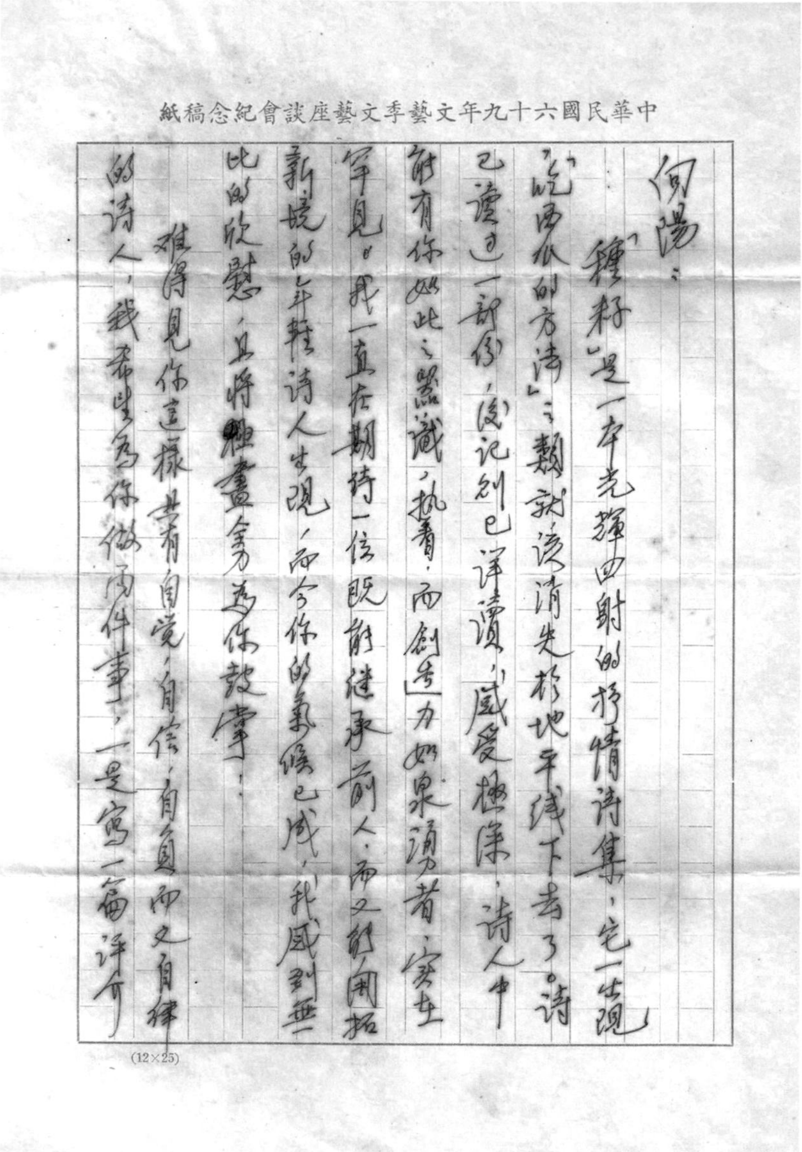

中華民國六十九年文藝季文藝座談會紀念稿紙

向陽：

「種籽」是一本光輝四射的抒情詩集，它一出現「吃西瓜的方法」之類就逐漸消失於地平線下去了。詩已讀過一部份，後記則已詳讀，感受極深，詩人中能有你如此之認識，執著，而創造力如泉湧者，實在罕見。我一直在期待一位既能繼承前人，而又能開拓新境的年輕詩人出現，而今你的氣候已成，我感到無比的欣慰，且將盡全力為你鼓掌！

難得見你這樣具有自覺，自信，自負而又自律的詩人，我希望為你做兩件事，一是寫一篇評介

(12×25)

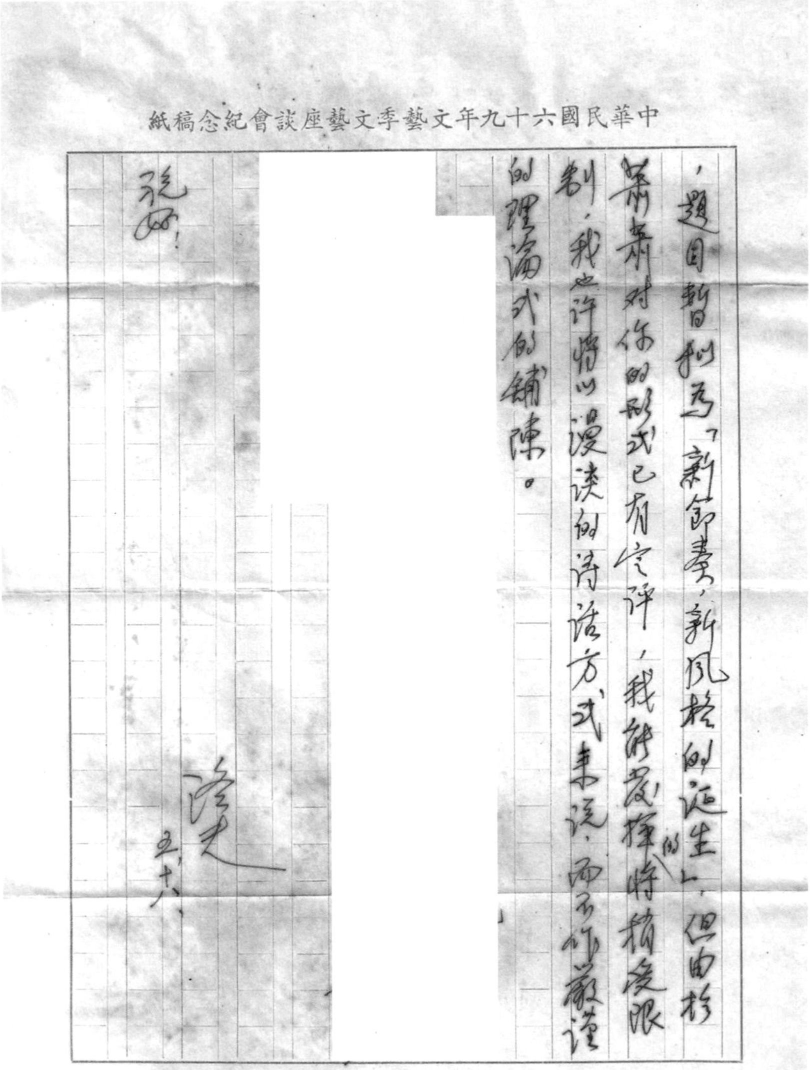

中華民國六十九年文藝季文藝座談會紀念稿紙

，題目暫擬為「新節奏，新風格的誕生」，但由於蕭蕭對你的形式已有定評，我能發揮的將稍受限制，我也許將以漫談的詩話方式來談，而不作嚴謹的理論式的鋪陳。

祝好！

洛夫
五、十八、

(12×25)

三

我的慚愧，部分也帶有年輕時對洛夫先生莽撞無禮的愧疚。那是一九八二年的事，當年五月，洛夫先生在《中外文學》發表〈詩壇春秋三十年〉，回顧臺灣現代詩壇的發展與流變，這是他應《中外文學》之邀所寫的「現代詩三十年回顧專號」所寫的導論，雖然他自期以嚴謹的態度公正論述，但刊出後仍然引起詩壇大譁，當時老字號詩刊（如《藍星》、《笠》、《葡萄園》、《秋水》等）和我也參與其中的《陽光小集》對於洛夫的論點都有難以苟同之處。《陽光小集》同仁討論後，決定針對洛夫先生的論點提出回應，並製作「洛夫〈詩壇春秋三十年〉的迴響」專輯，邀請各詩社回應。製作這專輯，對我來說頗為煎熬。洛夫先生對我如此看重，以專文論我，有提攜之情，而我主持的《陽光小集》卻準備製作迴響專輯，這樣妥當嗎？合於人情事理嗎？為此我輾轉再三，猶豫難決。

幾經思考之後，鑒於洛夫先生所撰〈詩壇春秋三十年〉乃是詩史論述，為詩壇矚目，屬於詩壇公共事務，與個人私交應當分開，只要態度平和、就事論事，洛夫先生應該也可接受才是。本著這樣想法，我才以署名方式撰寫〈春與秋其代序——對洛夫先生「詩壇春秋三十年」一文的幾點意見〉的社論，以詩社的立場提出了對洛夫論點的商榷。專輯部分，則約請現代派的司馬運（化名）、藍星詩社羅門、笠詩社李敏勇、葡萄園詩社文曉村、秋水詩社涂靜怡、龍族詩社喬林、詩評人蕭蕭，加上笠詩社桓夫（陳千武）來函，以及一篇讀者投書，與洛夫先生的論點進行對話。

各詩社的迴響並不代表《陽光小集》的立場，但我撰寫的社論則必須反映同仁的意見，我在〈春與秋代序〉中提出四點看法：一、洛夫先生如能以寫「創世紀與超現實主義」的內容與態度，來處理其他詩社，應該更加珍貴而可信；二、臺灣現代詩的歸宗於民族文化，不能不歸因於當年新生代詩人的覺醒；三、花費過多篇幅於反駁關唐，介紹評述近十年現代詩新貌則過少；四、洛夫先生認為鄉土主義有侷限、年輕詩人欠缺熱情執著，缺乏前衛精神和實驗新形式、新語言的勇氣，我們不敢苟同。

此一專輯出版後，隨即引起文化界的注目，詩壇更是沸沸揚揚，議論四起。這大概是繼「天狼星論戰」、「關唐事件」之後，對他造成的另一個風暴，對他在現代詩場域中的權力施為相當折損，或許也帶給他不少困擾和傷害吧？出刊後，我把專輯寄給他，隔天打電話給他，說明《陽光小集》製作專輯是基於詩史討論，對事不對人，請他諒解。電話中，他針對各詩社的迴響說了許多，也作了辯解，但仍堅持他的觀點並沒甚麼不對；倒是我寫的社論四點意見，他說，部分未必同意，但可以接受，「理性討論總是好的。」他說。

事件後，每想及此一事件，我總有遺憾之感，當時可以寫得更理性些，專輯討論可以更周密些的，但當然都來不及了。

《陽光小集》最後也解散了，很不幸地應驗了洛夫先生所說的「新人是成長了，但他們辦

陽光小集推出「春秋三十年特輯」

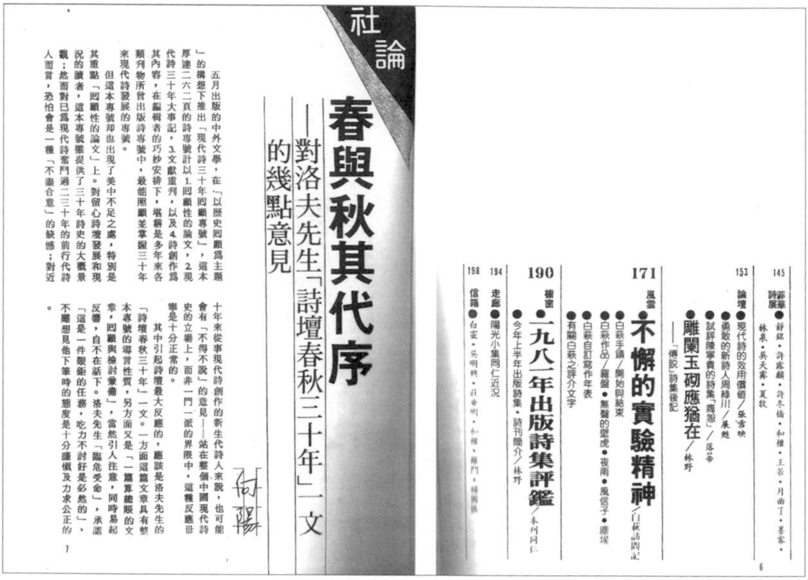

社論

春與秋其代序

——對洛夫先生「詩壇春秋三十年」一文的幾點意見

向陽

五月出版的中外文學，在「以歷史回顧為主題」的構想下推出「現代詩三十年回顧專號」，這本厚達二六二頁的詩專號計以1.回顧性的論文，2.現代詩三十年大事記，3.文獻重刊，以及4.詩創作為其內容，在編輯者的巧妙安排下，堪稱是多年來各類刊物所曾出版詩專號中，最能照顧並掌握三十年來現代詩發展的專號。

但這本專號却也出現了美中不足之處，特別是其重點「回顧性的論文」上。對留心詩壇發展和現況的讀者，這本專號雖提供了三十年詩史的大概景觀；然而對已為現代詩奮鬥過二三十年的前行代詩人而言，恐怕會是一種「不盡合意」的缺憾；對近十年來從事現代詩創作的新生代詩人來說，也可能會有「不得不說」的意見——站在整個中國現代詩史的立場上，而非一門一派的界限中，這種反應毋寧是十分正常的。

其中引起詩壇最大反應的，應該是洛夫先生的「詩壇春秋三十年」一文。一方面這篇文章具有整本專號的導言性質，另方面又是「一篇算總賬的文章，回顧與檢討兼備」，當然引人注意，同時易起反響，自不在話下。洛夫先生「臨危受命」，承認「這是一件艱鉅的任務，吃力不討好是必然的」，不難想見他下筆時的態度是十分謹慎及力求公正的。

一九八三年十月，詩人林彧獲得時報文學獎新詩推薦獎，與洛夫合影於頒獎會場。

詩刊，推廣詩運的熱情和執著則不如前人」這段話；而我因為生涯的轉變，與詩壇的往來已日漸稀少；加上洛夫先生於一九九六年移居加拿大，既疏於聯繫，他與我也就漸行漸遠了。

四

洛夫先生在詩集《魔歌》的〈序〉中曾提到他寫詩的目標就在追求「真我」，而這是通過意象的經營和語言的搏鬥才能企及的。他說：「詩人最大的企圖是要將語言降伏，而使其化為一切事物和人類的經驗的本身。」因此，「詩人首先必須把自身割成碎片，而後揉入一切事物之中，使個人的生命和天地的生命融為一體。」

收入《魔歌》中的〈詩人的墓誌銘〉頗能鮮活地闡證他的這個詩觀：

你把歌唱
視為大地的詮釋
石頭因而赫然發聲
河川
沿著你的脈管暢行
激流中詩句堅如卵石

真實的事物在形式中隱伏
你用雕刀
說出
萬物的位置

這論與這詩，大概是闡釋洛夫先生多變詩風、不變詩思最恰當的詮解了。他從高中時期的抒情浪漫，而來臺後在軍隊中組織創世紀詩社，提倡的新民族詩型，到一九六〇年代呼風喚雨的超現實主義書寫，乃至於晚年向禪的世界索討詩的努力，無非都在追求並完成他的「真我」，通過語言的錘鍊、形式的試驗和意象的翻轉，他企圖透過詩把自身與天地萬物融而於一。為了這個企求，他花了一生的光陰，窮盡可能技巧，打造了特屬於他個人的詩的天地。

如今，被譽為詩魔的洛夫先生回到天地中了，已經不再需要雕刀，不再需要把自身割成碎片，他已經是山、是海、是他詩中所形容的天地間的「一聲咆哮」。

——二〇一八年四月

〔手稿故事〕5

向晚愈明的詩人

——向明

一

春假期間，整理書房，跑出一九九九年十二月出版的《文訊》雜誌，重看一次詩人前輩向明發表的文章〈我有一個寫詩的弟弟〉，不禁莞爾。

向明前輩這篇文章，是應《文訊》之邀，針對當年由洪範書店出版的《向陽詩選》所寫的書評。他的文章一開頭就先談我們兩人筆名的微妙差異和引生混淆：

我用我現在這個筆名寫詩與文章寫得很早，算來已達半世紀之久。雖然不怎麼響亮，也沒有寫出什麼成就，祇是因為比較「經久耐用」，也混出了一些小小的名聲。但是自從有了一個「向陽」出現後，我這個兼有太陽與月亮兩種亮度的筆名，顯然一下子就被強烈的陽光所遮蓋，從此祇見陽光，不見明月。

這實在是太委屈他了。他早在一九五〇年代就已活躍現代詩壇，跟隨覃子豪先生，其後加入藍星詩社，一九五四年他開始在《藍星》詩週刊、《現代詩》發表詩作時，我尚未出生；一九五七年他榮獲中國文協優秀詩獎時，我兩歲；一九五九年他出版第一本詩集《雨天書》時，我四歲——無論如何，整整大我廿七歲的詩人向明都是我的前輩，從一九五〇年代展開現代詩創作的他，曾數度主編《藍星詩刊》，直到如今都還是《臺灣詩學》主幹，創作與評論從無一日懈怠，質量都相當驚人，當然不可能因為晚出於他甚後的我而被「遮蓋」。他之所以如此自嘲，一方面是他向來豁然大度，另方面應該也是他對我的提攜吧。

倒是他提到我們兩人筆名「向明」「向陽」混淆難分的例子，則的確是事實。他說，與他相識多年的林海音先生見到他，總是把他「當向陽喊，作向陽介紹」；《臺北畫刊》改版時，請他寫詩，「印出來時作者的名字是向陽」，連目錄也是。這樣的狀況，我也遇過幾次，寄給向明前輩的書寄給我，轉載同意函寄給我了……不一而足。向明，既向日也向月；向陽，有日而無月，理當不該被混淆才是，但既同屬「向」字，「陽」「明」不分，好像也是勢所必然的事，出道晚於向明前輩甚多的我倒是十足沾光了。

這段文字的後段，向明前輩作了一個美麗而合理的收束：

這種情形直到去年（一九九八）在東歐斯洛伐克開會，我和向陽的「關係」才有了較

一九九八年八月二十二日，向明與向陽、美國詩人合影於十八屆世界詩人大會會場。

明確的鳌定。十八屆世界詩人大會主席瑞契特博士直接給我寄來邀請函，指明我和「你的弟弟向陽」一同被邀請，要我們兩兄弟一定光臨。至此，向陽是我寫詩的弟弟，總算確定。

以年紀論，詩人向明是我的父執輩，我感謝這麼多年來他以詩認我為弟，在繼步前踵的通往詩的路途中！

二

確定向明前輩與我「詩兄弟」關係的一九九八年第十八屆世界詩人大會，是一次我至今印象仍然十分深刻的國際詩人會議。在這之前，我已參加過多次類似的國際會議，向明前輩前文提到的十八屆世界詩人大會主席瑞契特博士（Dr. Milan Richter），是我們在前一年舉辦於韓國的十七屆會議中認識，他蓄有大鬍子，在漢城會議時與向明前輩很談得來，且因詩作而惺惺相惜，因而也對我有印象，並認為我們兩「向」是兄弟，這就是前節向明前輩提到兄弟關係的前因。

我手邊有一封短札，是向明前輩於當年五月十五日寫給我的：

第十八屆世界詩人大會在斯洛伐克召開，主辦人大鬍子Milan Richter來信指定我倆必須參加。但此去東歐費用龐大，我很吃力。昨天我問綠蒂，他說我倆名字已列入向文建會申請預算名單中。但據說文建會希望照顧面廣一點，但預算又不增，因此尚在協調中。去年在韓國大鬍子Milan和比利時詩人German都曾私下向我建議，我們的人選要精，要有份量的。（中略）附上邀請書和登記卡。

這信中提到的「預算」問題（主要是來回機票補助）後來如何解決，我已記憶模糊，我只記得，在向明前輩的推薦下，我因而得以與他一起前往斯洛伐克參加會議。當年的臺灣詩人與國際詩壇交流，通常只能借助世界詩人大會這樣的機會，而在沒有外交的狀況下，以詩相會，更必須借助詩作譯本和英文能力。幸好向明前輩的英文能力特佳，與他同行，有他帶我，與外國詩人之間的交流、對話，自然更加順暢。這一趟詩人大會之行，讓我更開眼界，通過交流而知道自己的不足，也對我創作具有臺灣性的詩啟發至大，受益良多。

而在前後兩次（韓國與斯洛伐克）同行的過程中，我更深刻感受到作為詩壇大老的向明前輩的煦和、謙虛和開闊，他能與與會的各國詩人深談、闊論，因而在會議中總是受到與會各國詩人的掌聲和歡迎。他介紹臺灣詩壇，讓各國詩人對於太平洋濱的東方臺灣現代詩的現況有了更清晰的認識，贏得掌聲，也贏得尊敬；除此之外，他總不忘帶著我認識更多他已經熟識的外國詩人，為我美言，前輩提攜後進的風範，讓我感念迄今。特別是在斯洛伐克的這一次世界詩人大會中，在他稱為大鬍子的大會主席Milan Richter博士之前，他以「詩兄」的心情拉拔「詩弟」的用心，我都可以分明感覺。

三

詩人蕭蕭曾以「儒家美學的躬行者」尊稱向明的詩學，並於二〇〇七年為他舉辦「儒家美學的躬行者——向明先生八十壽慶學術研討會」，這因而讓向明前輩有了「詩儒」的稱號。在為人處事上，向明前輩的確儒雅、溫和，煦煦然而有儒者之風。他的本性溫良，處事敬慎，待人寬裕，這反映於他的詩作之中，也在他撰述的詩評之內。他曾自述，一向寫詩所追求的是「在溫和的後面表達剛健，在平淡的後面有一種執著」，正是他的詩風的特質。他從一九五〇年代出發，一路寫到今天，凡一甲子之久，這樣的詩風貫穿他的詩作。不炫奇、不弄墨、不虛張，自然也就不晦澀、不堆砌、不矯揉。這從他的第一本詩集《雨天書》就已確立。

一九九八年一月三十日，向明為參加十八屆世界詩人大會寫給向陽的短札。

向陽：

第十八屆世界詩人大會在斯洛伐克召開，主辦人
大鬍子 Milan Richter 來信指定我倆必須參加。但此
去東歐費用龐大，我很吃力。昨天我向綠蒂他說
我兩名字已列入向文建会申請補助名單中，但據說
文建会希望也顧面廣一点，但補助又不會，因此尚在協
調中。去年在韓國大鬍子 Milan 和比利時詩人 Germain 都曾
私下向我建議，我們的人選要精要有份量的，我也曾特告

附上邀請書和登記卡。

祝
好

向明 上 五.十五

昨日傾缸大雨，我的信件露在信箱外面，全打溼
新出之本小冊子看來滿滿的。

中華日報便箋

80.12.320本

《雨天書》中有一首四行詩〈釋〉是這樣寫的：

貼金的讚美不要，風可將它腐蝕
摻色的頌歌不要，時間會將它遺忘
帶繭的粗手沒有夢過女王的親吻
偉大的建造裏，我是一名默默的工匠

這是年輕時向明的詩作，也「詮釋」了他的詩觀。以工匠帶繭的手構築城堡，而不奢望「女王的親吻」，相較於當時現代派的呼風喚雨，以及語言上的炫奇弄虛，他的詩在素樸之中更顯得深刻而耐讀。他的詩，是「清明之詩」，在清暢明朗之中，自有深沉厚重的詩思。

深沉厚重，部分來自向明最為擅長的反諷技法，二〇一一年出版的詩集《閒愁》將他的此一詩風推向了最高峰。他從生活、世相和日常事物切

向明第一本詩集《雨天書》。

入，以嘲諷之語，寫盡人間百態，究探生命的意義。如這首〈火〉：

一生
最先與最後的現身
都是燃燒

到時
我會把任何可能的羈絆
通通化成灰

只剩高溫
把你們崇拜的偶像
融掉

寫這首詩時的向明，已經年逾八十，他在明淨的語言中，以「火」隱喻生命的「燃燒」與死亡的「成灰」，就在於去除「羈絆」，寓意深沉；而第三段則以反諷手法，筆鋒一轉，直入「只剩高溫」融掉「你們崇拜的偶像」，更見神來一筆，寫出了世間榮耀終究不敵一把「火」

的銷融。

我還記得，這本詩集出版時，釀出版特別為向明前輩隆重舉辦「詩的盛世：向明新書發表會」，由詩評家楊宗翰主持，邀請詩人余光中、辛鬱、隱地，學者楊昌年、曾進豐和我致詞。我當時的發言，歸納向明前輩對詩的執著，舉凡創作、詩評、散文書寫，以及網路，幾乎無役不與，顯現了他「向晚愈明」的頑強創作力和生命力；也以我的觀察，指出他的詩作特色有三：一、他以生活入詩，且能出入自得；二、他的詩具有強烈的「現實介入」力道，透過諷喻、諧擬，營造「黑色幽默」而令人動容，啟人反思；三、他的詩多半指向生命，擅長以棒喝之語，點出具有智慧的體悟。

如今，向明前輩已經晉入九十上壽，仍然執筆不輟，以臉書為媒介，不時有新作發表，他旺盛的創作力和生命力，都不能不令後輩而創作力中輟的我更加感佩！

四

我與向明前輩認識時，還是大學生，算來詩的因緣已有四十餘年。四十年來，除了前述參加世界詩人大會的近身親濡之外，我們也曾因為共同參與爾雅版《年度詩選》的編選而有多年共事機緣，他以「寫詩的弟弟」視我，無論我主持《陽光小集》或主編《自立副刊》階段，他都經常賜稿支持，他的詩只要投到《自立副刊》，我都立即刊登。我曾告訴他，他的詩甚受

二〇〇一年四月二十一日，年度詩選編委交接，由二魚出版社接手。前排左起：李瑞騰、商禽、向明、張默、辛鬱；後排左起：焦桐、向陽、蕭蕭、白靈。

二〇一三年六月，向明在臺北教育大學朗讀詩作。

一九八二年爾雅版年度詩選六編委合影於臺北新公園。向明、向陽「詩兄弟」坐於前排，後排左起：張漢良、張默、蕭蕭、李瑞騰。（周相露攝）

向明為《我為詩狂》出版寫給向陽的信。

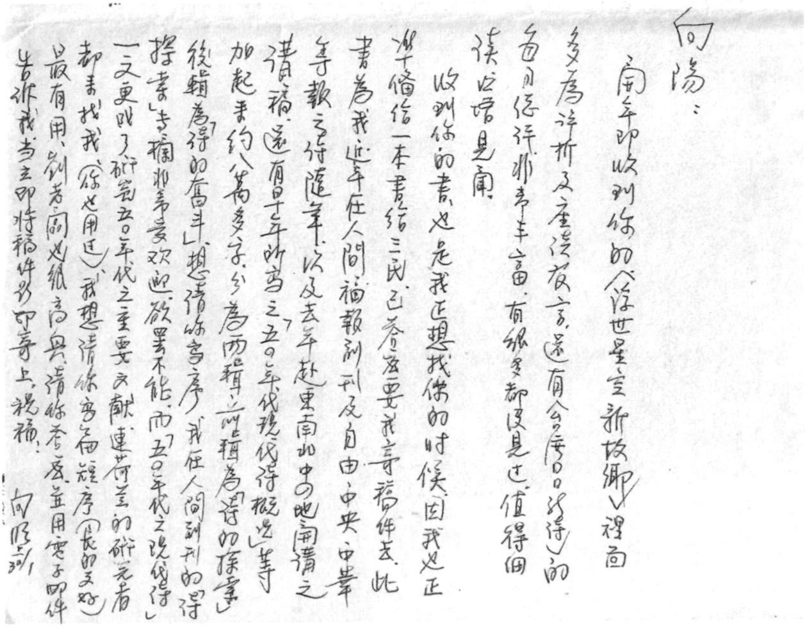
向陽：
前年即收到你的《從世界望新故鄉》裡面
多為評析及座談發言，還有公安日的詩的
每月經行非常豐富，有很多都沒見過，值得細
讀收藏是聞。
收到你的書也是我正想找你的時候，因我也正
準備給一本書給三民，已答應要我寄稿件去，此
書為我近年在人間福報副刊及自由、中央、中華
等報之詩隨筆，以及去年赴東南北中的地開講之
講稿，還有早年所寫之「五○年代現代詩概說」等
加起來約八萬多字，分為兩輯，一輯為「詩的探索」
後輯為「詩的奮鬥」，想請你寫序，我在人間副刊的「詩
探索」專欄非常受歡迎，欲罷不能，而「五○年代之現代詩」
一文更成了研究五○年代之重要文獻，連荷蘭的研究者
都來找我（你也用過），我想請你寫個短序（長的更好）
最有用，到書開也很高興，請你答應，並用電子郵件
告訴我，當立即將稿件影印寄上，祝福！
向明 3/1

副刊讀者歡迎，他從生活中取材，而又具有現實批判力道的詩作，乃是《自立副刊》求之不得的佳篇。多年後，向明前輩對我這段話仍念念不忘，對他來說，他的詩能被大眾讀者肯定，應該也是支持他持續寫作至今的動力之一吧。

創作如此，向明前輩對於新詩的普及也不遺餘力，他最受讀書界歡迎的應屬《新詩百問》一書，這本書最早係他在《臺灣新聞報》「西子灣副刊」所闢專欄，每週見報，為時兩年，與臺灣文學評論家葉石濤的「小說一百問」、彭瑞金的「評論一百問」，三欄鼎立，叫好又叫座，一九九七年由爾雅出版《新詩百問》、次年出版《新詩後五十論》，二○○八年合為《新詩百論》，對於新詩教育者和創作者，此論猶如渡

船、明燈，能引領新詩愛好者進入詩的世界，因此建立了向明詩話的口碑，也鼓勵了他延續至今的詩話與詩評。

印象中，新世紀之後，他廣受副刊之邀，在《人間福報》開「詩探索」專欄、在《中華日報》副刊開「好詩共賞」專欄、在《青年日報》副刊開「窺詩手記」專欄，他的詩話、詩評、詩論，產量之多，不僅詩壇少見，即使中壯代學院詩人也無法超越。

蒙向明前輩看重，二〇〇四年年初，當他結集詩話集《我為詩狂》時，特別寫信交代我為他的這本書寫篇短序，信中他說，三民書局已答應出書，「劉老闆（三民書局創辦人劉振強）也很高興，請你答應」。收到「詩兄」此信，我豈敢不從，乃漏夜寫了題為〈捕魚入網，捕詩入書〉的讀後文應命。在撰寫這篇小序的過程中，暗夜孤燈，我逐字細讀向明前輩的詩話，回想他右手寫詩、左手寫詩話的孜矻不懈，更覺自身的懶怠。就引該篇序文的片段，作為本文的收尾，藉以表達我對這位「詩兄」的敬意吧：

> 向明讀詩、寫詩、評詩半世紀，他的詩風於儒雅處見辛辣、於平淡處蘊深沉，餘味無窮，耐人咀嚼，引人深思，卓然自成一家；他的詩話則縱橫開闔、敦厚恢宏，充滿理趣和慧見。半世紀孜矻於詩，而精進不已，從不疲軟，右手創作、左手撰評，這樣的詩人「向晚愈明」，在蒼茫的世紀中從容而行，特別令我這晚輩敬重、感佩。

——二〇一八年五月

〔手稿故事〕6

人權文學的號手

——宋澤萊

一

四月下旬，在我任教的北教大國際會議廳，前衛出版社和北教大臺文所、臺灣文學學會為宋澤萊剛推出的《臺灣文學三百年續集》舉辦了一場座談會，我應邀擔任引言人，為宋澤萊的這本新著敲邊鼓，現場來了許多老友、學者和研究生，宋澤萊在隨後的演講中，將他寫作《臺灣文學三百年》初續集的構念濃縮為一個半小時，獲得滿堂彩。

當天我以臺語發聲，對於宋澤萊結合弗萊（Northrop Frye）和海登・懷特（Hayden White）的理論，鎔鑄成他自建的「文學四季變遷理論」，藉以探究臺灣三百年文學發展的論述，提出了一些看法。文學史論並不容易為之，文學史不是史料的剪輯或堆積，而是史家掌握他的史觀，據以評價作家作品，和定位不同時期文學家的成就與貢獻、特色和優劣的總體論述。宋澤萊年輕時以小說崛起文壇，兼擅臺語歌詩創作，又受過史學和文學訓練，讓他得以免除既有的

臺灣文學三百年座談會，向陽與宋澤萊（中）、前衛出版社發行人林文欽（右）合影。

史論框架，自有創見，而能與歷來的臺灣文學史著有所區分，寫出新的論點，提供給讀者更多的視角，在我來看，這是相當不容易的。

隨後宋澤萊的談話，則以他對世界文藝發展的認知，暢論他的「文學四季變遷理論」。他談聖經（舊約與新約）、談美國文學、談外省來臺作家作品、談西方哲學，也談音樂與繪畫，逐一印證他的四季理論，展現了他知識的宏博與深邃。歸趨到臺灣文學史，他以春夏秋冬四季的遞嬗、輪替，說明臺灣文學三百年的轉折。他以「春天」描繪清領前期的臺灣文風，稱之為「傳奇浪漫時代」；以「夏天」化約清領中後期的臺灣文風，稱之為「田園時代」；以「秋天」指涉日治年代的臺灣文風，稱之為「悲劇時代」；以「冬天」

形容國民黨統治階段的臺灣文風，稱之為「諷刺時代」；進入兩千年之後，則又由冬入春，已然展開新一輪的「傳奇浪漫時代」……。

我在臺下，聽他內容豐富的談話，看他生動的手勢與表情，不能不油然佩服他這麼多年來鑽研臺灣文學史的苦心和成果。認識他四十多年了，這是我第一次聽他談臺灣文學史、預測臺灣文學大趨勢，捨棄學院的術語習慣和夾纏語法，他三言兩語就直指核心，讓現場聽眾頻頻點頭，對三百年來的臺灣文學的春夏秋冬有了明晰的印象。

從年輕時以小說名家，到近幾年連著推出《臺灣文學三百年》初續集，成為臺灣文學史家，宋澤萊在文學的道路上不只不歇不息，還一路向前衝刺，在臺灣戰後世代作家中，他大概是不斷跨越文類、不拘一格且成績斐然的一位了。

二

我認識宋澤萊，是先從他的小說開始的。本名廖偉竣的他，出生於雲林二崙，長我三歲，一九七三年他考入臺師大歷史系，我則考入文化學院東語系日文組，算是同一階段的大學文青，當時的《中外文學》是我們文青必看且渴望能將作品獲刊於其上的文學雜誌，印象中他曾先後在《中外文學》以本名發表過〈嬰孩〉和〈紅樓舊事〉兩篇小說，以心理的深掘寫死亡經驗和戀母情結，讓我深受震撼。我當時也偶有詩作發表於《中外文學》，那是現代主義文學思潮影響戰後世代的巔峰期，舉凡沙特、佛洛伊德、弗洛姆，都是我們「生吞活剝」的對象，廖偉峻這個名字因而受到我的注意，但我與他並未見過面，倒是經常從與我同校且同租宿舍的好友、小說家楊航（林文欽）口中聽到廖偉峻這個名字，且感受到楊航對他的小說才華的高度讚賞。

一九七八年三月，由鍾肇政先生主編的《臺灣文藝》革新號第五期刊出了宋澤萊的小說〈打牛湳村——笙仔和貴仔的傳奇〉，這篇小說讓剛從前一年鄉土文學論戰後喘過氣來的文壇驚豔，當時陳映真曾讚譽他「把爭論紛紜的鄉土文學推向一個新的水平」；這年十月，第一屆時報文學獎公布，〈打牛湳村〉更勇奪小說推薦獎。同屬中部農村出身的我更是折服於他對臺灣農業問題、臺灣農民性格的深刻描寫，以及他高度的諷喻技巧；也在同一個月，人在軍中服役的我接到鍾肇政先生寄來一紙通知，告知我以臺語詩〈鄉里記事〉系列獲得吳濁流新詩獎，通知上隔一行則是宋澤萊以詩作〈鄉景〉獲得佳作。這樣同榜的機緣，更讓我對宋澤萊既是傑出小說家也是優秀詩人抱有極高的好感。

我們真正見面認識，應該是我退伍後來臺北，主持《陽光小集》詩雜誌的階段，當時林文欽進入三民書局當編輯，獲得老闆劉振強的信賴，開拓三民叢書的稿源，首批推出的都是戰後世代的青年作家，林文欽與宋澤萊是雲林同鄉，約了他早期創作的小說集《黃巢殺人八百萬》，約了我的詩集《種籽》，記憶中也約了彭瑞金的評論集、吳錦發的小說集，列入三民書局姊妹公司的東大圖書公司「滄海叢刊」同時出版。是在這個機緣下，我和宋澤萊首次見了面，這已是一九八〇年的事了。

進入一九八〇年之後的宋澤萊，在臺灣文壇已經是閃亮的新星，除了三民書局之外，遠景出版社陸續出版他的長篇小說《惡靈》（《廢園》重版）、《耀穀日記》、《變遷的牛眺灣》和《骨城素描》、《蓬萊誌異》，聯經則出版他的小說集《紅樓舊事》。就在如此受到文學出版界重視的情況下，他卻減緩了小說創作，轉向評論和禪學研究。評論的部分他寫出〈文學十日談〉，這大概是他此後朝向文學、文化與宗教評論的開始；禪學的部分，他於一九八三年由前衛出版社出版了《禪與文學體驗》，展現了他的參禪體悟。

我還記得，一九八二年六月底我初接《自立副刊》主編時，因為手邊稿源已經匱乏，及發信件給他，希望他提供作品救急。一兩日後，隨即接到他的熱情的回信：

大函接悉。

剛剛才寄出一封信給心岱，並同意她的建議，把那篇所謂的「光陰詩抄」登在貴報副刊。但我還是要請你們為它配上插圖，否則就顯得薄弱了。

如果自立真的還缺稿，我願意為她寫一些文章。明天開始，我就動筆撰寫「人間的禪」，是短故事，我儘量把禪和現代社會拉近。大概可以寫到二十篇。（中略）

要祝福你接編自立晚報成功！

過沒幾日，他即寄來「人間的禪」首篇〈倘使人間水深火熱〉，以數則公案來探究禪與人間的關係，深刻而精采。他不只救我的急，還提升了《自立副刊》的內容。這事他可能忘了，我可是記到如今。

此後他寄來，我就登，到了次年三月二十七日，他又來一信，談到他這一系列寫禪的文章的反應：

寄一篇禪給自立晚報，不知道你還要不要？

禪登出來，意外地反應良好，尤其在中國時報的那篇「掙扎人間」至今還有人來信。真是出乎我意料之外，寫了一輩子文學也沒有接過那麼多的信。

你能再登禪嗎？以饗同好。

林文欽兄處有禪畫一巨冊，是日本禪畫集成，如果沒插畫，請打個電話給他。

他寄來的稿子題曰〈當今中國的佛教禪・祖師禪的履踐者——劉圓香禪論〉，約萬把字，介紹佛教禪的內蘊，推重劉圓香語譯佛教經典的貢獻，都顯現了他學禪之深入。雖然我更期望的是他的小說新作，卻也敬服他對禪學知識的涉獵之勤和認識之深，當即回信給他，決定刊登。由於《自立副刊》這個時期稿擠嚴重，這稿子一直拖到五月二十五日才以連載三天的方式登出，登出後迴響極大，果然如他信中所說「意外地反應良好」，直到次年，人在美國舊金山的謝冰瑩在為劉圓香所譯《心地觀經講記白話本》寫序時，還提到她是在《自立副刊》讀到宋澤萊此文而對劉圓香有了深刻認識。這或許也是宋澤萊所不知道的。

一九八〇年代宋澤萊由小說創作轉入禪學和佛典研究，這大概與他想通過宗教尋求人生困境的解答有關吧，他從禪宗公案、佛學經典中尋覓心靈的依靠，並不斷鑽研，其後又陸續出版了《隨喜》、《被背叛的佛陀》、《被背叛的佛陀續集》、《拯救佛陀：根本佛教教義精論》等書，主張臺語弘法，批判中國佛教。不過，由於佛教與禪似乎無法讓他解除人生的疑惑和困境，進入一九九〇年代之後，他還是放棄了原始佛教，而轉向基督教。他熟讀聖經，參加教會活動，一九九四年更將他的聖靈體驗寫成長篇小說《血色蝙蝠降臨的城市》，二〇〇四年受洗後，於二〇一二年出版的《天上卷軸》，更為

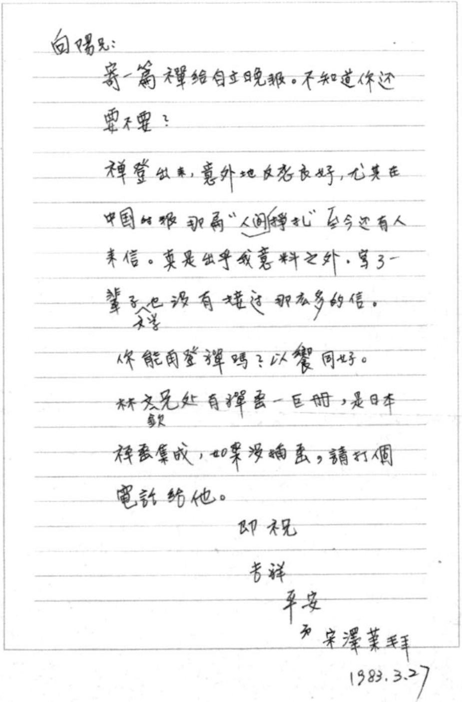

向陽兄：

寄一篇禪給自立晚報。不知道你還要不要？

禪登出來，意外地反应良好，尤其在中国时报那篇"人间禅札"至今还有人来信。真是出乎我意料之外，写了一辈子文学也没有接过那么多的信。

你能再登禅吗？以饗同好。

林文欽兄处有禅书一巨册，是日本禅书集成，如果要补书，請打個電話給他。

即祝

吉祥

平安

弟 宋澤萊 手

1983.3.27

一九八三年三月二十七日，宋澤萊給向陽的信，開始禪的書寫。

臺灣的宗教文學豎立一座高峰。

宋澤萊為何有這麼大的信仰轉折？我並不了解。我能理解的是，作為一個思想型的作家，他是在不斷思考、探究和質疑的過程中，努力建立屬於他自己的思想體系而有以致之吧。

三

回到一九八〇年代，一九七九年十二月十日的美麗島事件，對包括宋澤萊在內的諸多戰後世代作家都產生巨大的思想衝擊。美麗島事件是繼一九七七年鄉土文學論戰後影響臺灣文學走向的政治事件，宋澤萊曾經自述，美麗島事件是他創作生涯的一個分水嶺。一九八〇年代的臺灣文學思潮相應地也起了巨大的變化，從「鄉土文學」到「臺灣文學」的正名是這個變化的主軸，「政治小說」、「政治詩」、「生態文學」、「人權文學」乃至「臺語文學」的出現，則是這個變化的具體反應。

宋澤萊在這個主軸中，扮演的是論述和創作、鼓吹和實踐並行的重要角色。整個一九八〇年代，宋澤萊的主要創作，最為人稱道的，大概是一九八五年由前衛出版的長篇小說《廢墟臺灣》，這部小說以寓言體的寫法，描述（或預測）臺灣人因為漠視公害和使用核能發電，在二十一世紀初期導致核電廠爆炸而變成廢墟。既是環境與生態文學，也是一部具有想像力的超現實的政治/科幻小說，展現了他跨越現代與寫實的卓越書寫能力和思想內涵。

另一個值得一提的，則是他在這個階段起步的臺語文學創作。一九八一年他赴美參加愛荷華大學「國際寫作計畫」，返臺後開始臺語詩的創作，一九八三年出版《福爾摩莎頌歌》，一九八七年發表〈抗暴的打貓市〉更有華文與臺文〈抗暴个打貓市〉兩個版本，小說分為三章：第一章「一個病儂」、第二章「一條靈魂」、第三章「一副白骨」，寫的是「一個臺奸政治家族的分析」。結構雖然簡單，但極具諷喻和想像之能事。以臺語寫出的〈抗暴个打貓市〉，在我來看，堪稱為戰後臺灣新文學史上第一篇純粹使用臺語思考、寫作的短篇小說，這也使得臺語文學由新詩延伸到小說創作的領域，是臺灣小說一到重要的分水嶺。

然而，這也是我副刊編輯生涯中最感到扼腕的事。宋澤萊於一九八七年五月完成〈抗暴个打貓市〉之後，把稿子寄來《自立副刊》，附了一封信：

1.今寄去「抗暴个打貓市」臺語小說一束。包括「寫在發表前」「本文」「字解」，有六十八頁之多。

2.這篇小說耗掉我大量心力。主要是謄稿及註解，不眠不休工作了好幾個禮拜。

3.同樣要求你在登出本文時，隨附字解（每一個字都是心血結晶），最好是登一次附一次。如此讀者便於查閱，有利於學習。字解太重要了，總計三〇〇個以上，大部分都是第一次見到的，超過了林金鈔及洪惟仁現有的用字多矣。

4.我希望最好能連載三天以上的大版面，以後再連載小版面，以引起注意。臺語文字

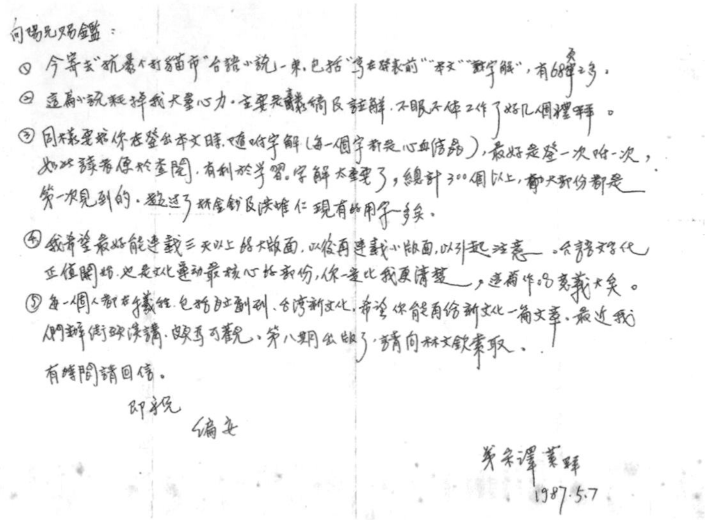

向陽兄賜鑒：

① 今寄去「抗暴个打貓市」台語小說一束，包括「寫在發表前」「本文」「註字解」，有68頁之多。

② 這篇小說耗掉我大量心力，主要是[illegible]及註解，不眠不休工作了好幾個禮拜。

③ 同樣要求你在登出本文時，隨附字解（每一個字都是心血結晶），最好是登一次附一次，如此讀者便於查閱，有利於學習。字解太重要了，總計300個以上，而大部份都是第一次見到的，超過了林金鈔及洪惟仁現有的用字多矣。

④ 我希望最好能連載三天以上的大版面，以後再連載小版面，以引起注意。台語文字化正值開始，也是文化運動最核心的部份，你一定比我更清楚，這篇作品意義大矣。

⑤ 每一個人都在犧牲，包括自立副刊、台灣新文化，希望你能再給新文化一篇文章。最近我們辦街頭演講，頗為可觀，第八期出版了，請向林文欽索取。

有時間請回信。

即祝

編安

弟宋澤萊拜

1987.5.7

▲一九八七年五月完成〈抗暴个打貓市〉後，宋澤萊給向陽的信。

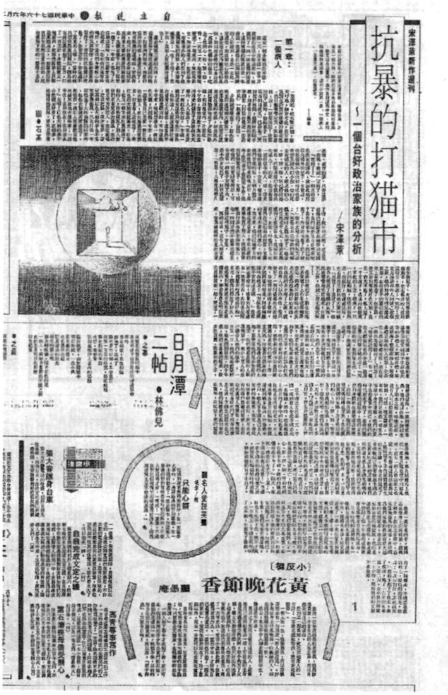

自立晚報

宋澤萊新作選刊

抗暴的打貓市

一個台奸政治家族的分析

宋澤萊

日月潭二帖

林佛兒

黃花晚節香

◀一九八七年六月二十四日，自立副刊以頭條方式連載三天，登出宋澤萊力作〈抗暴的打貓市〉。

宋澤萊〈抗暴个打貓市〉臺文手稿。

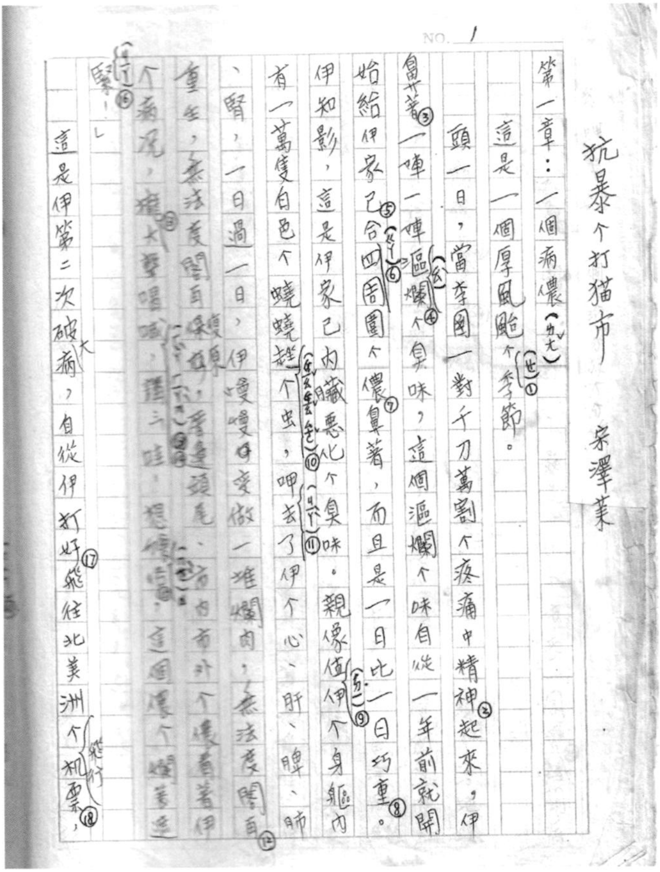

NO. 1

抗暴个打猫市　宋澤萊

第一章：一個痟儂

這是一個厚風颱个季節。

頭一日，當李國一對千刀萬割个疼痛中精神起來，伊鼻著一陣一陣漚爛个臭味，這個漚爛个味自從一年前就開始給伊家己合四周圍个儂鼻著，而且是一日比一日較重。伊知影，這是伊家己內臟惡化个臭味。親像值伊个身軀內有一萬隻白色个蟯蟯趖个虫，呷去了伊个心、肝、脾、肺、腎，一日過一日，伊慢慢仔變做一堆爛肉，無法度閣再重生，無法度閣再……

繄！

這是伊第二次破病，自從伊打好飛往北美洲个机票，

化正值開始，也是文化運動最核心的部分，你一定比我更清楚，這篇作品意義大矣。

5.（略）

收到他寄來的厚甸甸的稿子，我真是高興，這無疑是宋澤萊少見的力作，既是政治小說，也是臺語文學的重要作品。然而我隨即碰上了刊登的實際難題。《自立副刊》在這之前已經

刊登不少臺語文章，陳冠學、洪惟仁、許成章、黃勁連，甚至漢字羅馬字並用的臺語專欄也登過，刊登臺語文不是問題，問題是宋澤萊當時使用華語注音，字解部分也是，而《自立晚報》是鉛字排版，只有中文字模，而無注音字模，在技術條件上根本無法按照他的理想刊登。我只好寫信請求他的理解，最後他也同意，但改以華文刊登。

相當扼腕，但也相當無奈，這篇小說於是在這年六月二十四日以頭條方式連登了三天。儘管如此，這篇小說還是相當敏感，登出後也惹來情治單位的「關心」，不過終究無事，因為這年七月十五日臺灣就解嚴了。

四

除了創作上引領風潮之外，一九八〇年代的宋澤萊在評論上也備受矚目。一九八六年他一連發表了幾篇被形容為「炸彈」的文化評論，點名檢討「臺灣的老弱文學」，同時開始「人權文學」論述的強化（在《臺灣文藝》發表〈臺灣人權文學小史〉），帶來臺灣文壇的風暴。這些作品隨後集結為《誰怕宋澤萊？——人權文學論集》，同樣由前衛出版。他在書中點名批評葉石濤、陳千武、陳映真、七等生等名家；他認為臺灣作家要勇於反抗統治者「反人權」的行為，介入政治，要求人權。

我不知道，時隔三十多年後，宋澤萊對於當時撰寫這些對前輩作家愛深責切的論述，是否有所改變？我知道的是，在他新推出的《臺灣文學三百年續集》中，他依然堅持他對「人權文學」的理念，用他當年寫的話來說：「是對自己有反省，對有限的自己有謙虛，對他人的悲慘有同情，對世界的生老病死有哀悽，對無限的自由有嚮往，對萬物有愛情，對世界的不平等有義憤。」只是改而以春夏秋冬四季的輪轉，探尋臺灣文學的變遷，對於不同年代的作家、不為歷來史家鑑照的文學書寫給予更多的關注和討論，他改變的是，理解取代了批判，寬容取代了指責。

我想起兩年前（二〇一六）四月二十二日晚上，邀請宋澤萊為我策畫的「打破暗暝見天光——人權文學講堂」演講的畫面，當晚他以〈渴死者——施明正絕食到死的原因以及其小說的時代意義〉為題，從「人權文學」的角度給予施明正相當高的評價，他分析師明正監獄小說的藝術性，也討論其小說在臺灣文學史的位置，就使用了他自創的「文學四季變遷理論」，他把施明正視為諷刺階段（冬天）的重要作家，是「諷刺文學」的首席，不就是延續了他自一九八〇年代以來念茲在茲的「人權文學」論述嗎。寒冬已經過去，願二十一世紀的臺灣文學的春天，一如宋澤萊所期許，已然到來；願傳奇浪漫的文學之花取代悲愴諷刺，在這片土地燦開。

——二〇一八年六月

〔手稿故事〕7

文學傳播的開拓者

——李瑞騰

一

《文訊》創刊即將屆滿卅五週年，應封德屏社長之邀，為將在週年慶開幕的「文藝資料研究及服務中心」敲邊鼓，暗夜寫稿，回想三十五個年頭以來長期觀察《文訊》的腳步，也為《文訊》寫稿的點滴，既慨歎時光之飛逝、歲月之不居，也不能不讚佩《文訊》這三十五年為臺灣文學傳播所做的無私的奉獻。

寫著寫著，腦海裡不時浮出曾經擔任過《文訊》總編輯的李瑞騰兄的名字和臉容，以及他用力講話的手勢和豐富表情。一九八三年七月《文訊》的創刊，原為國民黨文化工作會主事的刊物，負有執政黨文化工作的責任，由孫起明負責主編；一九八四年十月延請當時擔任《工商日報》副刊主編的學者李瑞騰擔任總編輯，他接編後大力改革，強化《文訊》作為文學傳播媒體的公共性，讓這份黨辦刊物的黨化色彩逐漸淡化，同時也以他自身橫跨古典文學、現代文學和世界華文文學三個領域的學界、文化界人脈，以各種具有規劃的、深入的報導專輯，充實了《文訊》的內容，終於受到文壇和學界的重視；讓《文訊》跨越了黨派、地域和意識形態的鴻溝，成為國內外學界了解臺灣文學生態、趨勢的重要雜誌。

瑞騰兄擔任總編輯約有八年之久，直到一九九二年十月交棒給現任總編封德屏，改任編輯總監、顧問後，才逐漸淡出。他可以說是早期《文訊》雜誌的靈魂人物。他是一個編輯高手，擅長設定議題，主動出擊。舉凡雜誌專題的規劃、專家學者的約稿、相關活動的舉辦，都具有呼風喚雨的氣勢。我印象深刻的幾個專題和活動，諸如「古典文學現代化」座談、「香港文學專輯」、「菲律賓華文文學特輯」、「當代文學問題研討會」、「當前大陸文學研討會」以及「報紙副刊特輯」等專題報導、論述，都頗具前瞻性，即使到今天也還是值得持續關注的議題。

二〇一五年十月，向陽版畫展開幕，李瑞騰前往祝賀並致詞。

也因為他的關係，身為他文化學院學弟的我，從他主編之後至今，就與《文訊》結了不解之緣。我在撰寫《文訊》雜誌卅五週年慶的文章的夜裡，腦海會浮起他的臉顏、聲音、手勢，也就不足為奇了。

二

我與瑞騰兄相識於就讀文化學院時期。一九七三年九月，我考上文化學院東語系日文組，從故鄉南投北上華岡，開始了人生中最關鍵的四年大學生活。初為大學新鮮人，對一切都充滿好奇，尤其是社團活動，我一口氣參加了四個社團，分別是文藝組主導的華岡詩社、政治系主導的大陸問題研究社、日文組（本系）的日文學社，以及羅浮群（童子軍）。當時，瑞騰兄是中文系大二的學長，也來自南投，但我還不認識他。

我大二下時被選為華岡詩社社長，為了強化詩社陣容，開始四處打聽校內寫詩的同學，知道有李瑞騰這號學長，當時他偶而會在文藝組老師祝豐（司徒衛）主編的《自立晚報・星期文藝》發表作品，我也偶有詩作發表，祝老師常跟我提到他，但無緣得識，倒是先認識了已在詩壇闖出名號的渡也（當時就讀中文系二年級，是瑞騰兄的學弟），因為詩而常相往來。

大三上學期，華岡詩社舉辦「華岡詩獎」，瑞騰兄以筆名「牧子」參賽，這是我們認識的開始。當時的華岡詩社詩風甚盛，我們的指導老師林鋒雄（戲劇系教授）是大地詩社的詩人，祝豐老師是藍星詩社詩人，法文系的胡品清老師也是詩人，社員則有瑞騰兄、渡也、趙衛民、林建助、劉克襄、陳瑞山、王希成、陳玉慧、呂俊德、管中閔……等，大家切磋詩藝，出版《華岡詩刊》、舉辦大型新詩講座、詩與民歌演唱會，一時之間，竟讓華岡的山風海雨不再那麼淒寒。

我還記得，當時大四的瑞騰兄賃居於菁山路，有一天晚上我們幾位詩社的朋友聚會，喝酒暢談之後，尚未盡興，有人起意去菁山路找他續攤，帶酒前往，胡言亂語，亂了他一個晚上，有人醉酒嘔吐，倒地不醒，他毫無怒氣，為我們這群醉鬼遞毛巾、清穢物、擦地，最後和婉送走我們一群不速之客。

一九七六年一月一日，家住草屯的詩人岩上籌備辦一份詩刊《詩脈》，找了主要是南投縣出身的詩人王灝、鍾義明、洪錦章、渡堤、老六，李瑞鄽（李瑞騰胞兄），也希望瑞騰兄和我加入，當天我們在草屯瑞騰兄家中聚會，詩脈社正式成立，我們成為詩脈社的同仁，直到一九七九年三月《詩脈》停刊為止。瑞騰兄和岩上先生、王灝兄，當時可說是《詩脈》詩評和理論的三大健筆。

我讀大四上的冬天，一九七六年十二月，動念要編一份報紙型的詩誌，名為《華岡冬季抒情詩展》，當時瑞騰兄已考入文化中文碩士班，我請教於他，在他指導下，規劃好這份報紙型的詩誌內容，決定以前後頁兩個版面出版，第一版主要是報導，第二版則為詩社同仁的詩作和評論。開始約稿後，同仁創作踴躍，但報導和評論沒有人寫，為了內容的多樣，我又去央求他，他一口氣答應，最後這份《華岡冬季抒情詩展》終於完印——第一版是他跟我兩人包了，我寫發刊前言、華岡詩史、詩社活動報導；他寫了一篇介紹〈四面鏡子——入選「八十年代詩選」的華岡人〉（筆名「皋羽」）、一篇詩評〈唇與吻之間——「當代詩人情詩選」考察之

一九七六年一月一日，岩上籌辦《詩脈》，部分同仁攝於草屯李瑞騰家。右起：李瑞騰、鍾義明、李默默、向陽、張子伯。

一九七六年十二月出版的《華岡冬季抒情詩展》。

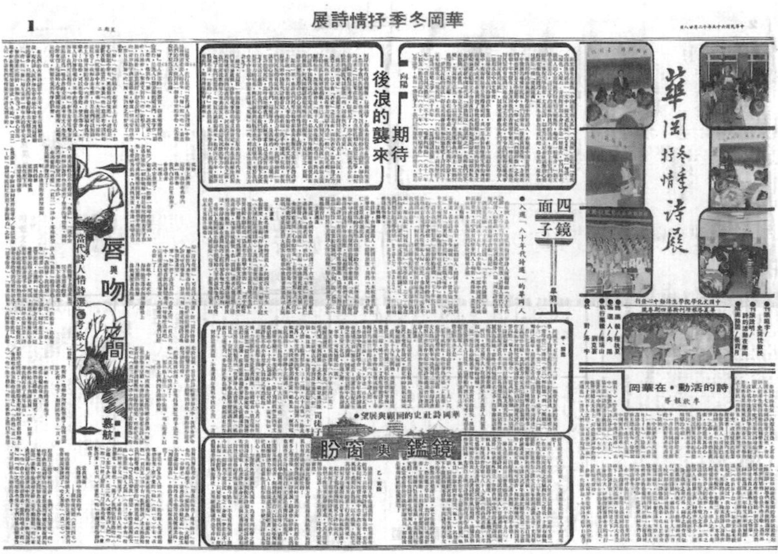

華岡冬季抒情詩展

後浪的襲來

期待

四面鏡子

唇與吻之間

鏡鑑與窗盼

華岡冬季抒情詩展

詩的活動・在華岡

一〉（筆名「慕航」）；第二版詩作展，他又提供了一首詩作〈黑色蝴蝶——贈渡也〉（筆名「慕航」），以及一篇詩論〈詩話渡也——並釋其「蘼蕪」詩中的主意象〉（使用本名）。加總算來，他一人就以三個筆名提供了四篇作品。這是典型的華岡才子才做得來的事，他對我這個學弟的要求，是如此的慷慨。

一九七七年四月，鄉土文學論戰如火如荼，我和文藝組的小說家林文欽（楊航）起意要辦一份名為《大學文藝》的文學雜誌，開始籌組大學文藝社，也請瑞騰兄一起加入，我們籌備良久、經常開會，組成大學文藝社之後，第一件大事是邀請小說家黃春明來社演講，由瑞騰兄主持，演講紀錄由當時家政系一年級的小學妹楊錦郁擔任，這場演講促燃了瑞騰兄和錦郁的戀情，也促成了他倆的婚事，籌辦中的刊物《大學文藝》則因經費無著無疾而終。

一九七七年五月七日，大學文藝社同仁聚會，為向陽慶生。後排三位右至左：劉克襄、李瑞騰、楊錦郁。

回想大學年代的這段往事，在多風雨的華岡，瑞騰兄總是以兄長的寬容，指導並支持華岡詩社，那些畫面，即使時隔四十年，仍歷歷在我眼中。在文學的道路上，我們算是同時從華岡出發，至今也仍在同一條路上，這樣的情誼，涓細而綿長。

李瑞騰〈「七十四年詩選」導言〉首頁與結語。

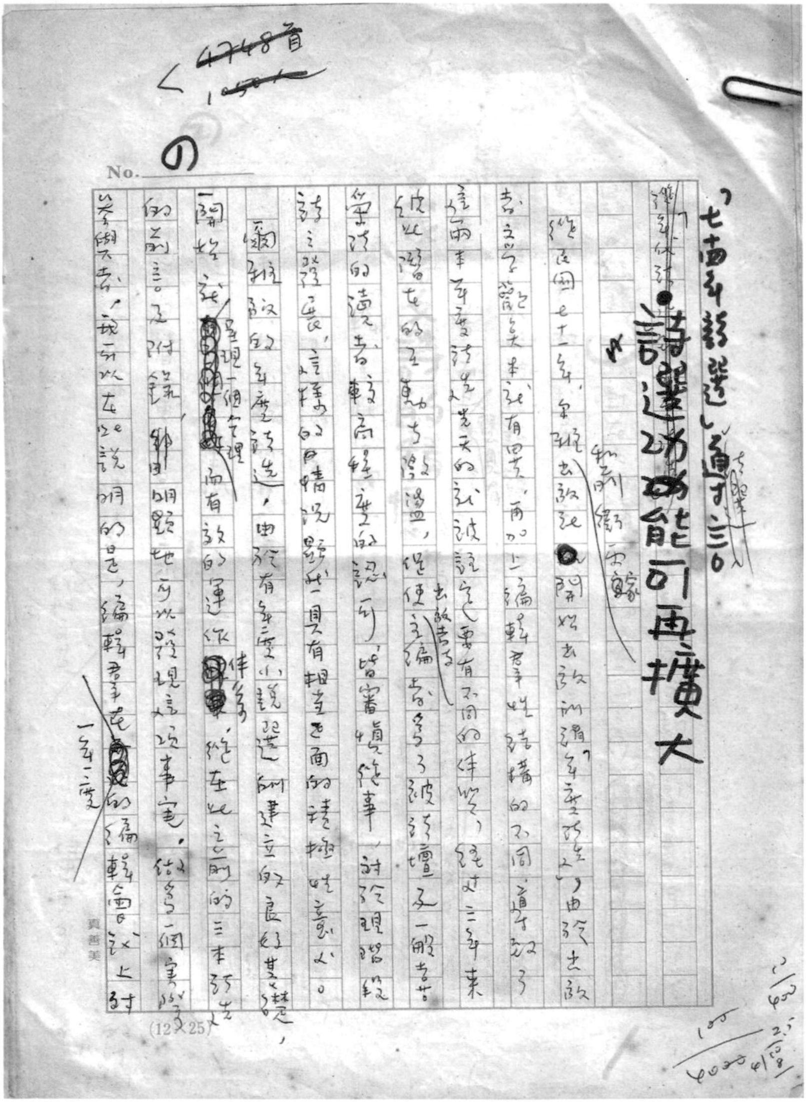

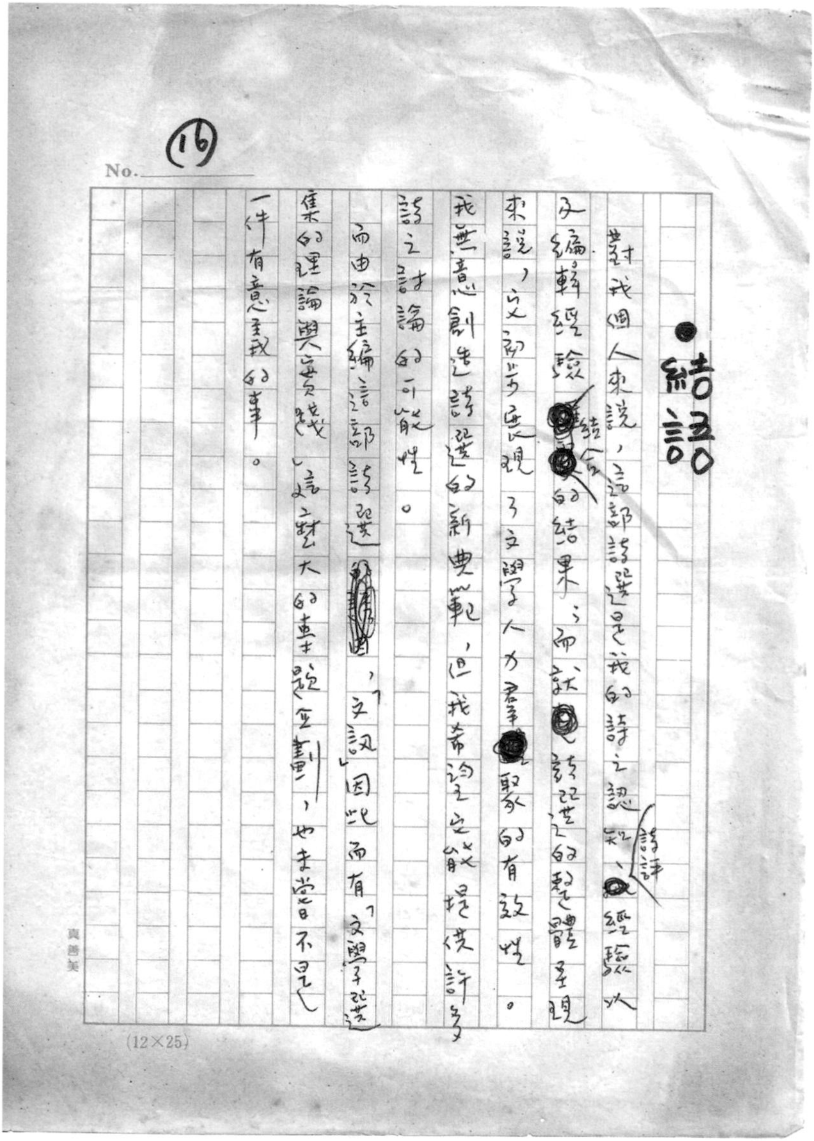
No. ⑯

結語

對我個人來說，這部詩選是我的詩之認知、詩評經驗以及編輯經驗結合的結果，而就詩選的整體呈現來說，它即實現了文學人力群聚的有效性。

我無意創造詩選的新典範，但我希望它能提供許多詩之討論的可能性。

而由於主編這部詩選，「文訊」因此而有「文學選集的理論與實踐」這麼大的專題企劃，也未嘗不是一件有意義的事。

真善美
(12×25)

三

大學畢業後，我當兵服役，退伍後就入社會工作，瑞騰兄則繼續研究所的學業，直到一九八二年取得博士學位，進入學院教書。在這個過程中，他曾在故鄉出版社工作，策劃《懷念四書》、《古典四書》等暢銷好書，我沒記錯的話，《懷念四書》的四篇序好像是我寫的；一九八〇年他與陳信元共創蓬萊出版社，我當時在海山卡片公司撰寫書卡詞句，也常相往來。

後來我離開海山，進入《時報周刊》當編輯，也將《陽光小集》由高雄遷來臺北，瑞騰兄和信元兄的編輯經驗豐富，也給了我相當多的指導。一九八二年六月，我轉任《自立晚報》副刊主編，編輯檯幾無存糧，為了應急，一個電話打給瑞騰兄，兩天後就收到他的稿子，解了我的燃眉之急。他本來就是快筆，但義助學弟，更沒話說。

也在這一年十月，爾雅出版社隱地先生準備出版《年度詩選》，委請詩人張默組織年度詩選編委會，瑞騰兄和我同獲張默先生之邀，與向明、蕭蕭、張漢良共六人擔任編委，我們有了離開校園之後的共事緣分。在每次的編委會中，瑞騰兄總是能夠侃侃而談，以他長年閱讀與研究現代詩的學養，以及豐富的編輯經驗，提出看法，為年度詩選的編輯體例做了相當大的貢獻。

爾雅版《年度詩選》由張默先生召集，第一年也由他編選，接著由其他五位編委逐年主編。瑞騰兄接編的是一九八五年的《七十四年詩選》（一九八六年出版），根據第一次編委會訂下的體例，年度詩選選出詩作後，均由主選人撰寫〈導言〉，交代詩壇概況、編選經過及選入詩作剖析；入選詩作附作者簡介及編者按語；卷末附〈年度詩選決選會議紀錄〉及〈詩壇大事記〉。這樣算是體例該備了。

瑞騰兄顯然把編輯年度詩選視為一樁重要而嚴肅的「重大工程」來辦。這時他已是《文訊》雜誌總編輯，他幾乎以編一部「新詩年鑑」的野心來進行編選工作，舉凡〈導言〉的撰寫、詩後所附〈編者按語〉的寫作，都花費不少心思與時間來完成；更重要的是，他為附於詩選之後的「附錄」精心擘劃了一個「年鑑工程」：他請鍾麗慧彙整詩壇年度大事記及事件特寫、請陳信元彙整年度詩集出版編目、請陳慧玲彙整年度詩刊提要、請何聖芬完成〈新詩作品發表的調查報告〉——這樣的編集力何等強大，花費的心血、人力和時間更是驚人。這本年度詩選的編成，如今來看，既是空前，可能也是絕後了。

瑞騰兄其後將他完成的〈「七十四年詩選」導言〉交給我，他用三〇〇字稿紙整整寫了十六頁，約五〇〇〇字，我收到後相當感動，並將此文安排於自立副刊發表（一九八六年四月十二日）。這顯然是一個熱愛文學的「拚命三郎」才可能做的事，他卻以自我期許的標竿付諸實施，並且完成了。一如他在「結語」中所寫：

> 對我個人來說，這部詩選是我的詩之認知、詩評經驗以及編輯經驗結合的結果；而就

詩選的整體呈現來說，它初步展現了文學人力群聚的有效性。我無意創造詩選的新典範，但我希望它能提供許多詩之討論的可能性。

而由於主編這部詩選，「文訊」因此而有「文學選集的理論與實踐」這麼大的專題企劃，也未嘗不是一件有意義的事。

四

瑞騰兄就是這樣，盡心盡力，從不餒志。無論主編《年度詩選》、主持《文訊》八年多的編務，或者其後創辦《臺灣文學觀察雜誌》擔任發行人兼總編輯、創辦《臺灣詩學季刊》擔任社長，乃至二〇一〇年起擔任國立臺灣文學館館長四年期間，他都是以熱愛文學的初心，結合他自大學時期以來累積的文學知識、學術訓練、編輯與出版經驗，還有他擅長的擘劃能力和識見，用心經營，努力做事，並且開創了不少臺灣文學傳播與研究的新領地，說他是臺灣文學傳播的開拓者，略可近之。

以他在擔任臺文館館長四年間的成效來看，他任內親自策畫《臺灣文學史長編》，邀集學院內的臺灣文學研究者以各自專擅的研究領域撰述研究成果，累積達三十三冊之多，加上《臺灣古典作家精選集》三十八冊、眾流匯集，儼然匯成一條臺灣文學大河，對現有的臺灣文學史著的補缺、對未來理想的臺灣文學史的出現，都功不可沒；他在任內委託臺灣文學發展基金會

一九八五年十月李瑞騰致向陽信。

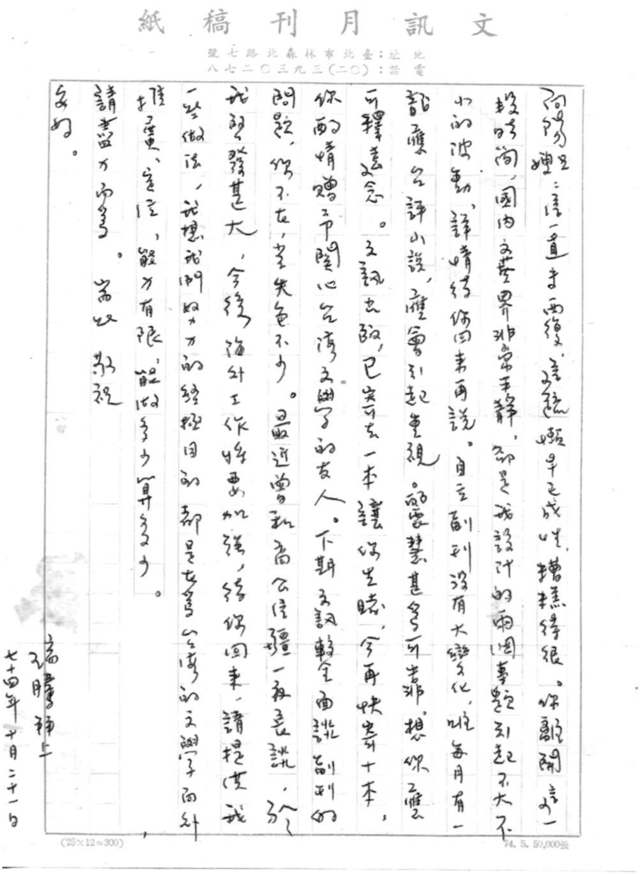
文訊月刊稿紙
地址：臺北市林森北路七號
電話：(〇二)三九三〇二七八

向陽兄：信一直未回覆，主要文訊始終早已成型，糟糕得很。你離開這一段時間，國內文藝界非常平靜，卻是我設計的兩個專題引起不大不小的波動，詳情待你回來再說。自立副刊沒有大變化，唯每月有一篇應台評小說，應會引起重視。[illegible]甚多可喜非想，你定可釋慕之念。文訊出版，已寄去一本讓你先睹，今再快寄十本，你再情贈予關心台灣文學的友人。下期文訊較全面談副刊的問題，你不在，甚失色不少。最近曾和高信疆一夜長談，於我啟發甚大，今後編輯工作將要加強，待你回來，請提供我一些做法，我想我們好好的經營國內，卻是台灣的文學向外推廣、宣傳，能力有限，能做多少算多少。請書留在那裡。　萬以　敬祝
安好。
瑞騰拜上
七十四年十月二十一日
(25×12=300)
74. 5. 50,000張

完成的《臺灣現當代作家研究資料彙編》五十冊，更是以臺灣文學研究者的「人力群聚」來彰顯臺灣文學家的創作成果，他讓研究端和創作端匯流，意義尤其重大。這正是他當年編選《年度詩選》用心使力的擴大。

一九八五年九月我到美國愛荷華大學參加「國際寫作計畫」，十月收到他以文訊月刊稿紙寫給我的信，信中提到我離臺後，他在《文訊》雜誌社設計的兩個專題（應係指二十期製作的「香港文學特輯」和「龍應臺評小說」討論會）「引起不大不小的波動」；接著寫道：「下期文訊較全面談副刊的問題（應係指

二十一期「報紙副刊特輯」），你不在，當失色不少」。信末則說：

最近曾和高公信疆一夜長談，於我啟發甚大，今後海外工作將要加強，待你回來，請提供我一些做法，我想我們努力的終極目的都是在為臺灣的文學向外推廣、定位。能力有限，能做多少算多少。

信中提到的高信疆兄，是一九七〇年代掀起副刊改革風潮和現代詩論戰的名編，也是瑞騰兄和我的文化學院學長、華岡詩社的前期同仁，他的一席話對我們是有影響力的，「海外工作」指的應是後段說的「為臺灣的文學向外推廣、定位」。如今重新展讀此信，對照他從主編《文訊》雜誌到擔任臺灣文學館館長時期的諸多創新作為，一步一腳印，都印證了他推廣臺灣文學的初衷，這正是我從大學時代就認識的瑞騰兄無誤。

——二〇一八年七月

〔手稿故事〕8

名副其實的「副刊王」

——瘂弦

一

七月十八日下午，到彰師大學辦的「磺溪文學營」演講，我給的題目是〈時間‧空間與人間——詩與日常〉，主要談我習詩、寫詩的路程。回憶總是美麗的，我從小在南投縣的山村長大，喜歡上詩，是因為父母開了一家「凍頂茶行」，賣茶也賣書，耳濡目染，小學畢業時就已將小店賣的書看得差不多了，通過劃撥，買到了《離騷》，背誦之、謄抄之，終究無法理解詩集意涵，因而幼稚地許下了人生最大膽、也最離譜的誓願：我要當詩人，將來要寫一本讓十三歲的孩童背也背不懂、抄也抄不懂的詩集。談到這裡，臺下的聽眾都笑了。

從《離騷》進入另一個階段，讀高中時我接觸了也看不懂的現代詩，當時癡醉如迷。那是進入一九七〇年代的第一年，在竹山小鎮上的高中，我和朋友組了「笛韻詩社」，瘋狂讀現代詩、寫現代詩，用刻鋼版、滾油墨的方式出版詩刊《笛韻》，渾然不顧學業、不讀課本。當時我開始用背誦《離騷》的方式背誦並模仿前輩詩人的詩作，余光中、洛夫、瘂弦、羅門、商禽、葉珊、白萩、葉維廉、鄭愁予……等詩人的作品，都是這樣進入了我的青春的靈魂之中。這個歷程，一直要到大二下我接任華岡詩社社長，認真思考自己的創作路向時，才告一個段落。

回想起來，高中時期我讀得最用心的現代詩集，應該是瘂弦的《深淵》。演講結束後，回到暖暖，找出《深淵》，果然看到我當時在詩集扉頁上蓋的藏書章，一是一顆用橡皮刻的「向陽軒藏書」，一是冠有「竹高青年社社長兼主編」的職章。下方有瘂弦先生的簽名，則是來臺北工作之後請他補簽的。

這本《深淵》是「增訂版」，一九七〇年十月由晨鐘出版社列入「向日葵文叢」推出；在這之前的初版，是於一九六八年十二月由众人出版社出版的，遺憾的是我一直沒緣找到這本詩集。購入晨鐘版的時間是在一九七一年一月，當時我讀高一，買到此書，深為著迷，尤其是詩集後附〈詩人手札〉，更是逐字細讀，圈點畫線於其上。四十七年後的今天，重見當年留在書上的圈點、直線、曲線，這才了解，當年瘂弦〈詩人手札〉的論述，隻字片語、精言佳句，是如何深刻於初習現代詩的我的心版上，部分並影響了其後我的詩觀的形成。

〈詩人手札〉原來發表於一九六〇年二月出版的《創世紀》詩刊（十四期），當時的《創世紀》已走向第二個階段，揚棄了第一階段主張的「新民族詩型」，揭櫫超現實主義大旗，走向現代詩的西化。當時瘂弦二十八歲，已發表〈深淵〉這首名詩，他如何看待「超現實主義」

以及當時這個風潮下眾多詩人寫的詩呢？他的詩觀又是如何？在我四十七年前畫下重點的〈詩人手札〉是這樣顯現的。

關於超現實主義的主張，當年二十八歲的瘂弦說：「我們必須努力渡過那最初的（革命期的）傳統之揚棄（其實應該說是破壞）與實驗階段不可避免的矯枉過正以及表現上的刻意冒險，以建設我們的成熟，或者說，使我們的詩達於成年。」然而，他卻也看到，在一窩蜂追逐下，「假冒的，人工的靆靆主義（Dadaism）和超現實主義徒令我們陷入混亂。舊聯想系統固然有切斷的必要，新聯想系統亦當自作品中予以建立。」因此，他內心追求的超現實主義「必須是真實的」，必須是「超出現實之外的那個『真實』。」

第二段他批評部分超現實主義的追隨者是「贗品製造者們」，以下這段話簡直和後來以現實主義批判超現實主義的唐文標說的沒兩樣：

瘂弦詩集兩種。上為一九七〇年晨鐘版《深淵》（增訂版）扉頁，下為向陽藏書；一九五九年香港國際圖書版《瘂弦詩抄》。

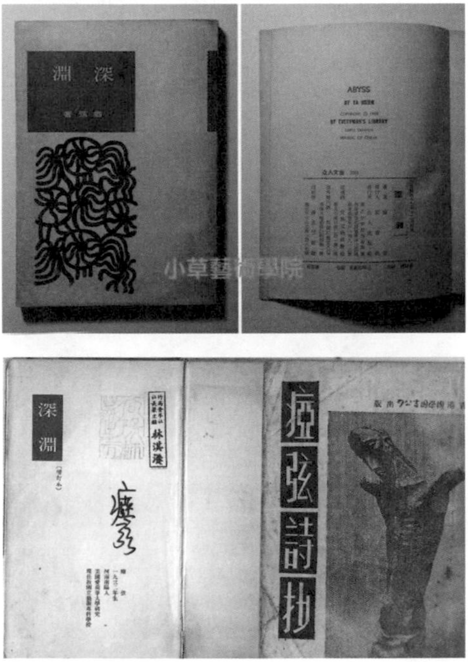

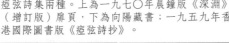

贗品製造者們常皮相地把眼睛死釘在所見的幾個形象上，於是大加描寫起來，「發明」一大堆奇特怪誕的低級象徵和裝飾，意識地將不連續的破碎形象偶然湊合，擺出一首詩的姿態（僅僅是姿態！）設若這已是創作的堂奧，那無論甚麼人只要有一點想像才能，即可很快地辦到。

這段手札的最後一行這樣說：

如果沒有真實，感性的真實，我們便無法來品評現代作品。

「真實」的而非「假冒」的超現實主義，是逼近現實而又超出現實的作品。這類似的話，我記得商禽也曾強調過。而這樣的「超現實」因此必須植基於現實之上，「扎根在生活中」，另一段手札這樣說：

（前略）藝術似不僅等於「不食人間煙火」的纖巧的細紙工。

我們不應忘了詩人也是人，是血管中喧囂著慾望的人：他追求，他迷失，他疲憊，他憤怒。前一小時人們看見他低頭靜觀一株櫻草的茁長，後一小時他卻在下等酒吧的高腳杯裡泡他的鬍子。

他充分感覺他盡可能感到的生活，他抓緊著這些，在酒醒後的第三日把它們紀錄成分行的東西。

扎根在藝術中而非扎根在生活中的作品是垂死的，雖然也可能完美，但卻是「頹廢」的。

這些我高中時期用原子筆（部分用簽字筆）畫下的手札，原來如此深刻地影響了我的創作觀迄今。詩從日常來，也從生活來；詩要取材自現實，又不為現實所羈限，豈不是我今天談詩的重點嗎？

二

一九七〇年的臺灣現代詩，正是瘂弦也參與其中的創世紀詩社主導的超現實主義詩風到達最巔峰的時期，瘂弦的《深淵》，以其迷人的語調、卓絕的想像和帶有存在主義哲思的內涵，成為臺灣超現實主義的代表詩集之一，風靡了當時年輕的我。

相對於洛夫《石室之死亡》的晦澀語風、商禽《夢或者黎明》的悲鬱語境，瘂弦的《深淵》對高中生的我來說相當甜美迷人。這和他善用民謠民歌的音樂節奏、承襲卻又翻轉一九三〇年代詩人（如戴望舒、何其芳、朱湘、廢名……）的抒情傳統，以及善於營造具有想像力的異國情調有關。他的詩，既是超現實的，卻又都從現實生活中取材；他的詩，讀來語調輕快、節奏自足，內涵卻又抓緊二戰之後人們共同面臨的虛無、荒謬、無可奈何的處境，那是崩潰的聲音，緊緊聯繫著二戰後人們在生存和死亡中陷入的迷茫和悲哀。

以〈深淵〉這首百行長詩為例。〈深淵〉寫於一九五九年五月，發表於同年七月出版的《創世紀》（十二期），在時間點上、在書寫技法上，都是典型的超現實主義代表詩作。這首詩以存在主義思想家沙特的名言「我要生存，除此無他；同時我發現了他的不快」副於題目〈深淵〉之側，點出了詩的主旨，也就是存在主義的核心概念「存在先於本質」的詩的闡述。瘂弦巧妙地迴避了沙特存在主義的難以細說的哲學命題，而抓住了「人的存在」（生存）的無可如何、難以選擇和荒謬的現象，進行具有想像力的反諷和鋪陳。這使得他的這首詩格外地迷人，也能打動所有在現實生活中不得不向現實低頭以順應生存課題的人們。

〈深淵〉中的名句甚多，如「今天的告示貼在昨天的告示上」、如「今天的雲抄襲昨天的雲」，這是人們耳熟能詳的。從細節上看，他寫「去看，去假裝發愁，去聞時間的腐味／我們再也懶於知道，我們是誰。／工作，散步，向壞人致敬，微笑和不朽。」寫出了人們在日常生活中格於地位、格於身分或職業而不得不的卑微與無奈；他寫「哈里路亞！我們活著。走路、咳嗽、辯論，／厚著臉皮佔地球的一部分。／沒有什麼現在正在死去，／今天的雲抄襲昨天的雲。」則將人生的繁瑣、重複和茫漠，表達到入木三分；而荒謬的情境則是「我仍活著，雙肩抬著頭，／抬著存在與不存在，／抬著一副穿褲子的臉。」這也呼應了沙特認為人並非天生如何（本質），而是後天對應於存在，必須在生存的需求下肆應環境而生存的一種選擇，「我們是遠遠地告別了久久痛恨的臍帶。/接吻掛在嘴上，宗教印在臉上，/我們背負著個人的棺蓋閒蕩！」亦復如是。詩的最後三行「天外飛來一筆」：

在剛果河邊一輛雪橇停在那裏；
沒有人知道它為何滑得那樣遠，
沒人知道的一輛雪橇停在那裏。

剛果位於非洲中西部，雪橇是冰天雪地才會出現，剛果河邊居然停了一輛雪橇，因此形成一種難以置信的荒謬性，這是寓言式的結句，呼應全篇所欲探討的存在的不確定性及其焦慮感，更讓這首詩耐人尋味。

瘂弦另一首名詩〈如歌的行板〉，寫於一九六四年四月，展現了瘂弦詩作的另一種絕活。我在高中階段背這首詩，大概是因為他以一連串「之必要」，組構了一種動人心弦的節奏吧。「溫柔之必要/肯定之必要」之後的反覆句型，如鼓聲一般複沓，讀他以長句、短句交疊所形成的行板之歌，讓我懷疑這樣的寫法哪是超現實主義啊？瘂弦在臺灣超現實主義詩人中的獨特性，甜美（儘管這詩充滿反諷的苦味）來自於此，動人（儘管此詩指涉存在的虛無）也來自於此。而末段四行，瘂弦又演繹了「存在先於本質」的預言式結句：

而既被目為一條河總得繼續流下去的
世界老這樣總這樣：——
觀音在遠遠的山上
罌粟在罌粟的田裡

被視為「一條河」的「人生」總得繼續流，這是無可奈何的存在課題；外在的世界「老這樣總這樣」，不會因為人的善惡、強弱而改變；聖潔的「觀音」（神或宗教）難以企及；罌粟（惡與誘惑）則在近處滋生——這樣的生存焦慮，以及面對的（自由）選擇，不也就是人生在世最大的難題嗎？

我高中時迷瘂弦《深淵》的眾多詩篇，老實說是目眩神迷，未必真正懂得，我看到的，是他的音樂性和思想性。他被視為超現實主義的代表詩作，題材來自日常，隨手擷取，盡是珠璣，而又指向人生與現實。這個部分，影響了我大學之後告別超現實主義、走向現實主義的詩的風格的重建。

三

初識瘂弦先生，是在大二下暑假，一九七五年八月吧，為了籌辦華岡詩社的「中國新詩系列講座」，渡也帶我到《幼獅文藝》的辦公室找他，當時他編的《幼獅文藝》已是文藝青年必讀的文學刊物。他接待我們，談話和藹慈祥，聲音甚是好聽，聽完我們邀請他上山演講的來意之後，也不推辭就答應了，這讓我對他的印象極好，從詩集《深淵》中走出來的詩人，以迷人的腔調坐在辦公桌前與我們談話，這記憶也一直留存至今。

這個階段的瘂弦先生，人生也開始了另一個高峰波段。除了主編《幼獅文藝》之外，他同時也是中國青年寫作協會的總幹事，「復興文藝營」的營主任，又在幾所大專院校兼任教職，講授新文藝課程。繁忙的編輯工作，讓他的詩作幾乎停頓，但他仍不忘情於詩，他繼續在《創世紀》詩刊開設「中國新詩史料掇拾」專欄，整理中國新詩史料（一九八一年集成《中國新詩研究》一書由洪範出版）；他也參與了一九七一年巨人出版社推出《中國現代文學大系》的編輯事務；一九七六年又與洛夫、張默合編《八十年代詩選》；同年更與楊牧、葉步榮、沈燕士共同創辦洪範書店出版社……。他已從詩人轉為文學刊物主編，在文壇擁有極大的影響力。

一九七七年鄉土文學論戰爆發，引燃這場論戰的是當年四月出版的《仙人掌雜誌》（王健壯主編），但論戰的最高潮點，則是同年八月《聯合報・聯合副刊》（馬各主編）接續刊出彭歌的〈不談人性，何有文學？〉以及余光中的〈狼來了〉。這兩篇指控鄉土文學正當性的文章一出，臺灣文壇頓時籠罩一片暗雲。而當時的兩大報（《聯合報》與《中國時報》）副刊也為此而發生了改組的「地震」。

這年十月，在美國取得威斯康辛大學東亞所碩士學位的瘂弦應《聯合報》之聘，取代馬各之職，回臺擔任《聯合副刊》主編；同時，《中國時報》則將時任《人間副刊》主編的王健壯換下，改由楊乃藩召集的「副刊編委會」接編。兩報副刊人事變動，顯得相當不尋常，有山雨欲來的跡象，所幸次年一月召開的「國軍文藝大會」，國防部總政戰部主任王昇定調，終止了對鄉土文學的批判，論戰也就無疾而終。

接任《聯合副刊》之後，瘂弦先生努力彌補鄉土文學論戰所造成的傷痕，他找黃武忠幫忙策畫「寶刀集」專欄，在《聯副》介紹日治時期的臺灣作家，使得臺灣社會重新評估臺灣文學的傳統；他也特別重視年輕作家的栽培，通過「聯合報小說獎」的擴大，挖掘了不少戰後世代的文學新銳；但更為人津津樂道的，則是他與一九七八年一月重返《中國時報・人間副刊》編輯檯的高信疆兩人在副刊版圖上的競爭與對戰。這對戰直到一九八三年三月高信疆卸任《人間副刊》主編之後才告一個段落；這個競爭與對戰，也讓文壇留下了「副刊王」與「副刊高」分庭抗禮的佳話。

瘂弦先生本名王慶麟，擔任副刊主編後，他對作家來稿、來信均甚為重視，無論刊登與否，都會親自回覆，而在回函信封上，則親署「副刊王」三字，這就是「副刊王」稱號的由

一九七九年三月瘂弦寫給向陽的信。

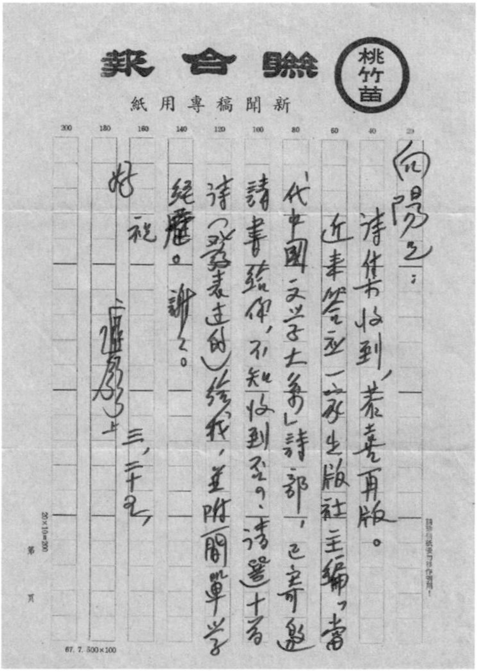
聯合報 桃竹苗
新聞稿專用紙

向陽兄：

詩集收到，恭喜再版。近來答應一家出版社主編「當代中國文學大系」詩部，已寄邀請書給你，不知收到否？請選十首詩（發表過的）給我，並附簡單學經歷。謝謝。

祝

好

瘂弦 上 三，二十五，

一九七九年三月瘂弦給時在服役的向陽的信，信封上署名「副刊王」。

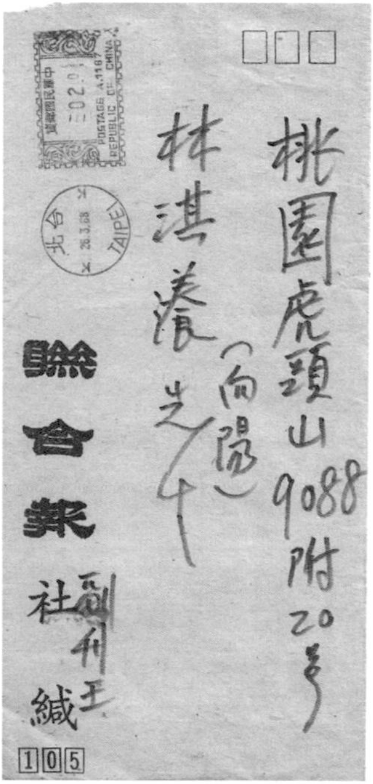

來。我手頭保存了一封一九七九年三月他的來函，當時我在桃園服兵役，寄給他我的詩集《銀杏的仰望》修訂再版的書，他對新人的我鼓勵有加：

詩集收到，恭喜再版。近來答應一家出版社主編「當代中國文學大系」詩部，已寄邀請書給你，不知收到否？請選十首詩（發表過的）給我，並附簡單學經歷。謝謝。

這封來自「副刊王」的信雖然簡短，卻對初入詩壇的我具有重大的意義，信中提到的《當代中國文學大系》係由天視出版公司於次年出版，詩卷委由瘂弦先生主編，我以一個剛出版第一本詩集的新人而入選其中，對我的持續創作當然是一大肯定。我還記得，拆閱此信之際忍不住的狂呼。

瘂弦先生對我的關照，主要是在詩的創作與發表上，我當兵階段寫了不少十行詩，多半寄給《聯副》，每寄一首，他就發表一首，這樣的鼓勵，也給予我極大的動力。有一個階段，他推動「新聞詩」，以新聞事件為題，請詩人賦詩，表達對現實社會的關心或批判。一九八〇年一月，臺中縣爆發米糠油事件，民眾因為食用到含有多氯聯苯汙染的米糠油而中毒，當時我已退伍，在一家卡片公司上班，他親自打電話給我，囑我寫首詩為受害者說話。我勉力寫了一首〈鏡子看不見〉交出，以臺中惠明學校師生受害的情況，批判食用油汙染的問題，有些敏感，瘂弦先生收到傳真，一字未改，次日即刊，也讓我對他推動「新聞詩」的魄力和胸襟相當感佩。

這樣的胸襟，是裝不來的。退伍後，我們一群年輕詩人辦了《陽光小集》，對於詩壇前輩，特別是《創世紀》推動的超現實主義詩風有所不滿，批評難免激憤。一九八二年五月，洛夫先生在《中外文學》「現代詩三十年回顧專號」發表〈詩壇春秋三十年〉一文，詩壇譁然，《陽光小集》（第九期）以「洛夫『詩壇春秋三十年』的迴響」專題回應，詩刊出版後，寄給瘂弦先生，他見到我，淡然一笑，沒多說些甚麼；次年，他還是答應《陽光小集》（第十二期）苦苓的專訪。我將詩刊寄給他，他很快就回了信：

「陽光小集」收到，至謝。貴刊這種「參與的，批評的，運動的」風格，無疑為中國詩壇創了一條新路。過去的詩刊，是太「閨秀」了。

用完的照片，盼能擲還。謝謝。

自立副刊愈編愈精彩。我是搞這一行的，我知道有這樣的「成色」，得花多少精力和時間！累啊！

這信對《陽光小集》編輯路線的肯定（儘管經常性地對前輩詩作和主張有不敬之語）都讓我見識到前行代詩人對於「後浪推前浪」的坦然之風；我在這時期，已接編《自立晚報・自立副刊》一年，在編輯路線上也刻意和兩報副刊有所區隔，走的是本土路線，瘂弦先生是副刊編輯前輩，他當然心知肚明，但他仍不吝於鼓勵我這個初出茅蘆的同行，這是多麼值得我學習的風範啊。

四

故事太多，就難以細訴了。我還記得，一九九三年年底，我以碩士論文《文學傳播與社會變遷關聯性之研究：以七〇年代臺灣報紙副刊的媒介運作為例》取得學位後，因為論文主要

一九八三年十月瘂弦給向陽的信。

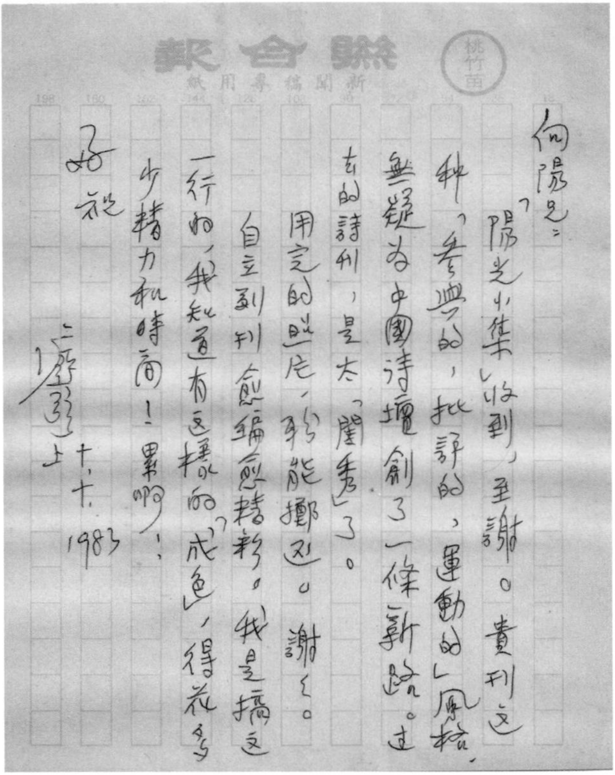

桃竹苗

聯合報

新聞稿專用紙

向陽兄：

「陽光小集」收到，至謝。貴刊這种「參與的，批評的，運動的」風格，無疑為中國詩壇創了一條新路。過去的詩刊，是太「閨秀」了。

用完的照片，我能擲还。謝謝。

自立副刊愈編愈精彩。我是搞这一行的，我知道有这樣的「成绩」，得花多少精力和時間！累啊！

祝

好

瘂弦 上 十、十、1983

論及《聯合副刊》和《人間副刊》在一九七〇年代後的差異，也分析了「副刊王」和「副刊高」兩位主編的編輯路徑差異，就把論文寄給了他們兩位。高信疆兄並無回應，瘂弦先生則於見面時向我致謝，只是對我論文中以「文化霸權」形容兩報副刊有所不解：「向陽兄，這『霸權』哪裡『霸』了？」是啊，我用的是葛蘭西的概念「hegemony」，中文翻譯慣稱「霸權」，實際上的意涵應是文化「領導權」，瘂弦先生真的一點也不「霸」，但他和高信疆主編的兩報副刊也的確是一九七〇年代後期到一九八〇年代前期足以呼風喚雨的主流副刊。

一九九七年六月，瘂弦先生終於卸下《聯合副刊》主編職務，由詩人陳義芝繼任。這年

瘂弦為國家文藝獎得主周夢蝶所擬〈得獎理由〉初稿。

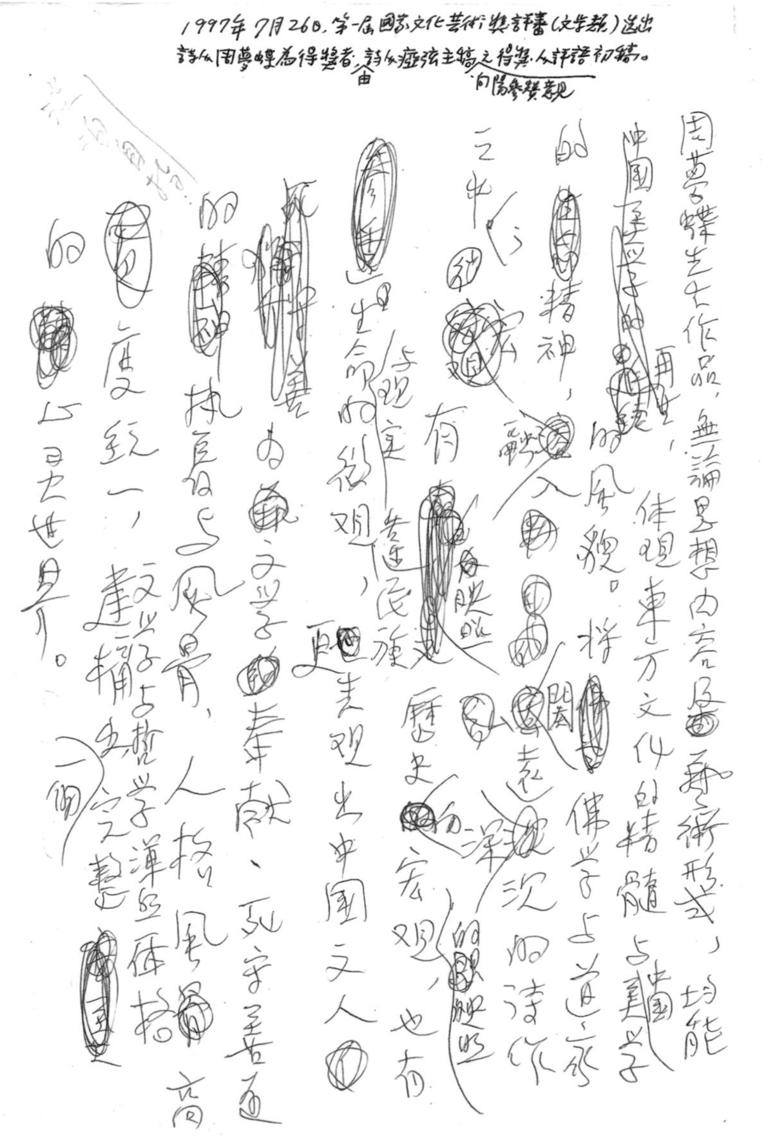

七月，他和我獲聘為第一屆國家文藝獎文學類的評審，評審委員會投票決定得主為詩人周夢蝶之後，公推瘂弦先生主稿，撰寫〈得獎理由〉，由我參贊意見。他當場從「周夢蝶先生作品……」寫起，塗塗寫寫，完成了初稿：

周夢蝶先生作品，無論思想內容及藝術形式，均能體現東方文化的精髓，與中國美學的風貌，將佛學與道家的精神，融入閎遠深沉的詩作之中；有映照民族歷史的宏觀，也有生命與現實的微觀參透，更表現出中國文人為文學奉獻、死守善道的執著與風骨。人格風格高度統一，文學與哲學渾然一體，建構出一個完整的心靈世界。

初稿完成後，我請他同意，將「佛學」易為「禪理」；將「有映照民族歷史的宏觀，也有生命與現實的微觀參透」調整為「既有民族歷史宏觀的映照，也有生命現實微觀的參透」；將「死守」善道改為「篤行」善道；另將「文學與哲學」刪掉「與」字，以與前句「人格風格」對照；最後我另加了「在當今文壇，以苦行堅持個人情志、完成文學事業、淡泊自持、無怨無悔如周先生者，洵屬少見。」作為結語。於是完成了定稿。

在這個過程中，瘂弦先生字斟句酌的敬謹態度，都讓我感佩。完成的定稿由國藝會工作同仁打字後，我請他容我留下手稿，作為紀念。他是我高中時期喜愛、且能背誦其詩作的詩人，這張他的手稿，對我因此格外具有意義——這是他與我這個晚輩為一位值得尊敬的詩人敬慎其事，書寫的讚辭。詩的美好，盡在其中矣。

一九九八年八月，瘂弦先生從《聯合報》退休，年底赴加拿大溫哥華定居。一九九九年二月，他的詩集《深淵》獲選為「臺灣文學經典三十」之一，這應該是他最感到欣慰的一樁事了。在他的人生中，詩應該是他的最愛，文學編輯事業則佔了他最長的人生時光。即使退休了，他仍繼續為詩人、詩壇服役，他為天下遠見公司編選的《天下詩選：一九二三～一九九九臺灣》兩部，就在這年九月出版，並由出版公司為這套書舉辦新書發表會，他特別從溫哥華返臺參加，我應邀出席，見了久違的他，也有幸和他在發表會上同臺朗誦詩作。

這年年底，我接到他從溫哥華寄來的賀年卡，卡片上鋪滿了柔美的字跡：

> 在臺北「天下詩選」新書發表會上聽了你的朗誦，至今猶在我腦中迴盪。你誦詩有特色，可以出一部朗誦詩集（有聲書C.D.）。我一向也喜歡吟誦但老實說比你差多，而你的方言朗誦，尤其精采，臺灣無人能及也。
>
> 千禧相逢，遙祝新歲多福，萬事如意，詩思泉湧，創作豐收。

收到前輩詩人這張賀卡，讓我既驚喜又慚愧。瘂弦先生的朗誦，字正腔圓，聲音又帶有迷人的磁性，我大學時就在華岡聽他朗讀〈鹽〉、〈如歌的行板〉，才叫「至今猶在腦中迴盪」，與他相較，我的朗誦真有天壤之別；這卡片中的過譽之詞，也教我臉紅。然則，他的殷

一九九九年歲末，瘂弦自溫哥華寄給向陽的賀年卡。

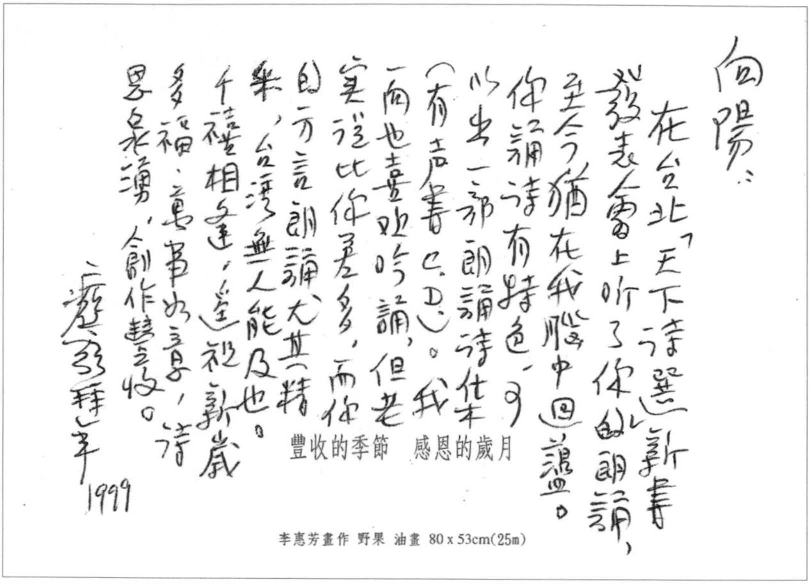

向陽：
在台北「天下詩選」新書
發表會上聽了你的朗誦，
至今猶在我腦中迴盪。
你朗誦詩有特色，可
以出一部朗誦詩集
（有聲書 CD）。我
一向也喜歡吟誦，但老
實說比你差多，而你
的方言朗誦尤其精
采，台灣無人能及也。
千禧相逢，遙祝新歲
多福，萬事如意，詩
思泉湧，創作豐收。
瘂弦拜年
1999

豐收的季節　感恩的歲月

李惠芳畫作 野果 油畫 80 x 53cm(25m)

切垂詢，真心祝福，則讓我暖意上心，宛如重回一九七五年夏天與他初識情境。

我最近一次見到瘂弦先生，是在二〇一五年六月，趨勢教育基金會在國家圖書館舉辦「向瘂弦致敬」活動，當時瘂弦先生專程回國參加活動，我與他久別重逢，分外親切。我們幾天相聚，在國家圖書館的演講廳、展場，也在朗誦會中。瘂弦先生以他慣有的笑容、迷人的嗓音，風靡全場觀眾。臺灣是他創作與編輯生涯最重要的故鄉，他的詩作、以及長達三十餘年的編輯事功，都在這塊土地上生發，從《創世紀》、《幼獅文藝》到主編《聯合副刊》、創辦《聯合文學》，無役不與，對臺灣文學發展發揮了重大的影響。他素有「儒編」美譽，而他自署的「副刊王」最終則成為眾所公認的名號，他在臺灣文學

二〇一五年六月，趨勢教育基金會在國家圖書館舉辦「向瘂弦致敬」活動，瘂弦回國，在展場與向陽、方梓合影。

傳播史上的位置，如今看來已無人足以取代，他是名副其實的「副刊王」。

暖暖夏夜，輕風入窗。追想瘂弦先生在我走向詩的路途中的指引和提攜，以及在文學編輯這條寂寞小徑上的示範和鼓勵，儘管緣淺，未能深交，掬水月在，已屬多福。

——二〇一八年八月

〔手稿故事〕9

全能的「鳥人」作家

——劉克襄

一

香港電臺「華人作家」節目為錄製劉克襄紀錄片，來北教大訪問我，希望我談談我所認識的劉克襄。他們事先洋洋灑灑列了八個提問，其中第一題問我就讀文化學院時擔任「華岡詩社」社長時，「如何認識學弟劉克襄？對當時的他有何印象？」

這問題讓時間倒流四十二年，讓我回到一九七五年十二月的某個冬夜，華岡大仁館，當時華岡詩社朗誦隊正在排練即將參與的大專盃朗誦比賽，隊員們以整齊的隊伍，高聲朗讀準備的詩作，主誦之一是趙衛民，他的聲音宏亮，有磁性，咬字清晰、表情豐富。我坐在排練教室的後方，看著朗誦隊的排練，後方忽有一個怯弱的聲音問我：「你們在幹嘛？這是甚麼社團？」我回頭看，是一位新鮮人，臉容清秀而眼睛有神，我回他：「這是華岡詩社，正在排練詩歌朗誦。」他眼睛亮了一下：「我沒寫過詩，可以加入詩社嗎？」

就這樣，那個冬夜，我認識了十八歲的劉克襄。華岡的冬夜多霧，彷彿是霧把他帶來這個詩的聲音滿溢的空間似的。

一年之後，一九七六年冬天，我策畫出版報紙型的《華岡冬季抒情詩展》，劉克襄交出了他的第一首詩〈髮散〉，他以散文詩的形式寫出，讓我刮目相看：

落日以前，沙河的靜寂裡沒有你的聲息，沒有早秋的氾濫，被提昇的秋風蕭蕭，擴散記憶的追尋。你稍微持久而已淡舊的情事，還流落在沙河淺淺的唱著。

雖然，河水滾到汀洲就有了破綻。

落日以後，秋風開始混亂你接近模糊的聯想。你未錯忘初次的髮散，懸掛在高風低草的蕭急裡。一種愁緒漸漸被河水淹沒。可憐。你仍載歌載酒渡河。

▲一九七七年五月，華岡詩社同仁聚會。圖左起，依序是呂俊德、劉克襄、林文欽、向陽、陳輝雄、李銘展、林建助。

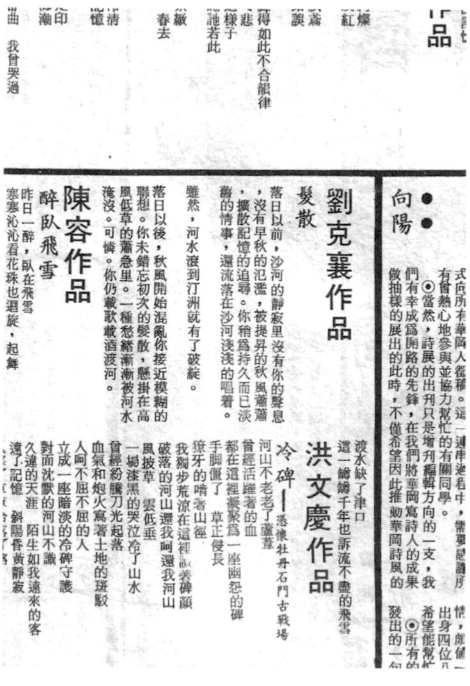

向陽●●

式向所有華岡人徵稿。這一連串過程中，需要虔誠所有曾熱心地參與並協力幫忙的有關同學。

⊙當然，詩展的出刊只是增刊編輯方向的一支，我們有幸成爲開路的先鋒，在我們將華岡寫詩人的成果做抽樣的展出的此時，不僅希望因此推動華岡詩風的

劉克襄作品

髮散

落日以前，沙河的靜寂里沒有你的聲息，沒有早秋的氾濫，被提昇的秋風蕭蕭，擴散記憶的追尋。你稍爲持久而已淡舊的情事，還流落在沙河淺淺的唱着。

雖然，河水滾到汀洲就有了破綻。

落日以後，秋風開始混亂你接近模糊的聯想。你未錯忘初次的髮散，懸掛在高風低草的蕭急里。一種愁緒漸漸被河水淹沒。可憐。你仍載歌載酒渡河。

陳容作品

醉臥飛雪

昨日一醉，臥在飛雪
寒寒沁沁看花珠也迴旋，起舞

洪文慶作品

渡水缺了津口
這一鑄鑄千年也訴流不盡的飛雪

冷碑——憑懷牡丹石門古戰場

河山不老老了蘆葦
曾經活躍著的血
都在這裡凝聚爲一座幽怨的碑
手脚僵了　草正侵長
獠牙的啃著山徑
我獨步荒涼在這裡讀著碑顏
破落的河山還我呵還我河山
風披草　雲低垂
一場漆黑的哭泣冷了山水
曾經紛騰刀光起落
血氣和炮火寫著土地的斑駁
人呵不屈不屈的人
立成一座暗淡的冷碑守護
對面沈默的河山不識
久違的天涯　陌生如我遠來的客
遠了記憶　斜陽昏黃靜寂

◀劉克襄的第一首詩作〈髮散〉，最初發表於一九七六年十二月出版的《華岡冬季抒情詩展》。

劉克襄的第一本詩集《河下游》（右）以及扉頁上他給向陽的題簽（左）。

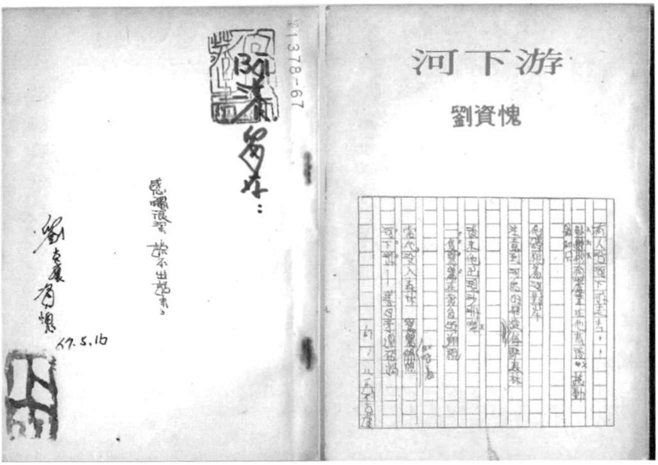

這首詩作讓我發現克襄是天生的詩人。《詩展》出刊後，我鼓勵他投給當時年輕詩人競技的《聯合副刊》，次年年初即獲刊登。習詩不久的劉克襄，第一首詩就能見於當時的《聯副》，在華岡詩人群中這可是大事，當然引發一陣騷動。

一九七八年五月，我已畢業去當兵了，大三的他以「劉資愧」為筆名，自費出版了第一本詩集《河下游》。我從軍營回校探望老友時，他拿出詩集送給我，扉頁上題署：

> 阿瀁留存：
> 感觸很深，說不出話來。
> 劉克襄資愧

和初識我時幾無兩樣，克襄還是那麼內向、易感寡言。目錄後有一頁前言，敘說他和我初識的因緣：「時間撥回前年，我初識向陽，初識了詩，同是落霧同是細雨中。」這讓我看到了他的有情。

我只年長克襄兩歲，同樣來自中部，都有著中部人的口音和羞怯個性，華岡的冬霧夜雨，促成我們的初識，至今四十二年仍然同在一條路上，一如克襄在這本詩集六十二頁收錄我寫給他的短札：「認識你，偶然也是必然，我們已註定一種在悲哀裏然而有血有淚的路途上相逢，我們是要一直走下去的。」這緣分，既深且長。

二

作為劉克襄的第一本詩集，《河下游》中的詩作，儘管部分仍有初習現代詩的痕跡，多數作品則已嶄露他的詩才和語言駕馭功力。詩集分三輯，「髮散」、「無題」和「晚宴」，輯一收他大二開始現代詩創作階段的作品，後兩輯則是大三一整年之作。整個來說，克襄這個階段的創作，已為他此後的文學長路奠定了堅實的基礎。

《河下游》中的詩作，書寫青年劉克襄對愛情、友情的渴盼之外，更多的是他對大自然的敏銳感應。華岡介於七星山和大屯山之間，觸目即見青山，入耳盡是鳥鳴，這對他日後的鳥類生態觀察、自然書寫與旅行書寫都具有關鍵性影響，《河下游》的諸多作品，光是題目，如〈山色〉、〈山行〉、〈畫山與候鳥〉、〈旅程手記〉、〈河下游〉、〈露營記事〉等，已足以為證。作為詩集書名的〈河下游〉則更顯著：

有人沿河下游走去
最初只有蘆葦在他背後搖動

他蹲視著河對岸
注意到河鳥的飛旋停駐森林

後來他出現沙洲
一隻鷺鷥在黃昏時翔視

當他沒入森林，鷺鷥沿著
河下游——落日旁邊飛過

這首詩儼然就是劉克襄此後寫作生命的預言。河下游是他觀察的場域，背後的蘆葦、眼前停駐森林的河鳥，以及沿著河下游落日旁飛過的鷺鷥，組構成一幅寧靜而和諧的畫面，剛好預示了他此後創作的主題和路線。他對自然生態的關注、對野鳥的凝視、對旅行的雅好，乃至於對土地和歷史（時間）的感應，早就藏匿於這首佳構之中。〈河下游〉另有可觀之處，則表現在劉克襄當時對歷史（特別是戰亂）、政治（特別是圖騰）與弱勢者的書寫。這些作品大概集中在他出版詩集這一年，〈戰敗以後〉寫中國內戰後的悲涼；〈第六街〉寫一個「孤獨份子」的舉槍自盡，前一幕（第四節）是匆匆趕來的愛人看到的景象：

孤獨份子的背影前面是煙灰缸，冒著煙
更前是元首的肖像，單人垂像的孤獨啊
「國家責任榮譽……。」
「吾皇萬歲……。」

這首詩隱約可以看到年輕的克襄對政治的嘲諷，由此埋下了他後來備受讚譽的政治詩的種子；〈大北方〉寫老兵想家的心情、〈新公寓〉寫失業的工人的悲酸。這些創作初期的作品，都說明劉克襄早在起步階段就已蓄積了他關注現實的能量。

在山仔后，從部隊回到華岡探視舊友的我，當晚讀畢《河下游》，已然預知這小子將來在文壇上必然會闖出一片天空。

三

克襄是因為加入華岡詩社而展開他的創作，當時華岡詩社的眾多年輕詩人中，他是最寡言的一位，朋友們高談闊論之際，他很少插嘴，總是若有所思，偶會搖頭嘆息，神情憂鬱地站起、坐下，站起、踱步，初始大夥還會問他何事，久之習慣了，也就隨他了。

也因為這種憂鬱氣質，克襄被大夥稱為「鳥仔」（tsiáu-á），這暱稱是誰取的（有可能是我取的吧）並不重要，重要的是，以「鳥仔」之名被稱呼的克襄，後來真的成為愛鳥的詩人、散文家和生態觀測者，且進一步升級為「鳥人」，在臺灣文壇擁有一席之地，並以他的眾多作品產生巨大影響力。

大學畢業後，克襄入伍服役，他是海軍軍

二〇一八年，劉克襄榮獲《鹽分地帶文學》評選為「當代臺灣十大散文家」之一，在頒獎典禮致詞。

官，隨著軍艦航行於臺灣海峽，一個偶然的機緣，一九八〇年冬天，他在澎湖測天島發現黑鷺，激起了賞鳥、觀察鳥類的興趣，從此狂熱投入，他一邊觀察，一邊寫札記，二年後寫出了九十七則札記，並由時報出版公司為他出版了第一本散文集《旅次札記》。

出書前，克襄請我寫序，看完書稿，我非常感動，寫成〈憂鬱而冷靜的外野手——讀介劉克襄散文集「旅次札記」〉。在這篇序文中，我指出「劉克襄以他對鳥類的感情，寫下冷靜的呼籲，一方面自然是想以鳥類所瀕臨的危機提醒人類關愛自然資源，另方面，又何嘗不是文學與社會相結合的一個最佳表現？」我也相當肯定他的寫作方式，「異於一般作家對於特殊或專門事態（如生態環境、鳥類學、甚至醫學等）的浮淺見解，以劉克襄為首的這類散文，或許將是未來散文界的一股狂飆吧？」在文末，我這樣寫下我對他的深切期盼：

> 不是只有憂鬱，劉克襄還是個十分冷靜的外野手，我們希望下一場仍能看到他的演出。只要堅持下去，繼續前行，有一天劉克襄應該能站在投手板上，投出強而有力的球！如果那時他已換場成為打擊者，那麼讓我們看看全壘打吧，劉克襄，天空那麼大！

寫在三十六年前的我期許，如今都成真了。

《旅次札記》之後，他陸續完成《旅鳥的驛站》、《隨鳥走天涯》、《消失的亞熱帶》、《荒野之心》、《望遠鏡裡的精靈：臺灣常見鳥類的故事》……等著作，並由此拓展，往自然觀察延伸，寫出了《小綠山之歌》等系列作品；往旅行部分，他出版了《少年綠皮書：我們的島嶼旅行》、《福爾摩沙大旅行》……等多部好書；往史料部分，則寫出了《橫越福爾摩沙：外國人在臺灣的探險與旅行（一八六〇—一八八〇）》、《臺灣鳥類研究拓展史一八四〇—一九一二》、《深入陌生地：外國旅行者所見的臺灣》……等重要著作；此外還有小說《風鳥皮諾查》、《座頭鯨赫連麼麼》……、報導文學《臺灣舊路踏查記》等延伸創作——這樣的劉克襄，真的成了臺灣作家中橫跨詩、散文、小說、報導文學、兒童文學以及旅行誌的全能作家，既是外野手，也是投手，換場後又是屢屢擊出全壘打的打擊手。

今年三月，《鹽分地帶文學》雙月刊策畫評選的「當代臺灣十大散文家」揭曉，劉克襄獲選於其中，我擔任這個獎的「公證委員」，在撰寫觀察報告時，想到一九七五年冬夜初識的那個羞怯的男孩劉克襄，不由得為他高興，他果然擊出了一記全壘打。稍感遺憾的是，寫詩的劉克襄，在《河下游》之後，出版過備受推重的詩集《松鼠班比曹》、《漂鳥的故鄉》、《小鼯鼠的看法》之後，似乎已經愈來愈少詩作了。

四

除了詩作之外，克襄與我之間多有重疊。我們在華岡詩社認識，其後他也隨我參加了岩上主持的《詩脈》，以及我與南部詩友創辦的《陽光小集》。在詩社中，他一向寡言、孤獨，這

劉克襄日記〈海是娼妓〉重謄手稿，原日記寫於一九八〇年二月二十五日左營。

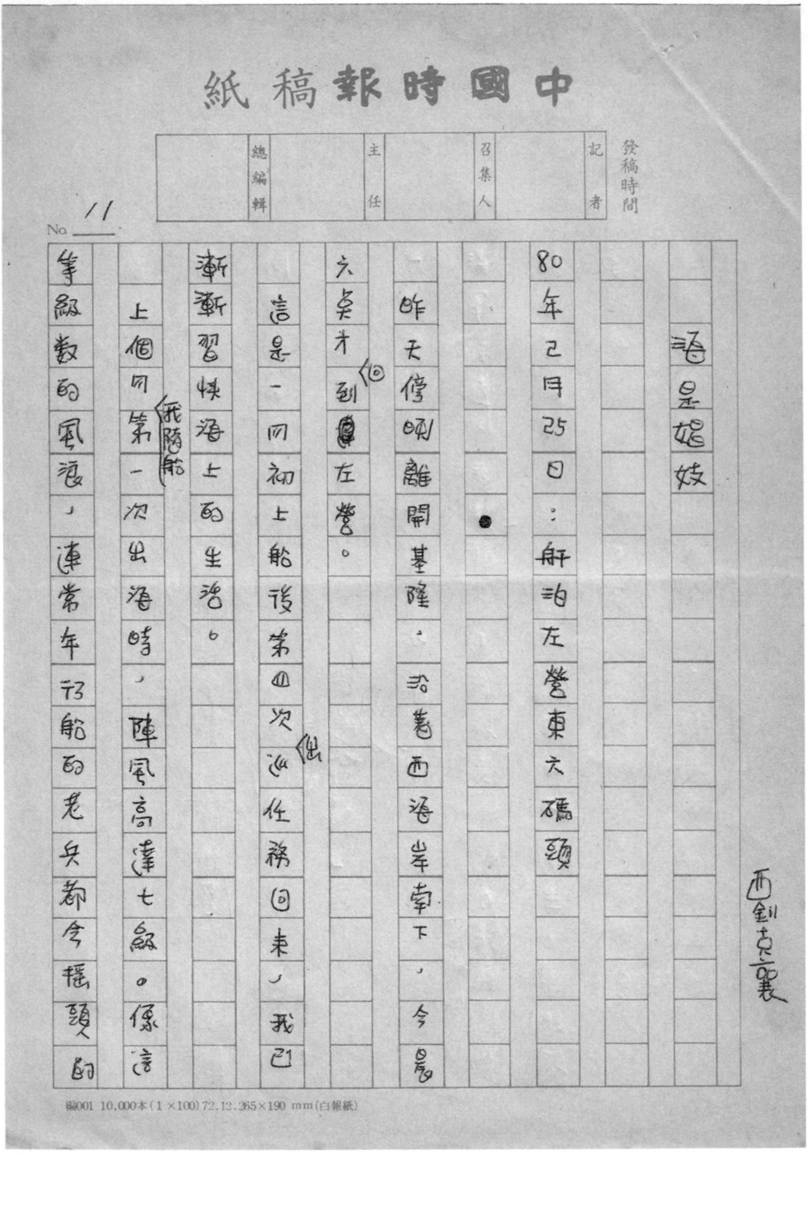

中國時報稿紙

No. 11

海是娼妓

80年2月25日：艦泊左營東大碼頭

昨天傍晚離開基隆，沿著西海岸南下，今晨大約才回到左營。

這是一回初上船後第四次出巡任務回來，我已漸漸習慣海上的生活。

上個月我隨艦第一次出海時，陣風高達七級。依這等級數的風浪，連常年行船的老兵都會搖頭的

劉克襄

中國時報稿紙

發稿時間	記者		召集人		主任		總編輯	

No. 2

，我卻好奇地走到甲板上觀賞軍艦出港的場面
。結果船一出港口，就開始左右大幅搖擺起來。
我看著海浪起伏，不斷相互撞擊成浪花時，頭
也跟著天旋地轉。我只好走回官艙躺入睡鋪休
息了，但仍無法消解劇烈的頭疼。當時，我想到
未來一年都要在海上渡過，整個人突然陷入一
種絕望的心情裏去。我閉眼；模模糊糊睡，一
直到備戰的警鈴大作，才恍然驚醒，也忘了頭
疼，急忙束好救生衣，衝上舵房報到。然而就
好困倦后，又開始暈眩了。這時一名水兵那來

稿001 10,000本(1×100)72.12:265×190 mm(白報紙)

是他的個性，同仁都能理解。他適合孤獨，這讓他的創作更能純淨。

另一個重疊之處，則是編輯。克襄退伍後，我已擔任《自立晚報》副刊主編，他則先獲聘於臺中《臺灣日報》副刊，後因高信疆賞識，先任職於《中國時報》美洲版副刊，再進入人間副刊擔任編輯；一九八七年，報禁解除前一年，《自立晚報》籌辦新報《自立早報》，我被調任為晚報總編輯，思考接手的副刊主編人選時，自然想到克襄，幾番遊說，克襄終於答應，於一九八八年二月從《中國時報》轉入《自立早報》接任副刊主編，幾年後才重回《人間副刊》，直到二〇〇八年辭職專事寫作。算來他的副刊編輯生涯還比我更長。

人生機緣，如是奇妙。從同學、同仁到同事，曾經「同編」，如今還是文學路上的同道。由於經常有機會見面，反而少有書信往來，我手邊僅存的他的手稿，是他擔任《中國時報》美洲版副刊編輯時，應我之邀，為《自立副刊》「作家日記三六五」專欄提供的一則日記〈海是娼妓〉。

這篇日記寫於一九八〇年二月二十五日，寫的正是他大學畢業後入伍服役，在海軍軍艦上的生活紀錄。從時間上看，此時的他剛入伍服役不久，要面對軍艦在陣風七級以上的大海航行的顛簸，顯然難以調適，日記雖是後來重抄的，仍可以感覺他的驚悸：

> 我看著海浪起伏，不斷相互撞擊成浪花時，頭也跟著天旋地轉。我只好走回官艙躺入睡鋪休息，但仍無法消解劇烈的頭疼。當時，我想到未來一年都要在海上度過，整個

人突然陷入一種絕望的心情裡去。我閉眼，模模糊糊睡，一直到備戰的警鈴大作，才恍然驚醒，也忘了頭疼，急忙束好救生袋，衝上舵房報到。然而站好崗位後，又開始暈眩了。……

這日記寫出了劉克襄剛開始海上軍旅的不適，這個時候他還須適應海的波湧，日記敘述經過三次的不適（暈眩、頭痛、嘔吐）後，他終於調適妥當了。也在這年冬天，軍艦航行到澎湖測天島，他看到黑鷺，從此開展他從事鳥類、自然、旅行和歷史書寫的路途。這篇日記記述了這個轉捩點，實在彌足珍貴啊。

從河下游出發，在海上發現黑鷺，退伍後進入社會，一面當編輯，一面利用假日在山間河口賞鳥、行走高山古道，一路書寫，克襄的足跡遍布臺灣南北各地，著作多樣、深刻。他的作品都是雙腳踐履、雙眼觀測而來，因而更能呈現「真實」：眼中、腳下的真實世界與日常，乃能打動人心，為大眾開啟自然生態的豐富繁美，土地城鄉的細微差異。這使他在戰後臺灣作家之中顯得風貌獨特，以「鳥人作家」立其名聲；一路走來，四十年過去，他從詩人到散文家、小說家、兒童文學家，從鳥類誌、自然誌、古道誌到旅行誌，無一不能，跨越不同領域而又兼擅兼長，說他是全能的「鳥人作家」也不為過吧。

——二〇一八年九月

〔手稿故事〕10

在裂縫中開花的詩人

——岩上

一

今年九月二日，是詩人岩上八十大壽之日，前一日南投縣政府文化局和臺灣詩學季刊為他在縣立圖書館隆重地辦了一場學術研討會，邀集跨世代的詩人和青年學者共聚一堂，探討他筆耕一甲子的文學成就。這場研討會的主題是「在現實的裂縫中萌芽」，點出了詩人岩上的創作特色和理念。

應主辦單位的邀請，我參加了下午的兩場會議，一場主持、一場座談。在座談會上，我回顧了年輕時與岩上前輩結緣的舊事，感謝他在我剛出道之際的栽培。出生於一九三八年的岩上，早在一九五七年就開始發表詩作，寫作至今垂一甲子，與他歲數相近的詩人如李魁賢（一九三七～）、葉維廉（一九三七～）、梅新（一九三七～一九九七）、林泠（一九三八～）……等，都早已在詩壇閃耀光芒、受到矚目和肯定，他則因久居南投草屯，遠

二〇一八年九月一日岩上在「岩上學術研討會」上致詞。

岩上與參與「岩上學術研討會」的部分作家合影。

離主流文壇，雖然創作不懈，詩藝高強，卻曖曖含光而未能被更多的讀者認識，這不能不讓我為他叫屈。

之所以如此，另一個重要的因素，是岩上律己甚嚴，他對現代詩的藝術性具有高度自許與自我要求，他把詩當成至高的藝術，一如他在二〇〇〇年出版第六本詩集《更換的年代》時，談到他在以詩處理現實社會的善與惡、黑與白、有與無、實與虛的對峙抗衡和衝突時，總是「希望詩還是詩，而不是非詩的嗟嘆贅語或膚淺強辯的口水」，他下筆謹慎，從一九七二年出版詩集《激流》迄今，岩上陸續推出的詩集有《冬盡》、《臺灣瓦》、《愛染篇》、《岩上八行詩》、《更換的年代》、《針孔世界》、《漂流木》、《另一面》及《變體螢火蟲》等十冊。相對於詩齡，創作量並不為多，可見其自持。

回臺北後幾天，收到岩上前輩寄來一封信，信中除了謝謝我南下參與會議之外，特別提到了一九七六年他創辦《詩脈》的回憶：

向陽：

雖然您現在已是臺灣詩壇靈山頂立的詩人學者教授，但我比較喜歡直呼您的名字，似乎這樣我們彼此可回想到一九七六年《詩脈》的年代，您的英氣勃發的年少可永遠留在記憶裡。

好快的時光流逝！已經逾四十年了！《詩脈》停刊後近年來雖也偶爾在一些活動場合

或文學評審會見面，甚至同車，但彼此談話不多。有時我言語不多但不是冷漠之人，好在近年在臉書彼此看到消息，都可了解彼此近況。……

接讀此信，感慨時光流轉之外，也讓我重新回想起年輕時期認識岩上前輩的舊日影像，他是提拔我的前輩，仍以「您」來稱呼我，讓我愧不敢當；提到四十年來談話不多，更讓我這個後輩汗顏。信後還提及我與方梓結婚時，在溪頭宴請親友，他和詩脈同仁騎機車上山參加喜宴的舊事。在他歡度八十大壽之後，收到此信，我也有同霑他的福氣的喜悅。

更讓我高興的是，信內還附了他親筆所書經典詩作〈更換的年代〉。這手稿強勁有力，字字內斂而生氣蓬勃。捧此手稿，內心備感溫熱。

二

〈更換的年代〉是岩上的名詩，創作於上個世紀末，寫出了詩人對於當時臺灣社會在政治、經濟與文化轉捩過程中的「更換」現象的憂慮與沉思：

水龍頭壞了　換一個
電燈壞了　換一個

岩上於八十大壽之後寫給向陽的信。

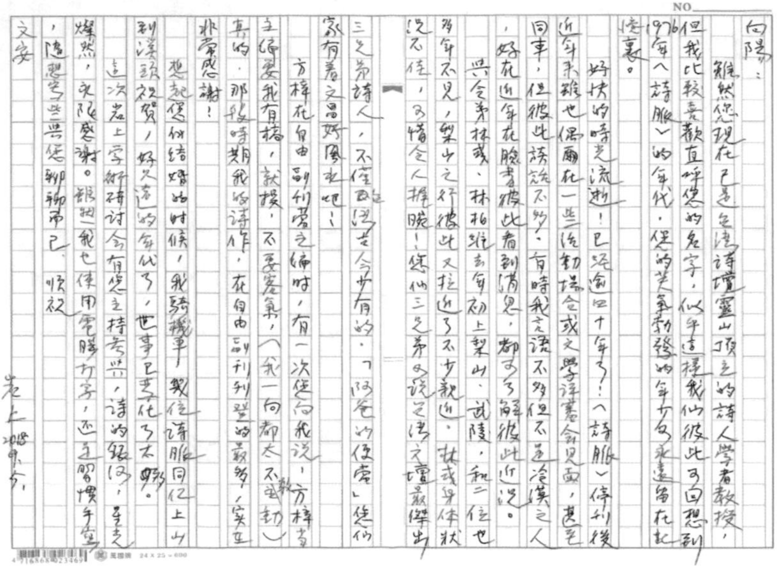

向陽：

雖然您現在已是台灣詩壇靈山頂上的詩人學者教授，但我比較喜歡直呼您的名字，似乎這樣我們彼此可回想到1976年〈詩脈〉的年代，您的英氣勃發的年少仍永遠留在記憶裏。

好快的時光流逝！已經逾四十年了！〈詩脈〉停刊後近年來雖也偶爾在一些活動場合或文學評審會見面，甚至同車，但彼此談話不多，有時我之話不多但不是冷漠之人，好在近年在臉書彼此看到消息，都可了解彼此近況。

與令弟林彧、林柏維去年初上梨山、武陵，和二位也多年不見，梨山之行彼此又拉近了不少親近。林彧身体狀況不佳，可惜令人惋惜！您們三兄弟可說是台灣文壇最傑出三兄弟詩人，不僅是過去今也少有的。「阿爸的便當」您們家有着文昌好風水吧！

方梓在自由副刊當主編時，有一次您向我說：方梓當主編要我有稿，就投，不要客氣，（我一向都太不主動）真的，那段時期我的詩作，在自由副刊刊登的最多，實在非常感謝！

想起您們結婚的時候，我騎機車載您詩脈同仁上山到溪頭祝賀，好久遠的年代了，世事已變化了太多。

這次岩上學術研討會有您主持參與，詩的緣份，更是燦然，無限感謝。雖然我也使用電腦打字，還是習慣手寫，隨想寫些與您聊聊而已。順祝

文安

岩上 2018.5.6

電視機壞了　換一個

衣服舊了　換

汽車舊了　換

房子舊了　換

肝臟壞了　換一個

腎臟髒壞了　換一個

心臟壞了　換一個

妻子舊了　換

丈夫舊了　換

孩子壞了

不能更換

任

其

作

岩上詩作手稿〈更換的年代〉。

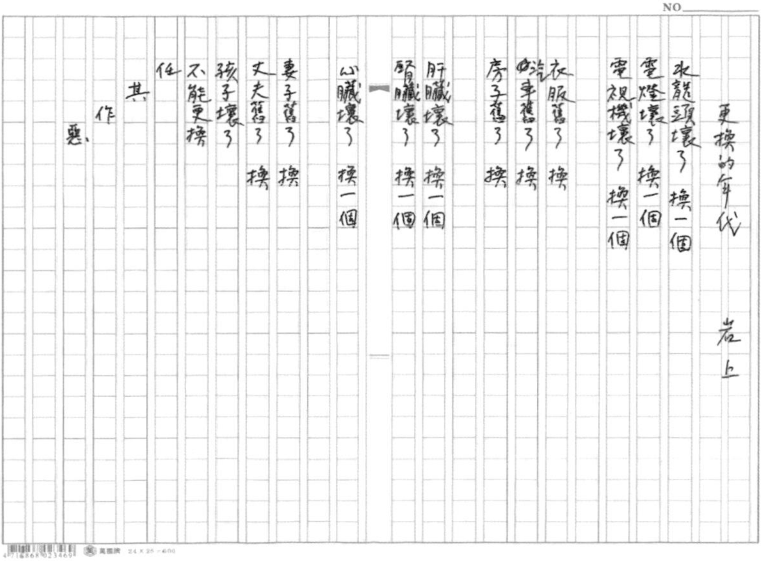
更換的年代
岩上

水龍頭壞了 換一個
電燈壞了 換一個
電視機壞了 換一個
衣服舊了 換
汽車舊了 換
房子舊了 換
肝臟壞了 換一個
腎臟壞了 換一個
心臟壞了 換一個

妻子舊了 換
丈夫舊了 換
孩子壞了
不能更換
任
其
作
惡

惡

這是相當寫實的詩作。岩上通過一連串的「換」，寫出世紀末臺灣的「換」象：在日常生活中，一切都可更換，水龍頭、電燈、電視機如此，衣服、汽車、房子等器物如此，就是身體器官（肝臟、腎臟和心臟等）亦復如此。壞了就得換，從生活用品到身體，本是理所當然，「換」因此具有「更新」的意涵，作為一個快速轉變中的社會現象，這樣的「更換」，是勢所必然的，也是解決老舊問題的必要方法。深一層看，生活器物和身體器官的更換，則隱喻了一九九〇年代臺灣社會、國家的種種劇烈變革，人心思「換」下，舊的體制從威權換成了民主、總統民選、憲政改革、政黨輪替，都在這個階段快速發生，一連串的「換」、「換」、「換」，以及一連串的「換一個」，從而深刻刻劃了當年社會的集體心理和集體想像。這是這首詩在寫實的同時暗藏的高度隱喻。

然而，進入第四小節的鋪寫卻有了新的轉折意涵。「妻子舊了　換/丈夫舊了　換」，順著前三節的邏輯而出，表面上是合理且順當的，同時似乎也是婚姻關係的一種新趨勢和現象。詩人在此並未出以批判之語，卻足以引發我們的沉思與省視：設若「舊了」就「換」的邏輯，在物質部分是理所當然，在夫妻、人倫、感情和人際之間是否也是理所當然？這首詩的這個轉折，如此清淡簡易，卻點出了人生課題的非邏輯性。

更精妙之處，則在於詩的最後一節：「孩子壞了/不能更換/任/其/作/惡」。順著夫妻下來的是孩子，孩子「壞」了怎麼辦？「不能更換」且只能「任其作惡」，以反諷之語，寫出沉痛感慨，整個翻轉前四節的邏輯語境，且將「任其作惡」拆解為四行，一字一頓，更見沉痛，而讓人錯愕默然，刺骨刺心。這樣寫實，但又具有藝術性的詩作，顯見岩上運用日常語言的的深厚功力。

再從此詩的隱喻角度看，這裡的「孩子」表面上除了是血緣的孩子，同時也暗指「下一代」，是對臺灣教育隳壞，導致下一代「作惡」的沉痛指控。透過前三節呈現的任意「更換」的社會現象，對照第四節的夫妻關係的更換、末節的「孩子」的「無可更換」，寫出了詩人對大轉捩年代的沉鬱批判，不浮、不薄，岩上詩藝慣常以淺語寫深義，厚重如斯。

我在秋夜燈下，展讀岩上前輩這首〈更換的年代〉手稿，他信上提到的「一九七六年《詩脈》的年代」，也跟著浮上心頭。

三

我與岩上前輩初識，始於一九七六年元旦，在學長李瑞騰位於草屯的老家。當時的岩上三十八歲，任教於草屯國中，英姿煥發，我則就讀於中國文化學院，大三，二十一歲。見面的原因，是岩上前輩想要聚合縣內詩人創辦《詩脈》季刊，因此找了王灝、李默默、鍾義明、老六、張子伯、李瑞鄺，以及李瑞騰和我，一起聚談創刊細節。

詳細的細節，如今我已無法記得清楚，當年留下的照片也只有和李瑞騰、張子伯、李默默、鍾義明在庭院中聊天的一張，未見岩上前輩。但我印象深刻的是，開會時岩上已擬妥了詩社的名稱「詩脈社」，寫好了創社的宗旨，他說找大家來，是希望在南投縣這個山城，創辦一份現代詩刊，匯聚大家的創作和力量，為現代詩做些事，也讓南投的詩風有所提升。他的想法，當然獲得大家的同意，於是詩脈社就這樣成立了。

《詩脈》季刊。

對我來說，《詩脈》是我第一個加入的非校園詩社，意義重大。我高中時曾與同學創辦《笛韻》詩社發行詩刊，加入《詩脈》時也還擔任華岡詩社社長並發行了一期《華岡詩刊》，但都屬於校園詩社，還只能說是習作階段的寫詩者，岩上前輩的邀請，因而讓我受寵若驚。初見面時印象，已加入《笠》詩社，也主編縣內中學生刊物《南投青年》的岩上前輩，溫和親切，說話輕聲細語，見面時他鼓勵我多寫詩、多投稿，要把最好的詩交給《詩脈》。這對才剛始起步的我，就是最大的鼓勵了。

這年七月，《詩脈》創刊號推出，岩上以〈詩脈的律動〉為題發表了創刊宣言，強調創刊《詩脈》，「投下三個願望」：

一、繼承中國詩的傳統，一脈相承，使詩的命脈永遠綿延奔流。
二、探討詩的來龍去脈，把握詩的本體，建立正確客觀的理論批評根據。
三、以精心誠懇的態度為詩把脈，希望對詩及詩壇的某些病態有針砭的作用。

這個宣言，某種程度也是岩上的詩學態度，對照於一九七〇年代的臺灣現代詩風潮，相對於現代主義，凸顯了詩的民族性、傳統性和社會性。「中國詩的傳統」在一九七〇年代針對的是西化風潮。第三點強調「為詩把脈，希望對詩及詩壇的某些病態有針砭的作用」，則是針對當時超現實主義詩風氾濫而發。

對我來說，加入《詩脈》，因著岩上前輩的這篇宣言，以及他當年寫的詩論詩評，還有他選錄於此後發刊的《詩脈》上的作品，都讓我初步建立了自己的詩觀和寫作風格。參加元旦草屯詩脈社創辦之會後，一月十四日，我在華岡山仔后的宿舍寫下了我的第一首臺語詩〈阿公的煙吹〉，開展了此後的臺語詩創作；三月二十六日，寫下〈小站十行〉，開始有計畫地發表十行詩作品。這雖然是初習詩創作的我自塑風格的一項嘗試，但其中應該也有來自加入《詩脈》的啟發才是。

臺語詩的創作，在一九七〇年代的環境中是相當艱困的，特別是作品發表，幾乎沒有園地。相對於我的十行詩在當時的報紙副刊上受到歡迎，臺語詩則是每投必退，我因此決定以系列作品的方式投給詩刊，最早的作品是在《笠》詩刊發表（血親篇、姻親篇），接著是〈狂誕篇〉在詩人高準創刊的《詩潮》創刊號發表，並獲得該刊創刊紀念獎。岩上前輩看到了這些臺語詩，相當欣賞，要我也寄給《詩脈》，〈顯貴篇〉三首（〈村長伯仔欲造橋〉、〈議員仙仔無在厝〉、〈校長先生來勸募〉）因而獲刊於《詩脈》第三期——在我寫作臺語詩處處碰壁的一九七六年，在鄉土文學論戰爆發的前一年，這三本小眾的詩刊，支持了我堅持以繼的信念，也給了我這個初生之犢勇氣和溫暖。回想起來，岩上前輩和《詩脈》在我的起步階段直如貴人哪。

遺憾的是，隨著我的畢業、入伍，作為成員的我對於《詩脈》並無多少貢獻。在條件與發行環境相當不利的草屯，岩上前輩幾乎可說是一人扛下了《詩脈》的擔子，既要約稿、寫稿，也得籌措印刷經費、寄送詩刊、處理發行的諸多瑣事，這佔滿了他教書之餘的時間，也包括他的創作。《詩脈》撐到一九七九年三月，出版第九期後終於宣布停刊。這時我仍在軍中服役，雖然不捨，也無可奈何，相信岩上前輩應該更加難過才是。

從一九七六年初識至今，算來與岩上前輩已然結緣四十二個年頭，時光真是快速而且殘忍。四十二年來，因為我都在臺北工作，聯繫不算緊密；但因為我們都是南投縣籍作家，每年總是會應文化局之邀，參加會議、文學獎或研討會，等同年年都會見面晤談。岩上前輩話雖不多，但笑容總是可掬，他早自年輕時就自習《易經》、打太極拳，能夠參透有無，對於人生世事都有極為清澄的識見，因而雍容有度，與他見面，在他的舉手投足之間，無須言語，也有春風愉悅之感。

記憶中最令我感動的，是岩上前輩曾以他的詩學論述為基礎，撰寫論文，評析我的詩集《亂》。那是二〇一二年的事，有一天我接到岩上前輩的電話，說他讀了《亂》，覺得很有意思，因此寫了一篇評論，要寄給我看看。等我收到他寄來的稿子時，著實嚇了一跳，因為他不是以詩評方式寫出，而是出以學術論文規格，論文題曰〈亂中的秩序——析論向陽詩集《亂》〉，從「緒言」到「結語」，分成七節，總共寫了一萬六千餘字，用了五十八個腳註。他引用結構主義、現象學、後現代理論等，從「形式的效果建構」，分別就形式的變體塑造、結構的有機體到解構的延異，以及後現代手法等三方面，解析我的詩集《亂》中的外在形式和內在思想，討論詩集中觸及的政治動亂、歷史傷痕、社會不安、土殤災變、世間關懷等主題，言之成理。

我的感動在於，岩上前輩從年輕時就以詩論詩評受到矚目，所著評論集《詩的存在》（一九九六）也備受推崇，但他在此之前從未寫過學術論文，這篇可能是他的第一篇論文，他以這樣的規格討論《亂》，不能不讓我這個後輩感動；此外，撰寫這篇論文時的他，年已七十四歲，無論閱讀理論、詩作，撰述長篇論文，都需要花費不少工夫，費盡腦力和體力，而他卻毫不滯澀地完成，這更讓我自嘆不如且備感慚愧。

這篇論文後來經過外審通過，在北教大出版的《當代詩學》年刊第八期（二〇一三年二月）登出，洋洋灑灑三十一頁，但因屬學報，並無稿費。出刊後，我逐頁又細讀了一遍，對岩上前輩來說，這是他以非學院詩評家、詩人所寫的第一篇學術論文，意義重大；對我來說，這卻是一個前輩詩人對後進在詩藝上的殷殷垂勉和鼓勵，一如一九七六年一月《詩脈》社在草屯成立的那一幕，讓我難忘且感銘至今。

四

除了創刊《詩脈》之外，岩上前輩也曾於一九九四年擔任《笠》詩刊主編，前後達八年之久，為臺灣本土詩學的強化做出貢獻；作為南投縣在地作家，他推動南投縣的文運，更不遺餘力，早年主編《南投青年》，栽培年輕作家，退休後更是參與甚多南投文學發展和扎根的工作。他從二十歲落戶於草屯至今整整六十年，他的青春、創作和志業都與南投文學密不可分，他是我敬重的鄉賢，是我寫作路途上的引路者。

但是，他更重大的貢獻當然還是在詩創作上。長年蟄居草屯，和以臺北為中心的詩壇遠隔，雖然多少影響到他在詩壇的活躍度和影響力，並因而使他未能獲得與其創作實力相當的評價。二〇〇八年，臺灣文學館進行《臺灣詩人選集》計畫時，主持該計畫的總編輯彭瑞金囑我編選《岩上集》，我逐一閱讀他的詩集詩作，挑選佳作，更加確信，他的作品就是最好的證明，必會在歷史長河中澄明且獲得更高評價。

岩上前輩曾自述，他的創作是「不斷在儉樸的生活和審視繁複的社會現象中追逐那份詩心」，詩是他「生活經驗的紀錄和精神的象徵」，他以詩「填補自己人生的裂縫」，進而用詩「呈現生命的意義和存在的位置」，「用詩指向自己，也用詩指向社會」。經過一甲子的書寫，與其說他的詩「在現實的裂縫中萌芽」，可能不如說他的詩「在現實的裂縫中開花」吧。

——二〇一八年十月

〔手稿故事〕11

挑戰父權文化的小說家

——李昂

一

秋雨的夜晚，想到年輕時在華岡讀書的一些畫面。華岡每到入秋之後，總是風淒雨苦，對一九七〇年代出發的文藝青年如我者來說，追風愛雨，反倒成了寫作的動力。在華岡，我和以華岡詩社為中心的朋友習慣在風雨夜中談詩談夢也談書，當時志文出版社推出的「新潮文庫」，打開了我們觀看世界文學的視野；加上一九七四年沈登恩等人創辦的遠景出版社，及其所出黃春明、陳映真的小說，也提點我們關注腳下的鄉土和周遭的社會；而眾多大大小小的詩刊，元老詩刊之外，蜂起的戰後世代詩刊如《龍族》、《大地》、《主流》、《草根》……等，則是我們學習、閱讀、論辯與投稿、發表的所在。在這樣的氛圍下，讓我忘了風雨的淒苦，只記得友朋以文學相濡以沫、歡聚狂歌的溫暖。

其中有一個畫面是我與當時已有盛名的小說家李昂的初識。李昂是文化學院哲學系畢業的學姊，她於一九七四年畢業，當時我讀日文組一年級，雖然考上文化後就已知道她早在就讀彰化女中高二時就以〈花季〉登上《中國時報》副刊，富有才氣，也讀過她在《中外文學》發表的小說〈人間世〉，但無緣得識；一九七五年我擔任華岡詩社社長，整理華岡詩社資料時，赫然發現李昂也是詩社前期社員，此時她已在美國就讀奧勒岡州立大學戲劇系，同時並由中華文藝月刊社出版了她的第一本小說集《混聲合唱》，可說是我們一批華岡文青的榜樣人物；一九七六年，她將出國前訪問藝術家的稿子輯為《群像——中國當代藝術家訪問》一書，交給詩人黃進蓮（後改名為黃勁連）創立的大漢出版社出版，經由進蓮兄的介紹，方才有機會認識回臺省親的李昂。

記得是在華岡的大學書城餐廳吧，當時的李昂年方二十四歲，面容清秀而微帶叛逆。詳細的談話我已無法完全記得，應該是以學弟的身分跟她請教她在校時參加華岡詩社的情況，以及閱讀她的小說的感想吧。當時的李昂以「人間世」系列小說，書寫年輕女性對愛與性的迷惘與探索，雖然談不上驚世駭俗，卻已讓文壇議論不已，讚許有之、側目也有之。在一九七〇年代臺灣閉塞而又封建的父權文化底下，李昂以女性自身情慾探索為主題的書寫，不僅對文壇，也對臺灣社會提早拋出了女性自主的「戰帖」。到了一九七七年，她的這系列小說以《人間世》為書名交由大漢出版社出版，更在書籍市場上颳起了一陣旋風。

如此大膽、開放，且無懼於保守社會議論的小說家，在當年也跟她年歲差不多的寫詩的我來看，已經不只是一位學長，毋寧更像是一位進步的女性主義者。

二

李昂出版《人間世》的一九七七年，同時也是鄉土文學論戰烽火大起的年度。鄉土文學論戰聚焦於社會寫實主義的正當性議題，當時執政的國民黨試圖將鄉土文學導向「工農兵文藝」，必欲伐之而後快，報章雜誌和軍方發動的圍剿，砲火兇猛。這一年的李昂剛取得奧勒岡州立大學戲劇碩士學位，仍在美國，並未受到論戰波及，對於當時已出版《人間世》這樣觸及社會禁忌的女性主義小說，也發表了一系列〈鹿城故事〉這樣典型的鄉土小說的她，這場論戰對於她此後的文學書寫是否也有影響？這是我當年一直想問她卻沒提過的問題。

這個問題，到了一九八三年八月，聯合報中篇小說獎揭曉時，李昂以她勇奪首獎的〈殺夫〉回答了。〈殺夫〉以鹿港為背景，寫婦人林市嫁給殺豬的陳江水，因不斷受到陳江水家暴和性虐待，最後在精神恍惚下，以殺豬手法殺死丈夫。這樣驚世駭俗的故事，立即引發社會各界爭議，這樣既鄉土又寫實的小說，表面上描寫的是一樁社會事件，實際上探討的人性深層的陰暗面，在殺豬刀的兩端，林市身為弱勢女性的長期隱忍和一夕爆發、陳江水作為強勢男性的長期施虐和視妻如豬，凸顯了弱勢女性在父權社會和文化的雙重被壓迫處境，「殺豬」一刀的回擊，暗喻的實則是女性最終的抵抗。這就是李昂以她的作品對一九七七年爆發的鄉土文學論戰的回答吧。

一九八三年，我正在《自立晚報》擔任自立副刊主編，這時李昂已在文化學院戲劇系任教，家住濟南路三段，與《自立晚報》只有一「段」之隔（自立在二段）。我們偶有來往，我也常向她約稿，不過她真的太紅了，兩大報稿約不斷，她總是跟我說：「向陽，沒關係，有稿子我一定會給你的。」作為兩大報之外的小報副刊主編，我是耐於等待的，我也相信一定可以等到她的稿子。

這年十月七日中午過後，報社工友把剛從印刷廠印出的晚報送到我的桌上，我還沒打開，一眼看到一版報頭邊的社論赫然是〈文學不可助長戾氣〉這樣的標題。報紙社論通常議論的是國家大事和公眾議題，以之評論文學，大概只見於鄉土文學論戰吧。我立刻展讀這篇社論，前半部分大談「文學與人性」（這使我想起鄉土文學論戰時彭歌在《聯合報》「三三草」專欄所撰的〈不談人性，何有文學〉）；再讀下去，不得了，原來這是一篇針對李昂〈殺夫〉所寫的社論，文中略掉李昂的名字，強調「沒有任何人可以『殺人』乃至於謀殺『親夫』」，接著是「倘在文學上同情直接行動，乃至煽動報仇洩憤的殺人行為，對於社會的文明秩序，對於國家的法治制度，都是嚴重的破壞，其後果是極其堪虞的。」

社論接著又說：「我們絕對無意戴人『紅帽子』，但在我們全民反共的陣營裡卻不能不提高警覺。」這又是鄉土文學論戰時指控方常用的語態；社論的結論說：「專心於文學的作家們是純潔的、清白的，但每每有一隻黑色的魔手伸進了文學的領域，在暗中作祟，願作家們多加注意，不要讓文學助長了社會的戾氣，不知不覺的為社會的禍亂播下了種籽。」

一九八三年十月七日，《自立晚報》刊出社論〈文學不可助長戾氣〉，抨擊李昂的小說〈殺夫〉。

自立晚報

孫院長宣示：香港為我國領土
任何人對香港主權主張我概不承認

本報重要預告
十月十日是中華民國七十二年國慶，也是本報三十六週年社慶，我們將從這一天，也就是下週一開始，於每天下午三時二十分增印第三次版。
我們相信，這在台灣的晚報經營史上，將是一項重大突破。
敬請大家拭目以待。

社論
文學不可助長戾氣

這篇看似「奉勸」實則相當凌厲的社論，在仍處於白色恐怖統治的一九八〇年代，等如指控李昂的〈殺夫〉是「黑色的魔手」，有違「反共」國策，說無意戴人紅帽子，卻還是戴了——我讀後大吃一驚，隨後即告知李昂此事，並為我服務的報社社論不點名批判她表示歉意。在戒嚴年代，這樣的指控往往是文學整肅的伏筆，我實在擔心另一個論戰是否由此再起。

李昂知道了，但她到底還是篤定的，接著收有〈殺夫〉的小說集《殺夫——鹿城故事》就由《聯合報》的關係企業聯經出版公司推出了，這本書一出版立即造成轟動，不斷再版，後又改編為電影上映。《聯合報》的大報影響力、黨國關係，以及讀者大眾的閱讀行動，終於讓一場可能降臨在李昂身上的禍端消失於無形。

多年以後的今天，找出當年的這份社論，我仍然感到不寒而慄。我的擔憂絕非杞人憂天，次（一九八四）年三月十三日，我主編的《自立副刊》就因為刊登林俊義雜文〈政治的邪靈〉而遭警備總部以「為匪宣傳」罪名查禁，我被警總約談，林俊義其後則遭到實質流放，滯美四年才獲准回國。

李昂果然勇敢、篤定。撰寫這篇社論的主筆不曉得，其實早在一九七九年黨外的《美麗島》雜誌創刊時，李昂就捐了十萬元臺幣，資助黨外的民主運動；美麗島事件後，想方設法營救呂秀蓮等事。如果知道，那還了得？〈殺夫〉作為臺灣女性主義文學的一道里程碑，如今幾乎已成文學史的定論。文學是長久的，政治是短暫的，可以從偏向黨外民主運動的《自立晚報》也以社論羅織罪名、未能得逞；而《殺夫》至今已有十多種外譯得證。

三

但〈殺夫〉真的是發生於鹿港小鎮的「鹿城故事」嗎？

李昂後來在回憶她的寫作歷程時，曾提及這篇中篇的寫作靈感，來自一九七七年她從奧勒岡州立大學取得戲劇碩士學位後，在白先勇位於聖塔芭芭拉的住處讀到陳定山所著《春申舊聞》，其中有一篇〈詹周氏殺夫〉的社會新聞，引發她改寫小說的構想，因而有了〈殺夫〉。李昂是以她作為小說家的想像力和虛構手法寫出了這篇經典之著。

這事到了二〇一三年我親耳聽到了白先勇的證實。一月的某一晚，李昂作東，邀請友人到衡陽路的極品軒參加她精心擘劃的晚宴，到場有小說家白先勇、文建會前主委陳郁秀、導演李崗、茶專家池宗憲、美食家朱振藩等多人。冬夜雨停，未上菜前，先由池宗憲帶領大家細品好茶。這時白先勇面帶微笑，提及李昂當年到聖塔芭芭拉找他，在他家中讀到《春申舊聞》輯錄的一則軼聞，回臺後就寫成〈殺夫〉，參加聯合報中篇小說獎。白先勇是當年的五位評審之一，讀到〈殺夫〉，眼睛一亮，雖不知是誰寫的（作者均匿名），在評審過程中大力支持，〈殺夫〉因此得了首獎。人生諸多因緣，文學亦復如是。

《自立晚報》社論批判〈殺夫〉事件過後，李昂並未因此將《自立副刊》就此列入「拒絕往來戶」。隔（一九八四）年一月，我果然收到了她寄給副刊的一篇稿子，題為〈一個作者的困境與自省〉，這篇散文分為兩個子題，一是〈謙遜〉、一是〈愛情〉，是小說家李昂在出版《殺夫》之後，面對來自四方八面的書寫壓力下的自白。部分回應了《自立》社論的指控，更多的部分則是回應當時黨外民主運動同志的指責。

美麗島事件過後，黨外民主運動更加上揚，眾多的黨外雜誌如雨後春筍冒出，很多黨外雜誌旋出旋禁，卻也越禁越暢銷，形成了對執政的國民黨相當反諷的出版熱潮，也吸引了不少具有正義感和改革意識的知識青年進入黨外雜誌工作，為了挑戰威權、也為了吸引讀者，黨外雜誌通常會舉辦各種座談，挑戰禁忌議題。李昂寫的這篇告白文字，〈謙遜〉就是回應一位「富正義感，而且也從事多方關懷社會的寫稿、編雜誌的年輕人」而發。

文章提到這位年輕人邀請她出席座談會，她因為正在寫〈殺夫〉，無暇出席，婉拒之後卻遭這位年輕朋友指責，「我卻很傷感的必然要發現，這位年輕人的頤指氣使、自我中心與驕傲」：

二〇一三年一月七日，李昂宴請文友，白先勇提及李昂〈殺夫〉的創作源頭。

這些知覺自己站在社會公義一邊，關懷社會、為大眾著想的與謀福利的年輕人，有時候，會因為感到自己在從事一件偉大的工作，連帶著也不免感到自己較別人清高，而致以為自己德行無缺，所做所為具完滿無憾，在態度上趾高氣昂起來，志得意滿的看不慣天下人、事，對一切俱有所批評。

接著她提到〈殺夫〉得獎後，「常被這些朋友帶著幾分鄙視的口氣嘲笑」，因為「參加兩大報文學獎，對他們來說就一定意指與資本家、報閥一鼻孔出氣，沒有立場」——這文章寫出了一九八〇年代臺灣知識界共同面臨的困境，像李昂這樣以〈殺夫〉挑戰父權文化（體制），以實際行動捐助《美麗島》雜誌、掩護並救援美麗島事件後逃脫的「要犯」的作家，都還免不了同志的嘲諷和責罵，她的感慨之深，可想而知。

另一篇〈愛情〉，則呈現李昂當時面對的另一個「困境」：

一九八四年一月，李昂寄給向陽的文稿〈一個作者的困境與自省〉首頁。

73.1.

No. 1

一個作者的困境與自省

李昂

謙遜

有一天，我接到一通電話，一位認識的朋友希望我出席一次座談會。我照慣例的拒絕了，理由是那時我正盡全力在寫「殺夫」，沒有時間也不想參加任何座談會。這幾年在台北，常感到一個創作者如果外務太多，滿台灣到處亂飛，開不完的座談會，作不完的演講，喝不完的酒，聊不盡的天，實在很難有時間與心境來好好寫作，更不用說讀書來充實自己了。我們都清楚的知道，台灣目前還少有人能作職業作家，須賴以為生的工作都已經佔掉不少時間，那還有時間這般浪費。

我知道有許多寫作的朋友都有與我相同的感覺，可是少有人能狠下心來真正拒絕。畢竟，這麼小的地方，這麼

(12×25)

作為一個女作家，我總覺得背負一些不必要的擔負，只為了想掙離傳統定義的女作家——只有感覺，沒有思想，而對自己有了不需要的要求。……

這麼多年來，為了避免作個「只有感覺，沒有思想」的女作家，我花了許多工夫來克服自己不去寫愛情故事。總以為應該訓練自己放開胸懷，關心一些政治、經濟、社會大事，而將愛情那樣微不足道的題材擱置一邊。……

這也是鄉土文學論戰之後衍生的問題之一，要追求思想而非感覺，一如陳映真所經常強調的那般。李昂真誠地面對自己渴望寫純情小說的初衷，預示了她的書寫即將轉型。文末，她自嘲地提到，她的筆名「李昂」也有模仿男性筆名的傾向，「這樣的模仿男性作家，抑制自己本身的女性特質，難道真會給女性帶來通往創作的坦途，還是，只是一條走不通的歧路呢？」

作為副刊編者，當時我是多麼高興讀到如此自覺的作品啊！我收到立即發稿，只是改了一個字，把題目易為〈一個作者的困境與自信〉，因為我看到的是，寫完〈殺夫〉之後的李昂，開始走向以女性為主體的女性主義之路了。

四

與李昂認識至今超過四十年了。四十年來同在文壇，常有機會見面。我們曾經有多年都在

一九八四年一月七日，自立副刊登出李昂〈一個作者的困境與自信〉，「自信」與原稿「自省」有一字之別。

中華民國七十三年一月六日　自立晚報

一個作者的困境與自信

■李昂

●謙遜

●愛情

長夜漫漫

／陌上塵

自立副刊迎春剪紙展

《聯合文學》辦的文藝營擔任導師，朝夕相處；也曾在她率領下一同前往西藏旅行十餘天，長途跋涉。雖然談不上深交，但年輕時與她初見面的印象一直維持著，她一直保有著寫作〈殺夫〉前後時期的純真與叛逆，在對待朋友、面對弱勢者，以及她所期盼的愛情之前，她是個真誠、寬大，且不計較任何付出的人；在面向父權、強權及一切以權勢霸凌他人者，她總是直言以對，也絕不妥協，即使是同一立場、陣營，一樣不假辭色。

燈下重讀她寫於

二〇一二年十一月李昂獲吳三連獎

一九八四年的〈一個作者的困境與自省〉，屋外秋雨間續間歇，算來三十餘年一如一夕，李昂從出版第一本小說集《混聲合唱》迄今，從未間斷過她的寫作，而且每隔一段時日，必有新的突破，《殺夫》之後，一九八五年出版《暗夜》，以書寫外遇問題遭查禁；一九九一年出版長篇小說《迷園》，通過情慾書寫突出國族認同議題；一九九七年出版《北港香爐人人插：戴貞操帶的魔鬼系列》，探討性與政治的幽微紋理；二〇〇〇年出版《自傳の小說》，進一步追索女性與權力的關係；二〇〇七年出版《鴛鴦春膳》，則將飲食置入權力、情慾之間，互為指涉；到去年出版的《睡美男》，則採顛覆父權文化的新思維，以姊弟戀為題材，表現女性身體的自主。這樣不斷以新題材挑戰自我的書寫，隨著時代變遷而前進的創作歷程，不就是對於她發表於一九八四年的

〈一個作者的困境與自省〉的最具體且最深刻的回答嗎？

二〇一二年十一月，李昂以她的小說成就榮獲第三十五屆吳三連獎，身為吳三連獎基金會祕書長的我，在頒獎典禮上宣讀評審委員會所撰的〈得獎評定書〉，讀到以下這段對李昂創作的譽辭，真是再同意也不過了：

以批判性視角介入臺灣歷史、社會、政治、階級、性別、認同，透過身體情慾、國族寓言、空間地景、鬼魅／權力、美食／宰制種種書寫，解構臺灣舊社會、反撥父權文化，激昂女性自主意識，如實反映了臺灣現代化過程中的難題及社會面相。

——二〇一八年十一月

為臺灣文學研究點燈的詩人

——林梵

一

上一篇寫李昂的故事時，腦海裡一直閃著一個名字：林梵。記憶中，一九七九年吧，林梵還在當兵，放假日常往臺北濟南路李昂家跑，參加臺北的文學活動，但印象有些模糊了。寫完李昂之後，翻找作家手稿的卷宗，果然找到了一九八四年他寄給我的一篇日記，記的是一九七九年四月一日當天的事情。

這天日記題為〈愚人節的一天〉，是林梵應我之約，為《自立副刊》「作家日記三六五」專欄提供的作品，提到當天他借住李昂家參加文學活動的諸多事情，難怪我有這個印象。林梵重抄這則日記的稿紙上加了一段事後的「附記」：

> 六十八年我在某一軍事學校單位服役，放假常到臺北來，有時借宿李昂濟南路的家，

常有文學界的朋友在座，閒談之中，收穫良多。趁此機會，再一次謝謝施家姊妹。

一九七九年的詩人林梵，二十九歲，正值雄姿英發的青年時期，以少尉軍官的軍階服役於軍中。在這之前，他已經於一九七六年出版第一本詩集《失落的海》（臺北：環宇），是一位受到矚目的年輕詩人；於一九七七年從臺大歷史研究所畢業，取得碩士學位，剛跨出他的學術研究之路；於一九七八年出版《楊逵畫像》（臺北：筆架山），成為臺灣文學研究的先行者之一，該書出版之後，受到鐵英（張良澤）和鍾肇政的高度肯定，因此認識了宋澤萊、李昂，並有密切的往來。

這則日記寫這一天他與宋澤萊「並榻而眠」夜宿李昂家中，早上三人一起前往吳濁流家中「湊熱鬧」旁聽吳濁流文學獎評選；中午「基金會請吃飯」，旁坐李喬、鍾鐵民；餐後陪宋澤萊為《變遷的牛眺灣》、《骨城素描》兩書，到遠景出版社簽約；傍晚，又與宋澤萊赴明星咖啡接受評論家何欣為撰寫評論所需的訪談；晚上，兩人與李昂、郭振昌一起到電影院觀賞《越戰獵鹿人》；回李昂家後，又與李昂姊姊施淑女談文論藝……。

這看似流水帳的日記，於今重看，幾乎重現了一九七〇～八〇年代一個臺灣文學青年的生活圖像：文學同好的契闊、文學獎的評選、文學出版的蓬勃、文學評論嚴謹，以及電影和文學、藝術的討論，都在這則日記中流動。而更重要的是，這也標誌了一位其後推動臺灣文學研究的學者的初始脈絡。

一九七九年四月一日林梵日記〈愚人節的一天〉手稿。

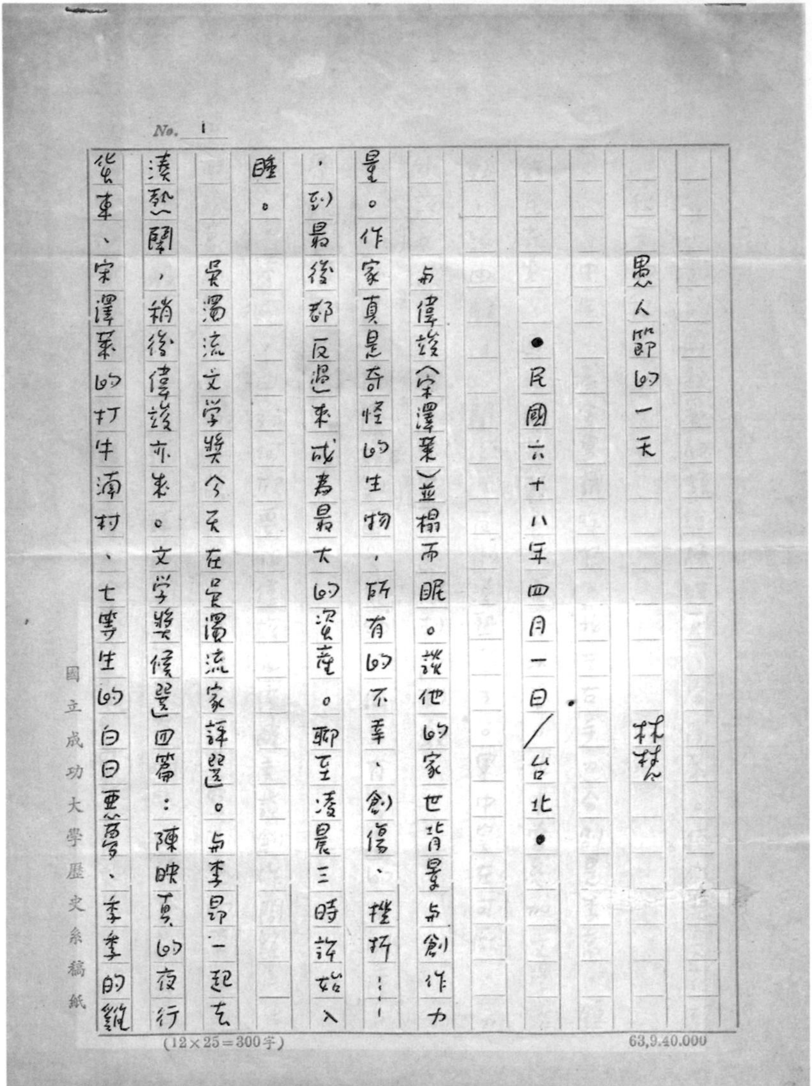

No. 1

愚人節的一天

林梵

●民國六十八年四月一日／台北●

與偉誠〈宋澤萊〉並榻而眠。談他的家世背景與創作力量。作家真是奇怪的生物，所有的不幸、創傷、挫折……，到最後都反過來成為最大的資產。聊至凌晨三時許始入睡。

吳濁流文學獎今天在吳濁流家評選。與李昂一起去湊熱鬧，稍後偉誠亦來。文學獎候選四篇：陳映真的夜行貨車、宋澤萊的打牛湳村、七等生的白日惡夢、季季的[illegible]

國立成功大學歷史系稿紙

(12×25=300字)

63,9.40.000

二

我與林梵兄初識於何時已無記憶，他考上臺大歷史所的那年（一九七三），我考上文化學院日文組，兩人同年從南方來臺北讀書，如有機緣，僅此而已。然則，此前一年他已在剛創刊不久的《中外文學》（第五期）發表的詩作〈失題〉，則讓還是高三學生的我相當羨慕，此後偶而還是會在《中外文學》讀到他的詩作，因而對他作為詩人的一面有了深刻印象，他於一九七六年出版詩集《失落的海》時，我已開始發表詩作，這本詩集就是我愛讀的詩集之一。

一九七七年林梵取得臺大歷史研究所碩士學位，我也從文化學院畢

一九七七年五月，林梵與向陽同時獲得《詩潮》創刊徵詩獎項，圖為《詩潮》創刊號扉頁及刊登在《中央日報》副刊之廣告。

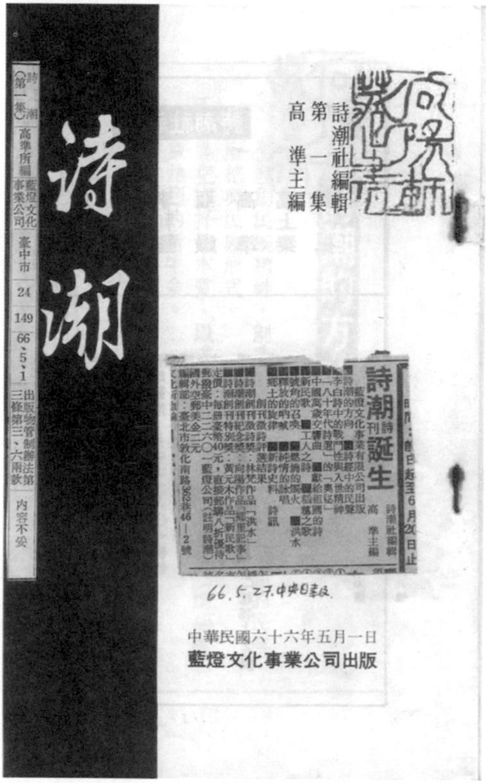

業。就在畢業前夕，五月，由詩人高準創辦的《詩潮》詩刊推出創刊號，並公布創刊徵詩的評選結果，林梵以詩作〈洪水〉獲得「詩潮創刊徵詩獎」、我以臺語詩〈鄉里記事〉獲得「詩潮創刊紀念獎」、黃元木則以〈新民歌〉獲得「詩潮創刊特別獎」，能與高中時就欣賞的詩人林梵同時獲獎，讓當時的我備感榮幸。《詩潮》創刊號推出之際，正值鄉土文學論戰展開之時，當年八月論戰因為彭歌、余光中的加入，到達高峰，次年一月，該刊甚至被《中華日報》總主

一九七八年一月三十日，《中華日報》副刊刊登該報總主筆彭品光（澎湃）專文點名《詩潮》是推動「工農兵文學」的詩刊。

中華民國六十七年一月三十日 星

文學不容劃分階級

——我們反對所謂「工農兵文學」的觀點

彭品光

一、倡導所謂「工農兵文學」，確有具體事實：

二、所謂「工農兵文學」，原是毛匪的「文學政策」：

筆彭品光（澎湃）專文點名為推動「工農兵文學」的詩刊，林梵與我多少遭到殃及。我們的認識，應該是在這前後吧。

畢業後，我入伍服役，每逢放假，常往臺北跑，一九七八年九月，在臺大校門前的香草山書店看到林梵新出的《楊逵畫像》，這是林梵「在東海花園前後住了一年，與楊逵生活在一起，工作在一起」，近身觀察所寫的第一本楊逵傳記，圖文並茂，刻繪出了楊逵的勞動者精神和圖像。這本《楊逵畫像》成為我認識楊逵文學和他的社會主義思想的開始，也引發了日文系畢業的我對日治時期臺灣文學的深一層認知，幾年後我與楊逵的往來，也是建立在林梵此書的基礎上。

一九七九年五月，遠景出版社推出了鍾肇政、葉石濤主編的《光復前臺灣文學全集》一套八卷，這套書一出版立刻受到像我這樣飢渴於臺灣文學的文青的喜愛，通過這套書，日治時期的臺灣作家、作品，才比較全面地展現在無知於臺灣文學過往發展的我的眼前。翻開套書的〈出版宗旨及編輯體例〉，這才知道這套書還有三位實際工作的執行編輯：張恆豪、林梵、羊子喬，而第八卷《閹雞》書後所附〈日據時期臺灣小說年表〉則由林梵編纂，綱舉目張、簡明翔實地勾勒了臺灣日治時期的文學地圖，足以溯本追源，通盤掌握臺灣新文學的流脈。

同年九月，林梵進入成大歷史系擔任兼任講師（次年專任），從此開始了他在學院研究臺灣文學、推動臺灣文學教學與研究之路，成為臺灣文學在學院中朝向體制化的重要推手。

三

一九八〇年的臺灣，學院內部基本上不承認「臺灣文學」這門學科的存在，詩人林梵開始以臺灣文學作家及作品為論述對象，其艱苦可想而知。從一九七九年開始，他先是陸續在報章雜誌發表了一些臺灣作家作品的評論（如〈從廖偉峻到宋澤萊——寫在《變遷的牛眺灣》刊出之前〉、〈越戰後遺症——論陳映真的兩篇小說〉……等）。

一九八三年他以〈賴和與臺灣新文學運動〉申請哈佛燕京學社研究計畫，為他此後的學術研究奠下了堅實的基礎；一九八五年他將研究成果寫成論文，刊登於《成大歷史學報》（十二期），他的臺灣文學學術研究才受到學界的認可；此後他專注於賴和研究，到一九九三年由允晨文化為他出版《臺灣文學與時代精神——賴和研究論集》，十年磨一劍，終於獲得學院與社會的肯定，這本賴和研究專書可說是臺灣文學研究的重要里程碑，出版後不僅獲得當年度「十大本土好書」佳評，同時獲得金鼎獎的肯定；一九九六年允晨又為他出版《臺灣文學的歷史考察》、《臺灣文學的本土觀察》兩本論集，也同樣受到學界重視，後書再獲當年度「十二大本土好書」之佳譽。

這樣的苦鬥，彷如在荒煙漫草中披荊斬棘，也彷如在暗夜裡點燈，從詩人林梵到學者林瑞明，從成大歷史系教授到一九九八年推動成大臺文所之設立（二〇〇〇年正式設立，首任所長

二〇一八年七月一日，莊萬壽、林梵（右）兩教授與向陽，在文訊臺灣文學資料中心。

陳萬益），從臺灣文學學者到二〇〇三年出任國家臺灣文學館籌備處主任（首任館長）——這長路，他一路走來，想必也備感艱辛但又甘之如飴吧。

不過，學者林瑞明這樣為臺灣文學體制化付出的苦行，也讓詩人林梵受了不少委屈。他是一九七〇年代備受矚目的詩壇新星，進入八〇年代後，詩作逐年銳減，一九八一年我接任《自立副刊》主編後，多次向他約稿，也為《陽光小集》詩雜誌約他的詩作，他多半會寄來，但總是隔些時日，並不頻繁。二〇〇九年他推出詩集《青春山河》（臺北：印刻）時，書後〈作品發表索引〉詳列所選詩作、發表刊物與時間，從一九八三～八四年發表在自立副刊的詩作有六首；發表在其他刊物（《笠》、《臺灣詩季刊》、《文學界》、《臺灣文藝》、《春風》……等）有二十首，仍算是創作高峰。但從一九八五年他開始賴和研究之後，到一九九五年十年間他就停止了詩的創作，到一九九六年才重拾詩筆，恢復詩人林梵的雄風。

這樣的苦悶，他在一九八三年寫給宋澤萊的詩〈心事〉中已經透露了：

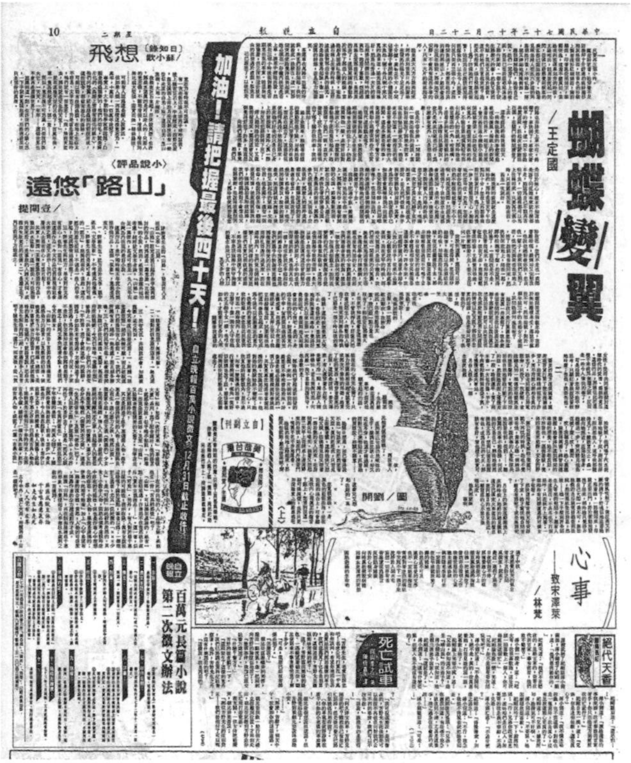

一九八三年林梵寫給宋澤萊的詩〈心事〉，刊登於向陽主編的《自立副刊》。

禪的體驗
仍然遙不可及
連衷心喜愛的文學
也不一定能掌握住
常楞對著空白的稿紙
半天寫不下一個字來
沉浮於人間火宅
妄想一切存有著
皆渴望成為語言
反而陷身障礙

（節錄）

這首詩寫的，是閱讀宋澤

萊出版於一九八三年的《禪與文學體驗》（臺北：前衛）的感慨，這一年也正是他開始〈賴和與臺灣新文學運動〉研究計畫的第一年，為了從事臺灣文學研究志業，已容不得他體驗禪的奧祕、詩的愉悅了。

四

與林梵兄結緣至今算來已然四十春秋，由於他一直在成大任教，我則居住北部，兩人相見多在文壇聚會或學界研討會、論文審查等場合，匆匆見面，聚首無多，但他對我的疼惜和鼓勵並未因此有所減損。

他是一個樂觀、浪漫的詩人，有明亮豪邁，也有細膩柔情，一如他的詩作；他又是一個嚴謹的學者，注重脈絡與細節，絕不馬虎。早年見面，他總不忘告訴我，他是南投女婿，因為他的太太是南投人；最近見面，他又常對我說，我的孩子和你女兒都是「劭」字輩。我們同姓林，為下一代命名，居然不約而同選用了「劭」為各自的兒女命名，這未免太奇妙了。是因為我們都寫詩嗎？還是因為我們都對於「劭」這個字的字義帶有某種期許或想像？

一九九七年，林梵兄因罹患腎衰竭，差一點奪掉他的生命，此後需靠洗腎來維護健康，但他不為此病所陷，依然樂觀如昔，他對美好的事物一貫抱有詩人的敏銳，通過臉書，我看到他源源不絕的新作，他發展「臺灣俳句」，從世紀末至今也快二十年了，生老病死苦，在他筆

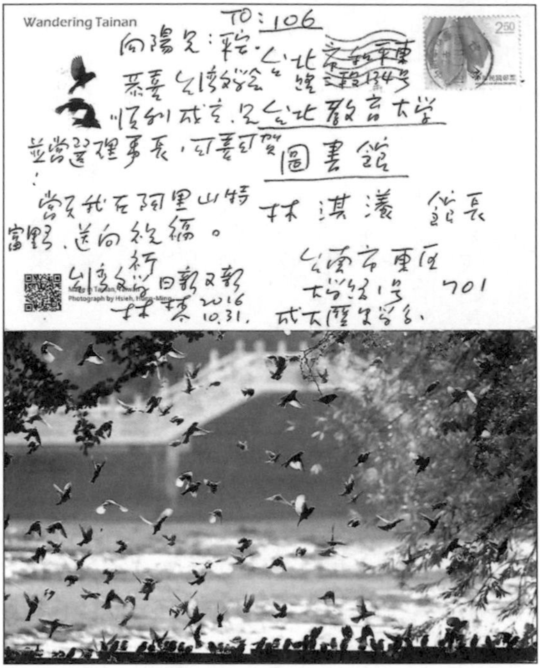

二〇一六年十月三十一日，林梵寄給向陽的明信片，期許臺灣文學日新又新。

下，詼諧帶過，卻又深刻點出人生的奧義，老來之詩，讀之莞爾，即便蒼涼，也暖意醺人。

兩年前十月三十日，國內各大學臺文系所師生合組的「臺灣文學學會」在我任教的臺北教育大學召開成立大會，我受到會員付託，獲選為理事長。當天長期推動臺灣文學教學與研究的四位大老陳萬益、鄭邦鎮、莊萬壽與趙天儀教授都來與會，並以貴賓身分致詞，回憶他們為臺灣文學開疆闢土的過往與奮鬥，期勉經過千辛萬苦方才成立的學會接棒前進。林梵兄因為事前已答應阿里山特富野部落之邀，無法與會，以他對臺灣文學教學與研究的長年貢獻，未能出席盛會，接受全體會員的禮敬，不免有憾。

想不到幾天後，我就收到他寄來的明信片，寫於學會成立後次日：

向陽兄：平安。

恭喜臺灣文學學會順利成立，兄並當選理事長，可喜可賀！

當天我在阿里山特富野，送向祝福。

祈

臺灣文學日新又新

林梵二〇一六・十・三十一

葉石濤文學紀念館牆上，林梵題詞「燃燒自己光耀臺灣文學」。

收到時，已是十一月，秋冬之交，寒意漸起，我內心盈溢喜悅與感動。明信片上的字跡，是我熟悉的字跡，詩人林梵、學者林瑞明，以臺南市的美景「飛鴻滿天」的明信片，傳達的是期望臺灣文學飛黃騰達的寓意。看著他隨興落筆而不拘一格的字跡，傳達出的心意，一如與他之相見。撫其字，見其人，聞其聲，對於以金黃人生歲月為臺灣文學研究點燈的他，我告訴自己，作了過河卒子，只能追隨其後，拚命向前了。

今年十月，我完成了第一階段的任務，臺灣文學學會召開第二屆會員大會，由邱貴芬教授高票當選第二屆理事長，一棒接一棒，讓臺灣文學的教學、研究、創作與推廣持續下去，不也正是前行路上眾多臺灣文學作家、學者共同的心願嗎？新舊任理事長交接時，我的心中油然浮起一個畫面，那是二〇〇六年我接任創會理事長後的冬天，在臺南葉石濤文學紀念館拍下的照片：

詩人林梵寫的句子「燃燒自己光耀臺灣文學」，由陳啟辰書，裝裱掛於牆上，旁邊的窗子，有葉老的畫像。兩相映照，彷彿葉老從窗外探視室內；兩相映照，臺灣文學的代代傳承象徵就凸顯出來了。

——二〇一八年十二月

【刊後記】

這篇文章寫於詩人林梵兄生前，二〇一八年十一月中完稿後，我曾用臉書私訊告知他，十二月號的《文訊雜誌》會刊登此文，傳訊後就收到他的回訊：

「多謝！多謝！承蒙費心。」

沒想到此文尚未刊登，他遽於十一月二十六日辭世。這簡訊竟成他給我的最後一句話！我寫他的文章，因為傳訊時未送，他也看不到了。

〔手稿故事〕13

根植臺灣的文學巨樹

——楊牧

一

國立東華大學「楊牧文學研究中心」日前舉行揭牌儀式，我當天有事，未能前往花蓮參加盛會，向楊牧先生賀喜。事後看報導，知道當天儀式由楊牧親自揭牌，他致詞時表示：「自己一生研究別人，像是世界文學家但丁、杜斯妥也夫斯基、川端康成等，也研究花蓮的木瓜山、立霧溪，研究透徹又完整，然後為山、為水寫詩。沒想到有一天會成為被研究的對象。」看完不禁莞爾。

楊牧先生過謙了。一九四〇年出生於花蓮的他，一九五五年就讀花蓮中學高級部時，年方十五歲，就開始以筆名「葉珊」發表詩作；一九六〇年還是東海大學歷史系一年級生，就已經由藍星詩社出版了他的第一本詩集《水之湄》，並主編《東風雜誌》，當年九月轉入外文系就讀；一九六三年一月，大四下，再由藍星詩社出版第二本詩集《花季》；一九六六年，由文星

二〇〇九年十一月，太平洋詩歌節在花蓮舉辦，楊牧（中）與葉維廉（左）、向陽敘談。

書店出版《葉珊散文集》和第三本詩集《燈船》，受到讀書界的喜愛。六十多年來他的創作生涯繁複多變，但從未間斷，詩與散文並茂，間及評論，都蔚為繁花，已超過五十餘種。他曾先後獲得吳三連獎、國家文藝獎、美國紐曼華語文學獎、馬來西亞花蹤文學獎及瑞典蟬獎之肯定。他的文學創作成就，早已是被研究的對象了。

文學創作成就之外，楊牧先生在學術與教育領域也頗有建樹。一九六四年他赴美就讀愛荷華大學詩創作班，兩年後取得藝術碩士學位，隨即進入加州柏克萊大學，受教於陳世驤，於一九七〇年以《詩經》研究取得比較文學博士學位，方過而立之年的他此後即在美國任教，長達三十年；一九九五年他返臺協助東華大學成立人文社會科學院，次年擔任首任院長，引進全國首創的駐校作家

二〇一六年十一月，楊牧榮獲二〇一六年瑞典蟬獎，領獎後致詞。

制度，也開啟了東華大學旺盛的文學創作活力；二〇〇二年他受聘為中研院中國文哲研究所特聘研究員兼所長，四年後卸任。他的學術成就也備受肯定。

如果說楊牧先生還有甚麼未獲應有的重視之處，那大概就是他致力於臺灣文學傳播的這一塊吧。一九七〇年，當臺灣的出版界還停滯於固有的文藝創作和翻譯小說出版模式之際，他和林衡哲醫師合作，為頗受臺灣讀書界喜愛的志文出版社編選「新潮叢書」，引領臺灣出版界重視文史哲新知識的新風潮；一九七五年回國擔任臺大外文系客座教授一年，受《聯合副刊》主編馬各之託，為《聯副》主審現代詩來稿，拔擢戰後代青年詩人，大量刊登他們的詩作，為其後的臺灣現代詩發展栽培生力軍、帶來全新氣象；一九七六年他與中學同學葉步榮、詩人瘂弦、生化學家沈燕士共同創辦洪範書店，為臺灣的文學出版帶來正向影響，與純文學、爾雅、九歌、大地等出版社被譽為「五小」，締造了一九八〇年代臺灣文學出版與閱讀的高峰紀錄。這一個部分，是歷來楊牧研究仍有不足之處，或許值得甫成立的「楊牧文學研究中心」和學界進一步探討吧。

二

高中時期我就已是葉珊詩與散文的愛讀者，《水之湄》、《花季》、《燈船》和《葉珊散文集》，這些楊牧「葉珊階段」具有浪漫主義情懷的詩文，給了我美麗的想像和意象的啟發，也供我不斷琢磨自己不成熟作品的鏡照。至今我仍然記憶深刻的是他寫於一九六四年的這首〈給時間〉：

告訴我，甚麼叫遺忘
甚麼叫全然的遺忘——枯木鋪著
奄奄宇宙衰老的青苔
果子熟了，蒂落冥然的大地
在夏秋之交，爛在暗暗的陰影中
當雨季的蘊涵和紅豔
在一點掙脫的壓力下
突然化為塵土

當花香埋入叢草，如星殞
鐘乳石沉沉垂下，接住上升的石筍
又如一個陌生者的腳步
穿過紅漆的圓門，穿過細雨
在噴水池畔凝住
而凝成一百座虛無的雕像
它就是遺忘，在你我的
雙眉間踩出深谷
如沒有回音的山林
擁抱著一個原始的憂慮
告訴我，甚麼叫記憶
如你曾在死亡的甜蜜中迷失自己
甚麼叫記憶——如你熄去一盞燈
把自己埋葬在永恆的黑暗裡

對年輕的習詩者來說，這首詩帶有迷人的、意象繽紛但又曖昧的魅力，半是因為它的意象，通過紛沓而至的象徵與譬喻，當時的葉珊以「枯木鋪著/奄奄宇宙衰老的青苔」和「果子熟了，蒂落冥然的大地」兩句譬喻甚麼是「全然的遺忘」；緊接著「化為塵土」、「花香埋入叢草，如星殞」到「一百座虛無的雕像」這一串繽紛的意象，都用來譬喻首句的「甚麼叫遺忘」。詩的最後，則以「甚麼叫記憶」作為對照，譬喻記憶是「如你曾在死亡的甜蜜中迷失自己」、「如你熄去一盞燈／把自己埋葬在永恆的黑暗裡」——這些大抵來自生活中常見的自然意象，因為詩人的絕妙安排而再現了「時間」的可感。從死到生，從生到死，形成循環（或是「宇宙」），而「遺忘」和「記憶」也就一如死與生之難分難離。生生死死，分分合合，無始無終，所謂時間，此之謂也。

當時高中生的我並未能體會這麼多，但這首詩卻一直迴繞於腦海中，直到一九七五年我大二時開始認真於詩的創作時還難以忘懷這些句子。一九七五年是我嚴肅對待詩創作的第一年，開始向各個詩刊、副刊投稿。這年八月，楊牧先生回臺，在臺大任教，但我並不知道《聯副》請他選詩，我將新寫的一首情詩〈或者燃起一盞燈〉投給《聯副》，很快就被發表了，並且將我的筆名以簽名式登在報上，這是對一個新人最大的鼓舞了。這首詩的關鍵詞「燃起一盞燈」，於今看來，應該是對〈時間〉「熄去一盞燈」的化用吧，原來我早在潛移默化中接受了楊牧詩作。

楊牧為《聯副》選詩，有一個很明顯的傾向，或許是他回臺任教的關係，讓他接觸到一九五〇年代出生的戰後世代詩人，但更重要的是，他以詩人之眼，敏銳地看到了正在崛起的新世代的身影，儘管仍然稚嫩，他不吝於給予掌聲、不吝於伸出手來拉拔。他選詩的一整年，

《聯合副刊》出現了不少當時開始寫詩的校園詩人作品，如楊澤、羅智成、陳家帶、陳黎、陳義芝……，他的慧眼，果然助燃了戰後代詩人的創作的火花，一時之間，詩壇新銳大量在《聯副》登場。楊牧的作法，無形中使得與他同世代的詩人作品無法順利、快速登出，他應該承受了不少抱怨才是；從詩史的角度看，其後後浪一般襲來的新世代，翻轉了以超現實主義為宗的前行代詩風，應該也與楊牧選詩的「推波助瀾」有相當重大的關聯。

多年之後，我在馬各寫的文章中，看到他請託楊牧幫忙決定刊登詩稿的回憶，才曉得當年《聯副》刊出的詩作，都先經由楊牧審閱，我在那一年中發表於《聯副》的詩作，原來他就是第一個讀者，也是第一個裁判員啊。

再時隔多年，約莫是楊牧回到東華大學任教之後，有一天我到他臺北住家訪他，談到一九七五年舊事，他很興奮地說：「向陽，我還有當年剪報，等我一下。」接著回書房拿出一本剪貼簿，貼的不是他的詩，而是當年經他篩選，刊登於《聯副》的戰後代詩人的作品。他眼中發亮，一一指點剪貼簿上的作品，「這是楊澤的、這是羅智成的……這是你的……」。時序已進入二十一世紀的那個午後，我眼前坐著的，恍惚就是三十年前揀選詩稿的楊牧。

三

一九七五年的楊牧，三十五歲，英姿風發，創作力豐盛，深受大學校園詩人仰慕，在這之前，他已推出的詩集《傳說》（一九七一）、評論集《傳統的與現代的》（一九七四）；在這之後，他一連出版詩集《瓶中稿》（一九七五）、散文集《年輪》（一九七六）、散文集《柏克萊精神》（一九七七）、詩集《北斗行》（一九七八），結集第一階段創作的《楊牧詩集〔一九五六—七四〕》（一九七八），以及詩集《禁忌的遊戲》（一九八〇）、《海岸七疊》（一九八〇）均備受喜愛。他順利地從筆名「葉珊」更易為「楊牧」，成功地從一個浪漫主義者轉型為具有古典與現代相融、抒情與批判並存的詩人，而無違和之感。他寫的詩，如〈十二星象練習曲〉、〈讓風朗誦〉、〈瓶中稿〉、〈林沖夜奔〉、〈孤獨〉、〈熱蘭遮城〉、〈帶你回花蓮〉、〈有人問我公理和正義的問題〉……等，更是傳誦至今，已成經典。

一九八二年我主持的《陽光小集》詩雜誌發信給四十四位戰後代青年詩人，票選心目中的十大詩人，四十二歲的楊牧在廿八張有效票中得廿三票，僅次於余光中（廿六票）、白萩（廿四票），十大詩人上榜者也

一九八二年《陽光小集》詩雜誌發信給四十四位戰後代青年詩人，票選心目中的十大詩人，楊牧以「結構」和「語言駕馭」兩項取勝。

誰是大詩人

青年詩人心目中的十大詩人

	羅門	羊令野	商禽	周夢蝶	洛夫	瘂弦	鄭愁予	楊牧	白萩	余光中	十大詩人（不分排名）	名單
7.4	6.7	6.2	7.8	7.1	8.1	7.5	7.5	7.9	7.8	7.5	意象塑造	創作技巧
7.3	6.5	6.3	7.2	7.0	7.6	7.5	7.2	8.1	7.7	7.9	結構	
6.8	6.2	6.0	6.3	6.1	5.9	7.6	6.7	8.2	6.5	8.5	音樂性	
7.3	7.0	6.3	7.5	6.8	7.8	7.6	7.3	7.6	7.1	7.8	想像力	
7.2	6.5	6.2	6.9	7.3	7.3	7.5	7.5	8.3	6.9	7.6	語言駕馭	
6.6	6.5	6.2	6.0	5.8	7.0	6.8	6.3	6.7	7.5	7.1	使命感	創作風格
6.9	7.2	5.7	6.7	5.9	7.7	7.2	6.1	6.8	7.8	7.5	現代感	
7.1	6.8	6.3	7.1	7.7	7.4	7.3	6.5	6.8	8.1	6.9	思想性	
6.8	7.1	6.0	6.6	5.7	7.1	6.9	5.8	6.5	8.3	7.5	現實性	
7.1	6.1	5.9	6.0	6.1	7.6	7.3	8.1	8.2	6.8	8.7	影響力	

79

以他最年輕；就細項看，他的詩作，結構和語言駕馭兩項都高佔鰲頭，意象塑造僅次於洛夫，音樂性僅次於余光中，影響力也僅次於余光中。這個票選活動只是參考值，無關於楊牧詩藝，但已可見出他在戰後代詩人心目中的重要性和高度影響力。

由於楊牧先生長年在美國任教，我真正和他見到面，應該是他於一九八三年再度返國，在臺大外文系擔任客座教授之時。在我模糊的記憶中，他相當寡言，似乎不易親近，多次見面後就不再有這種感覺，儘管談話無多，他對後輩如我的關懷仍可從眼神中看到。他鼓勵我要持續寫詩，對我大學年代發表在《聯副》的詩還記得，也問我臺語詩是否繼續在寫？

一九八四年七月，我將從一九七四年開始創作的十行詩輯為《十行集》，由九歌出版，拿到書，就寄了一本給楊牧先生，很快地收到他的回信：

> 承賜十行集大作，已拜收。大作中詩多已在刊物中讀過，於吾　兄追求風格之功力成就，至為欽佩，今得藏全部，不勝欣喜之至也。弟在臺工作即將結束，不日赴美，如離去前未能謀聚，日後吾　兄可來美，盼來舍下一遊。

這信寫得太客氣了，字裡行間的關愛則讓我感動。我的十行詩，最早的一首有意識的書寫是〈小站十行〉，寫於一九七六年三月，獲刊於同年七月三十一日《聯合副刊》，正是楊牧先生為《聯副》選詩之時，十行詩的被採用，堅定了我朝向新格律之路的試驗，方才有這本《十

一九八四年七月，楊牧致向陽信函。

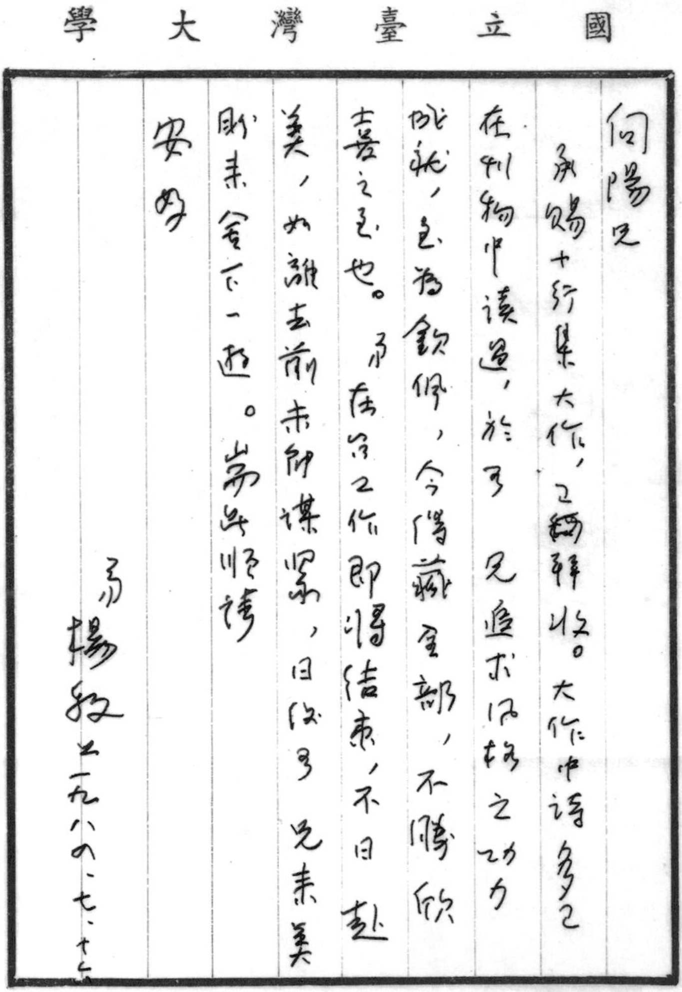

國立臺灣大學

向陽兄：

承賜十行集大作，已經拜收。大作中詩多已在刊物中讀過，於吾 兄追求風格之功力成就，至為欽佩，今得藏全部，不勝欣喜之至也。 弟在此工作即將結束，不日赴美，如離去前未能謀聚，日後吾 兄來美則來舍下一遊。專此順請

安好

弟 楊牧 上 一九八四、七、十七

一九八八年聶華苓獲中國時報發行人余紀忠之邀來臺，與楊牧、向陽在飯店中敘舊。

行集》的付梓。我以虔敬之心寄呈詩集，意在表達對前輩提拔後進的感謝罷了。

信末提到如赴美可到「舍下一遊」一事，以我當時在報社的工作，則不敢癡想。沒想到接信第二年，我接獲聶華苓女史來信，邀請我前往愛荷華大學參加「國際寫作計畫」而成行。我與小說家楊青矗於一九八五年八月底同行，在愛荷華這曾是楊牧修碩士階段的母校生活了三個月，聊天時，聶華苓大姊偶會笑談當年楊牧在此求學的點滴，備感親切。結束邀訪計畫之後，回國途中，我和青矗兄安排了美西之旅，其中一站到西雅圖，夜宿時在華盛頓大學修讀博士的陳芳明家中，次日前往華盛頓大學為臺灣同學會演講。

講後，芳明兄問我要不去看楊牧？我當然欣喜答應，於是在他帶領下，與方梓一起進入楊牧先生的研究室。楊牧先生看到我們前來，相當驚喜，我們聊了一些臺灣時局的事，敘舊之後，他要我稍等，隨即站起來，從書架中拿出一本蘇格蘭傳教士杜嘉德（Carstairs Douglas, 一八三〇～一八七七）編於一八七三年的《廈門音漢英大辭典》（Chinese-English Dictionary of Vernacular of Spoken Language of Amoy），表情慎重地對我說：「你寫臺語詩，這本辭典或許用得到，送給你。」

三十多年過去，我一直記得當天在研究室的這幅畫面。這本書是研究廈門音閩南語必備的辭典，甚為厚重，我從楊牧先生手上拿下厚禮，竟啞口不知如何謝他，只是頻頻點頭。出國前，報社為我出版的臺語詩集《土地的歌》，來美前雖帶了幾本，到西雅圖已經沒書了，也無以還贈，就這樣匆匆告辭。回臺的飛機上，想起出道以來楊牧先生對我在詩的道路上的指引、提攜，都以不著痕跡的方式出之，十行詩如是，連我孤獨嘗試的臺語詩也如是，機窗外浮雲落日，竟有天地至美之感。

一九九八年吧，有一天我接到洪範書店葉步榮兄來電，說洪範希望出版我的詩選，讓我大感意外，細問之下，才知這是楊牧先生提議、交代的。洪範書店並不輕易為詩人出版詩選，我的詩能獲洪範垂青，讓我倍感喜悅，因此更不敢造次，直到次年才將書稿交出，由洪範於九月出版了《向陽詩選》，封面使用我自刻的版畫〈平埔母子〉，書封摺頁的內容簡介則出於楊牧先生之手：

> 詩人向陽以融合傳統與鄉土，兼現代感知和寫實，自闢蹊徑，蔚成風格。本書為向陽

二十餘年詩創作之選萃，由詩人自訂，收已出七種詩集之精華及近期新作。向陽詩藝繁複多姿，其情采、聲韻，均有可觀；讀其詩，最能感受一特定時代中，才具、有情的知識份子如何感慨、批判，繼之以文學心靈之認知與提昇。

楊牧先生如此一路厚愛拔擢，真讓我感銘於心。

四

一九九九年三月，《聯合副刊》評選「臺灣文學經典三十」公布，在入選的三十本經典中，楊牧橫跨散文與新詩兩文類，有兩書入選，一是散文集《搜索者》，一是詩集《傳說》。儘管這個活動在當時曾經引起爭議，但楊牧的詩和散文並茂的成就則屬公論。

活動後，《聯副》為三十本書舉辦「臺灣文學經典研討會」，陳義芝兄囑我為《傳說》撰寫論文，我以〈樹的真實：論楊牧（葉珊）《傳說》〉為題寫了近萬字，在細看年輕時閱讀的詩集《傳說》之後，從符號學的取徑切入，發現年輕時以為至柔美、至浪漫的楊牧的詩，連同他的散文，其實別有深沉的寓意，我在文末這樣說：

楊牧喜於用樹自喻，一如他的擅長採取寓言和比喻，前者寄寓幽情，後者喻依天地景象。他的詩，和他的散文，交錯的紋理中，透露了他的生命和認同的聲音，也顯應著他來自的土地和歷史的色澤。身為一個寫詩的人，我在展讀葉珊時期的《傳說》的過程中，先是看到一棵無以名之的樹，帶著甜美的隱晦，「一排鐘聲／童年似地傳來」；繼而發現這樹，枝葉井然、自然，根植在臺灣的大地上，絕無半點隱瞞。

沒錯，對照一九八六年之後他出版的詩、文集，如詩集《有人》（一九八六）、《完整的寓言》（一九九一）、《時光命題》（一九九七）、《涉事》（二〇〇一）、《介殼蟲》（二〇〇六）、《長短歌行》，特別是他的自傳散文集《奇萊前書》（二〇〇三）和《奇萊後書》（二〇〇九），其中透露的，不就是他一以貫之的「生命和認同的聲音」？顯映的，不就是他所來自的「土地和歷史的色澤」嗎？

我心目中的楊牧，是根植臺灣的文學巨樹。

——二〇一九年一月

〔手稿故事〕14

詩壇頑童

——管管

一

整理書櫃時翻到了一九八六年詩人管管題簽贈我的《管管詩選》，掀開封面，扉頁跳出詩人相當獨特的簽名式，是字也如畫。細長而瘦削的「管」字一左一右、一高一低，相互對應，彷如同行；細長畫下的兩條線，分別掛著「一九／八六」、「二／一三」的日期標示；而他題贈於我的「向陽正之」四字，則將「陽」右側的「昜」易以「晶」字，似乎是說一個「日」不夠，得有三個「日」才配稱為「陽」。可以想見詩人管管在扉頁上寫下這些字時，嘴邊大概也浮現著促狹的笑意吧。

這就是我所認識的詩人前輩管管，行事瀟灑，慣常以收放自如的嘻笑怒罵，對應無可如何的人生。他為人豪放而不拘小節，粗獷而又帶有一絲細膩。就算寫篇自我簡介，也率情任意，讓讀者為之噴飯。他在《管管・世紀詩選》（臺北：爾雅，二〇〇〇）中的簡介是這樣寫的：

管運龍，筆名管管、管領風騷等，介根國遺民，山東人，青島人，臺北人，一九二九年生，寫詩五十歲年，寫散文四十歲年，畫畫四十歲年，演戲二十歲年……。

有子女各一，愛吃花生米、魚、水果、酒，喜歡素食，愛小孩、女人、月亮、春天、山水、樹蒼草自然，愛稀奇古怪事物，喜歡超現實，喜歡八大，梁楷、米羅克利、陶潛、王維、寒山、李白、秦磚、漢瓦古詩及原始藝術，喜歡一切原創性東西。有香港腳一隻，牙少了四粒，痔瘡潛伏期。愛京劇、國樂笛琴琵琶；嫉惡如仇，天生善良。出生時有異香是菩薩轉世，不太相信，但有慧根，正在修行辟穀，以便將來羽化成仙或成陳摶開張天岸馬奇異人中龍，一九九七夏。

他以自嘲自謔的語氣，破格而出的筆調，生動地勾勒出與人不同的個性和風格，這樣善於自我調侃、頑皮「搗蛋」的詩人，在臺灣詩壇中可說「僅此一家」了。

二

我與詩人管管初識，是在大二那年暑假。當時我被選為華岡詩社社長，在詩人渡也引介下，前往大直拜訪管管，當時他與詩人朱陵（袁瓊瓊）新婚不久，英氣挺拔，以一口豪邁的山東腔與我們交談，熱情接待我們。他的肢體語言和表情都非常生動，兼且幽默風趣，讓初入詩壇的我感到自在，也留存了美好的記憶。

一九七五年冬天，我策劃華岡詩社的「中國新詩系列講座」，從週一到週六，一連舉辦六天，分別邀請紀弦、瘂弦、管管、張默、洛夫和羅青來校演講。除了紀弦因逢母喪未能前來，其他五位詩人都如約前來，且在校園內捲起聽講熱潮，每晚均有百來位聽眾入場，溫瑞安還帶領天狼星詩社成員聯袂上山參與。管管來時以〈詩與禪〉為講題，詳細內容都已忘了，鮮明記得的則是他以獨特的山東腔和肢體語言朗誦詩作，獲得全場哄然笑聲和掌聲。讓冬夜的華岡霎時滿溢暖意。

管管題贈向陽《管管詩選》封面及扉頁。

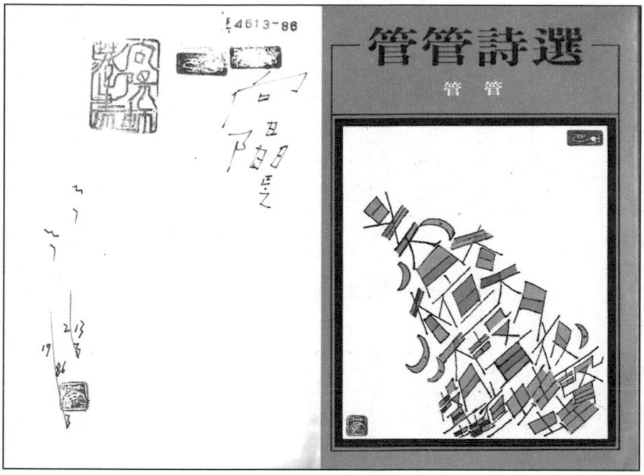

印象所及，當晚他朗誦的詩作有〈春天像你你像煙煙像吾吾像春天〉、〈空原上之小樹呀〉和〈荷〉，都是他在第一本詩集《荒蕪之臉》（臺中：普天，一九七二）中的名作。〈春天像你你像煙煙像吾吾像春天〉這首詩以連串複沓的「A像B、B像C」句式造成疊字疊句的音樂性，朗誦效果甚佳，最後收攏於「花非花／霧非霧」兩行，「像」與「非」對映，虛與實

相照，的確產生了可解與不可解的禪意；〈空原上之小樹呀〉則以長短句交織的方式呈現，在「每當吾看見那種遠遠的天邊的空原上」的長句後接著「在風中／在日落中／站著／幾株／瘦瘦的／小樹」的分割短句，形成高反差的語義和節奏效果，透過管管的朗誦，也令人動容。

但最令我印象深刻，至今難忘的，則是當晚管管朗誦的〈荷〉：

「那裏曾經是一湖一湖的泥土」
「你是指這一地一地的荷花」
「現在又是一間一間的沼澤了」
「你是指這一池一池的樓房」
「是一池一池的樓房嗎」
「非也，卻是一屋一屋的荷花了」

這首詩以問答方式進行對話，卻又往往答非所問，形似禪宗公案。第一句說的是「泥土」，第二句回的是「荷花」，第三句卻轉為「沼澤」，第四句又轉為「樓房」，第五句問的是「樓房」，第六句答的是「荷花」。物像的不斷幻變，讓這首詩充滿了昨是今非、今非昔比的喻義，通過管管以京劇唱腔唱出，外加表情與動作，讓當晚的聽眾們為之癡醉。

這樣生動地談禪與詩，讓我對於管管在善於自我調侃、嘻笑怒罵之外，有了新的認識。多年後我讀到《碧巖錄》說：「玉將火試，金將石試，劍將毛試，水將杖試。」的公案，方才了悟這詩當中也有「一言一句，一機一境，一出一入，一挨一拶，要見淺深，要見向背。」的機鋒深藏其中。

其次，管管以「一湖一湖」的量詞說泥土、「一間一間」說沼澤、「一池一池」說樓房，看似違反語言邏輯，卻也在破除語言規則之下，創造了新的符號關係。就詩來看，這是美學的創造，從禪來說，這也是破名相、破五色的方法之一。滄海桑田，瞬間幻化，一如《金剛經》：「一切有為法，如夢幻泡影，如露亦如電，應作如是觀。」管管看似語言遊戲的這首短詩，真是耐人咀嚼！

其後，我和管管最常相遇的地方，大概就是詩歌朗誦會了，四十年來，他和我經常同時受邀朗誦詩作，有時是在大學校園，有時是在新公園、大安森林公園，有時是在表演廳……，這首〈荷〉幾乎是他必讀的詩，有時外加〈俺就是俺〉，效果奇佳。我在旁聽久了，模仿他的唱腔朗誦他的〈荷〉也有幾分神似。

三

管管的字也是一絕。

管管的字歪歪斜斜，與他壯碩高大的體型不似。他的字彷彿是被風吹斜的，往右傾，這可能和他拿筆的手勢習慣往左揮毫有關，但也可能和他處於戰亂年代，年輕時就從軍，長時漂泊的人生際遇有關，他在名作〈邋遢自述〉中寫道自己從小班到博士（正規教育）「俺統統都沒念完」，「當兵幾年，吃糧幾年，就是沒有作戰」，「在人生的戰場上，曾經小勝數次，免戰牌也掛了若干」，「幾場虛驚，幾場變故，小病數場挨過去」，「這是六十年的歲月麼／就換來這一本爛帳」，感慨一生「說熱鬧又他娘的荒唐／說是荒唐，又他媽的輝煌」——這深沉的感慨，都化為他的詩，也讓他的字看來荒唐傾斜，卻又荒唐美麗。

我手中存有他的手稿若干，傾斜的字掛在稿紙格線上，初看不易辨識，看久就習慣「斜著眼看」而看明白。一九八二年年初，我應《臺灣日報》副刊主編陳篤弘之邀，為該刊策劃「每日精品」專欄，向管管約稿，他寄來題為〈一張笑著的大綠臉和一樹紅牙齒〉的散文，寫得美極了。這散文有他一貫的詩的語法和諧趣感：

> 一九八二年二月十三日七句鐘差一隻玉蘭花那麼多的時間。
>
> 吾一開黃門，望見一張小小綠臉在差不多有三根紫藤蔓那麼遠的地方朝著吾微笑。臉上還張貼著四五張銀灰色有薄荷香的晨霧。
>
> 那張小小綠臉在空中飄著。吾沒有望他。吾要去蒐集鳥聲。要不老板會叫吾滾蛋。

要說這是一篇散文詩也無不可，我拿到這篇作品時，彷彿也看到了一片春光，在稿紙上，

一九八二年年初，管管〈一張笑著的大綠臉和一樹紅牙齒〉原稿。

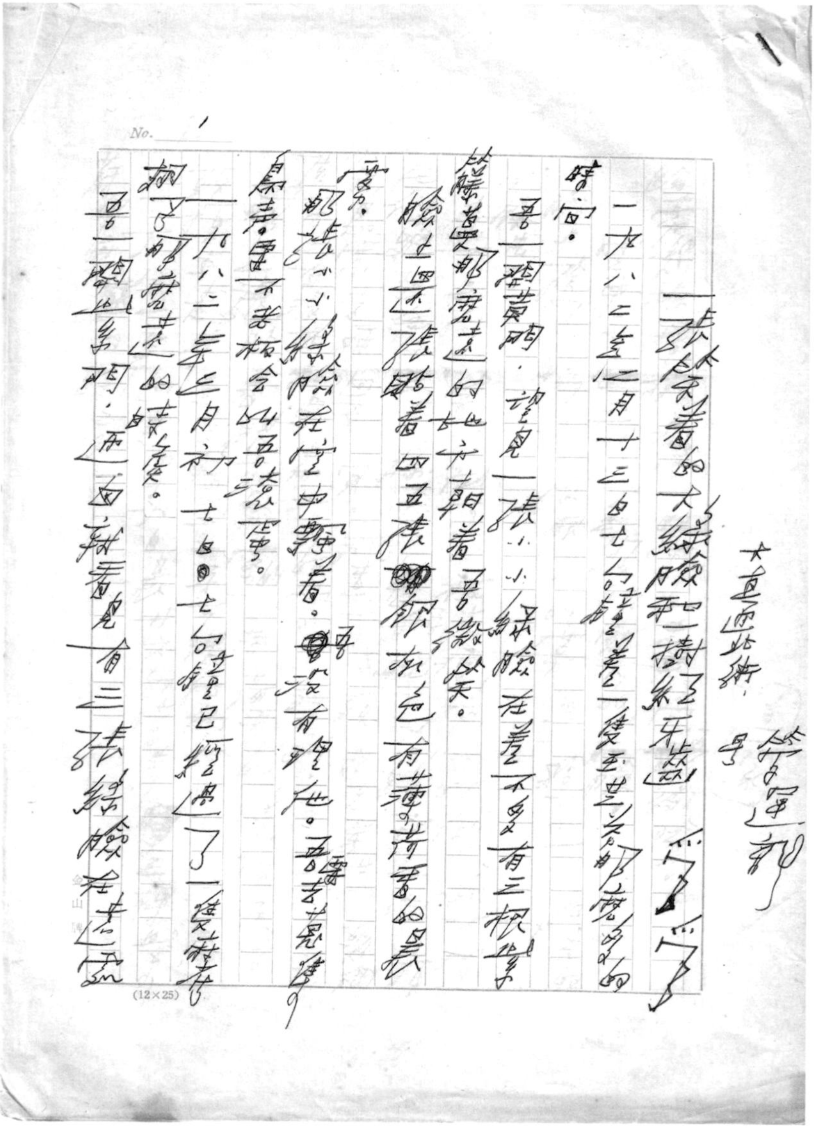

以傾斜的角度在字格之間踴舞。果然是精品哪，這一年管管五十三歲，他的想像力正旺。這年九月，他應聶華苓之邀，赴美參加愛荷華大學「國際寫作計畫」三個月；而我也在此時進入《自立晚報》擔任副刊主編。

一九八四年我在《自立副刊》推出「作家日記三六五」專欄，再度請管管提供一篇日記，他寄來一九八二年九月十四日寫於美國愛荷華的日記，題曰〈七一年九月十四於愛奧華〉，寫的是他在愛荷華觀看一部挖苦「性」的電影《紅鶴》（Pink Flamingos）的感想。

《紅鶴》也譯為《粉紅火鶴》，是由約翰・華特斯（John Waters）執導的荒誕電影，於一九七二年在美國上映（二〇一三高雄電影節也曾上映），由於充滿性變態情節與畫面，備受爭論，被稱為「有史以來最淫穢噁心無恥的成人影片」，也被紐約現代藝術博物館列為「美國喜劇電影」代表作。管管的日記鉅細靡遺地寫出了電影情節和他看完後的感想：

> 「做愛」也許是男女都想先睹為快的鏡頭，現在導演把它弄得叫人看了想嘔。沒話說，他ＭＤ導演真行！把至美之事變成醜惡噁心垃圾，有種！

我接到管管這篇日記時，猶豫了一下，在戒嚴年代，他描述的電影情節和用詞，也差不多都達到以淫穢而被禁的尺度了。後來還是決定刊登，畢竟這是從非主流觀點寫的日記，可供當時的電影界參考，只把題目改為〈「性」的挖苦——紅鶴〉。刊出之後，幸無大礙而過關。

荒唐與輝煌，就在管管的字中並存，也在他的詩與文中同在。

四

從二十歲那年初識詩人管管於大直，算來至今已四十餘年，當年四十六歲的詩人今年已屆九十高齡。這幾年來，偶而會在文壇聚會場所遇到他，依然如年輕時我見他的大氣、豪爽，臉上堆滿燦爛笑容。年輕時的他寫詩寫散文，喜愛用「吾」；壯年之後，改用「俺」，無論是「吾」、「俺」或「我」，他的豪氣和赤子之心都沒改變。

他被詩壇稱為「頑童」，老來多一字曰「老頑童」不是沒有理由的。他喜歡和高貴的、正規的、體制的、雅正的社會「唱反調」，通過自嘲和戲謔，揶揄上層社會的虛偽面。發表於一九七八年十二月《創世紀》詩刊四十九期的〈俺就是俺〉充分表現了這樣的個性：

俺就是俺／俺就是這個熊樣子／管你個屁事
俺想怎樣／俺就怎樣
俺要愛你／俺就大膽的來愛你
俺要恨你／俺就大膽的來揍你／哪怕你把俺揍個半死
俺要吃便痛痛快快的吃／俺就是這個熊樣子／管你個屁事

二〇〇四年五月，管管與向陽合影於佛光大學。

一九八二年九月十四日管管日記〈七一年九月十四於愛奧華〉。

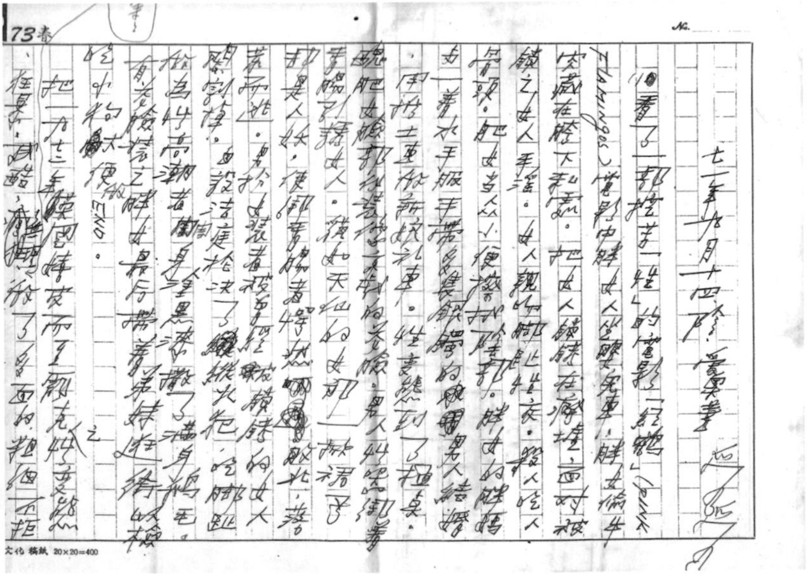

二〇一三年六月三日，管管應邀赴北教大「詩歌小夜曲」活動朗誦詩作。

（中略）
俺喜歡鬼／俺喜歡怪／俺喜歡那些稀奇古怪的東西
俺就是這個鬼樣子／管你個屁事
能愛就愛總不是壞事／俺愛罵人／經常說他媽的
當然你也可以罵他奶奶的
俺就是俺／俺就是這個熊樣子／管你個屁事

這就是管管，奇絕、豪放、飛逸，大膽潑辣，不被世俗常態所羈，不為常規常矩所縛的詩壇頑童。

——二〇一九年二月

〔手稿故事〕15

從「白雪少年」到「心靈導師」

——林清玄

一

寒夜上臉書，第一則看到的訊息就是楊宗翰所寫「百書作家又走一人，八九十年代好多讀者把它當菩薩膜拜……」，或許因為尚未確定，這訊息並未寫出是哪位「百書作家」，但三個關鍵詞「百書」、「八九十年代」、「當菩薩膜拜」，已可確定就是林清玄，我大感錯愕，清玄兄真的走了嗎？

過了午夜，接著看到季季在臉書貼出「林清玄『過火』！」幾個字，附有一九七九年林清玄以〈過火〉獲得第二屆時報文學獎散文優等獎（應為佳作）的照片。季季並未明言他已過世，但這噩耗已無疑問，我在留言板上寫下「敬悼老友！」這時已是近兩點了，窗外寒風颯颯，多年老友遽去，心中散不去悲涼之感。

一九五三年生於高雄旗山的林清玄大我兩歲，我們都從鄉下出發，在臺北讀大學、寫作、進入媒體，交會於一九八〇年代。作為臺灣戰後代作家，他才氣縱橫，文筆清暢，對於寫作有一股堅持，他從高中階段就開始散文創作，就讀世新時成為名家，作品常見於各報副刊。我因為當時舍弟林彧也就讀於世新，得緣與他初識。當時的他意氣風發，為人豪邁，參與校內刊物《奔流》雜誌的編務，已有大將之風，這是我與他結緣的開始。那時的世新，年輕作家甚多，張毅、陳銘磻、張典婉、林彧都已開始發表作品，《奔流》之外，還有「長城詩社」，各大學之間，校園作家常相往來，互為砥礪，煞是熱鬧。

季季提到一九七九年林清玄以〈過火〉獲得第二屆時報文學獎散文獎佳作一事，也勾起了我的回憶。這一年的時報文學獎，戰後代作家參與者眾，就記憶所及，古蒙仁以〈雨季中的鳳凰花〉獲小說推薦獎、黃凡以〈賴索〉獲得小說甄選首獎，優等獎保真、張貴興、鄭文山、胡臺麗，佳作有朱天心、鍾延豪、吳錦發、張清榮等；散文獎甄選首獎為高大鵬（甄選首獎），優等獎有舒國治、童大龍（夏宇）、林文義、李豐楙、童若雯，佳作陳煌、林清玄、王湘琦等；報導文學獎甄選首獎林元輝，優等獎有馬以工、古蒙仁等；首次舉辦的敘事詩甄選首獎為白靈，優等獎有鄭文山、鍾明德、羅智成、楊澤和我，佳作有管懷情（管中閔）、陳家帶、陳黎等。可以說這是文壇新筍大量冒出之年。這也是我與他第二次結緣，這時他已在中國時報《時報雜誌》擔任主編，負責文化藝術新聞的報導。

寒夜燈下，回想四十年前的青春時光，追思老友的遽逝，更覺寒涼。

二

一九八〇年六月，我因蒙時任《時報周刊》主編的詩人商禽推介，進入《時報周刊》擔任編輯，在大理街的中國時報大樓二樓，辦公室和《時報雜誌》共用，這使我和林清玄有了兩年共事的情誼。他除了為主責的雜誌寫稿，也常為周刊撰寫藝文報導，稿子都會經過商禽和我的手，既是舊識，又是同事，這是我與他第三次結緣。

雜誌和周刊都是每周發刊，截稿時間不同，印象中，雜誌周一出版，周刊則是周三，雜誌以政經文化為內容，較無截稿壓力，而當時的《時報周刊》已是全國最暢銷的雜誌，主打社會新聞、影劇明星，往往會因突發新聞而熬夜加班，身為編輯，商禽和我最怕稿子寫得慢、字寫得草，文句有時又冗長欠通的記者，往往一等再等，已近截稿時間方才匆匆丟來一疊稿紙，讓我們得修得潤，在極短時間發排。

但林清玄不是這樣。他寫稿速度甚快，告訴他甚麼時候交稿？需要多少字？他應一聲「好」，稿子交出，總是提早，字數更是完全符合我們所需，我跟他說，「給個二千字」，交到手中的就是二千字，不多不少；他寫字速度快，字跡卻有力而端正，飛舞之中眉目清新。這樣又快又準的寫作能力，總讓編輯的我為之折服；更重要的是，他寫的稿子不僅讀來順眼，匆迫趕出的文稿依然清暢而嚴謹，找不出任何錯字。拿到稿子，看過一遍，幾乎不用修改，就可發稿。他是當年商禽和我最最「歡迎」的寫手。

當時的《中國時報・人間副刊》主編高信疆愛才惜才，時報又有自由報業文化，極為重視青年作家，因為創作表現而進入中國時報不同單位擔任編輯者甚多，林清玄之外，雜誌還有寫作報導文學的李立國，周刊有古蒙仁、覃雲生、張大春和我，藝文版有阿盛，時報出版公司有周安托……等，林清玄在這一群青年作家之中可能是最活躍的，除了《時報雜誌》編務之外，他當時還兼了《新象藝訊》主編，在《臺灣新生報》副刊撰寫「深情軒」專欄（一九八三年獲金鼎獎副刊專欄獎）、在《大同雜誌》也有「吾土吾民」專欄。每周必須寫的稿子甚多，也使他動用了「額外」的筆名，如「秦情」、「林大悲」、「林俠安」……等。

在如此勤於筆耕之下，可以想見他的寫作壓力一定很大，不過他似乎也甘之如飴，臉上常帶笑容。在辦公室，除了編輯會議、截稿日，可以看到他之外，總是來去如風，行蹤飄忽，羨煞我們一群必須枯坐編輯檯等稿子的編輯。他言談不多，舉止有仙風道骨之貌，我們因此常以「上清下玄」（法師或道人隨意加諸於後），他也不以為忤，總是微笑以對。

那時他尚未習佛，下班後，同事喜歡相約喝酒暢飲，飲後有時到高信疆家，有時在《時報周刊》發行人簡志信家，有時則去季季家中，繼續飲酒作樂，暢快聊天，文壇祕辛、報業競爭瑣聞，都在席間。那時喝酒習慣用碗大口喝，我沒記錯的話，高信疆最是豪爽，林清玄次之，張大春再其次，古蒙仁和我大概是酒量最差的吧。

這些青年時期的開懷歡聚的畫面，已然難再！

三

一九八二年六月，我離開《時報周刊》，轉赴《自立晚報》任藝文組主任兼副刊主編。初期缺稿，常找林清玄供稿，他總沒說過「不」字，說好就來，一如在周刊時期，這讓我特別窩心，也讓當時的《自立副刊》有裡子。比起當時的「百萬大報」（發行量一百萬）《聯合報》和《中國時報》，《自立晚報》印量不逾十萬，且發行侷限於臺北縣市，《自立副刊》的稿費也遠低於所有的日報副刊，更比不上《人間副刊》和《聯合》了。林清玄此時稿約不斷，卻不計較稿費，為自立寫稿。

也就在這一年，十一月，他以散文成就榮獲第五屆吳三連文藝獎，成為最年輕的得獎人（前四屆是陳若曦、鍾肇政、田原、黃春明、李喬），這時他才二十九歲，羨煞了我們一票年輕作家。得獎〈評定書〉這樣稱譽他及其散文：

> 不作無病呻吟，言之有物。抒情則真切感人，歛放自如；敘事則觀察入微，思維細密。可以看出對於人生的體會是相當豐富而多層面的。至於寫作的形式技巧方面，林清玄也有他獨到之處。他相當注意全文氣勢的醞釀控制；布局安排往往甚見用心；文字駕馭的能力尤其熟練生動，去蕪存菁，不落俗套，走的是清新活潑的方向，可喜的是，能免於時

下譁眾取寵，流麗造作之嫌。

評定書寫出了林清玄散文的特色，抒情與敘事兼擅，對人生的體悟深厚以及文字的生動，可說正是此後林清玄散文能在讀者大眾間捲起旋風的要素。

頒獎日我以副刊主編身分擔任接待人，為他高興，也向他邀稿。十二月中他寄來用稿紙寫的信，信上說：

> 得了吳三連文藝獎以後，我幾乎不知道如何寫散文，想了很久，決定好好的改變面貌，寫一些小品文，本來要二千字才說清楚的文章，我想用三百字以內把它寫完，於是整理多年來的札記，開始寫「金色印象」，預計寫三百篇，剛好是一本書的字數。
>
> 為了感謝吳三連先生的鼓勵，我希望這一系列的小品能在自立晚報刊登，……我希望能以一天一篇的方式刊出，……總題就叫「金色印象」。

這封信在我來看，是林清玄寫作生涯和散文風格開始改變的關鍵點。他得到吳三連獎這個大獎之後，已感受到往上一層的壓力，慎重地思考自己的文風，想要跨越舊格局，展現新風貌，而隨信寄給我的〈金色印象〉（十五篇）應該是他再出發的宣示吧。

我如獲至寶，當即回覆他沒問題，立刻發排，並選了一九八三年元旦當天見報。文章刊出

林清玄一九八二年十二月以稿紙寫給向陽的信。

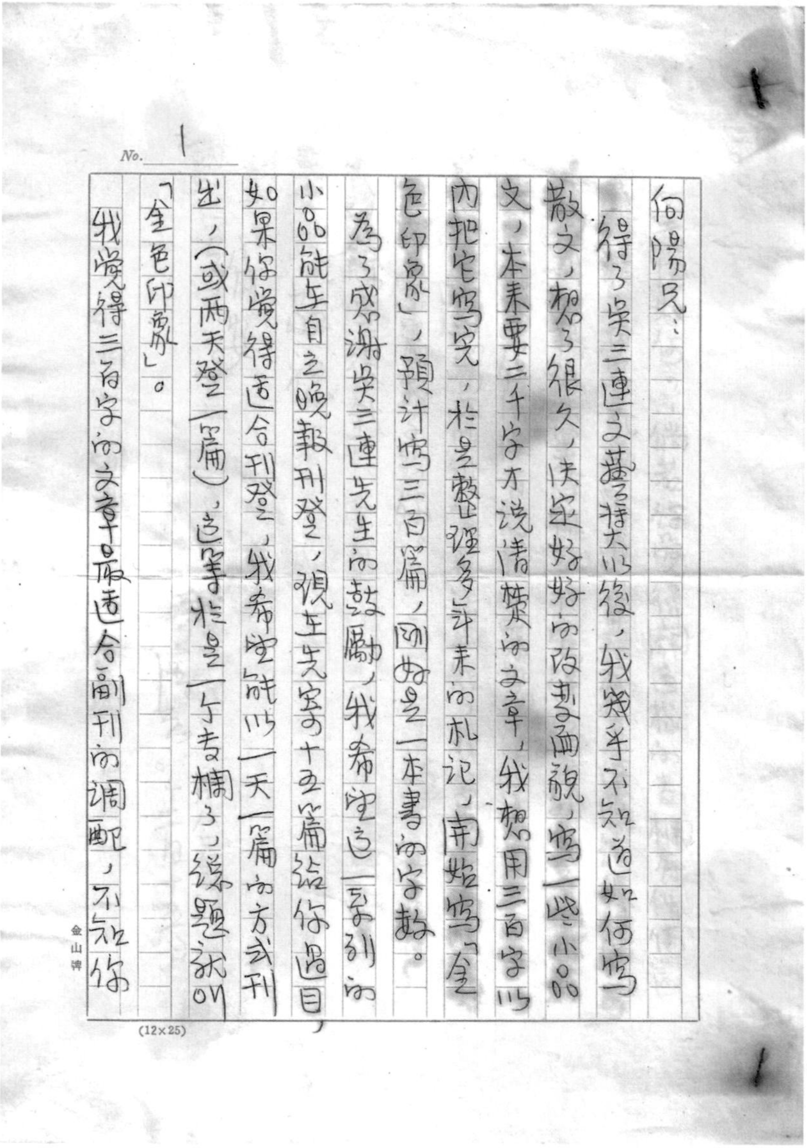
No. 1

向陽兄：

得了吳三連文藝獎以後，我幾乎不知道如何寫散文，想了很久，決定好好的改變面貌，寫一些小品文，本來要二千字才說清楚的文章，我想用三百字以內把它寫完，於是整理多年來的札記，開始寫「金色印象」，預計寫三百篇，剛好是一本書的字數。

為了感謝吳三連先生的鼓勵，我希望這一系列的小品能在自立晚報刊登，現在先寄十五篇給你過目，如果你覺得適合刊登，我希望能以一天一篇的方式刊出，（或兩天登一篇），這等於是一個專欄了，總題就叫「金色印象」。

我覺得三百字的文章最適合副刊的調配，不知你

金山牌

(12×25)

後，讀者迴響甚大，林清玄頗受鼓舞，我去找他，就他提議的「一天一篇」共籌刊登的方式。三百字的小品很短，放在一天一萬字的副刊，很容易被字海淹沒，不易被讀者看到，我問他：「可否找插畫家為每篇配圖？」我們想到當時也在《時報雜誌》擔任美術編輯的插畫家劉開，確定請劉開為每篇短文作畫。

就這樣，一九八三年一月二十四日，「金色印象」以圖文專欄的型態在《自立副刊》登出，圖文並茂，更是受到讀者喜愛，其後集結由自立晚報社出版的圖文書《金色印象》，同樣受到讀者喜愛，連連再版。他的這些小品以「三百字小品」的短小精悍，一則一故事，一事一哲理，敘事抒情論理兼具，每能打動人心；加上劉開樸拙簡約又具童趣的畫作，立刻受到出版

一九八三年元旦，自立副刊推出林清玄的「金色印象」。

元旦紀事
消逝於時空隧道中的
新年連願
金色印象

林清玄文、劉開插繪的「金色印象」第一篇。

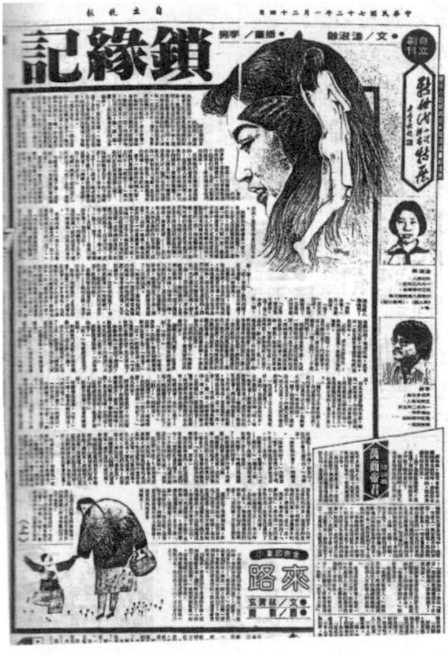
鎖緣記
來路

界的矚目。

此後的林清玄連連得獎，成為一九八〇年代獲獎最多的作家。吳三連獎之後，他先後勇奪中山文藝獎（一九八三）、吳魯芹散文獎（一九八五）以及國家文藝獎（一九八五）等大獎，各報文學獎也幾乎被他囊括，時報文學獎之外、中央日報文學獎、中華日報文學獎，他都以首獎勝出。這是何等的爆發力，讓他在年輕的金黃歲月中，以散文成就了他的文學生命！

同一時期，他的散文集在九歌出版社蔡文甫的強力支持下，也連創市場奇蹟，讓他展開了第三階段燦爛無比的創作生涯。林清玄早期在九歌出過了《溫一壺月光下酒》、《傳燈》、《鴛鴦香爐》等，一九八五年出了《白雪少年》，算是他第一個階段的散文成果，但銷路平平。直到一九八六年七月，《紫色菩提》推出，以習佛參禪所讀，融滙於明朗文體之中，立刻席捲讀書市場。此後，他陸續推出《鳳眼菩提》、《星月菩提》以迄《有情菩提》共十本「菩提」系列散文集，本本都暢銷書市；再加上以菩提系列為基礎的有聲書以及相關錄音CD產品的推出，更使他成為眾多讀者的人生明燈，入世之佛。他的書暢銷之廣，他的禪理影響之大，跨越一九八〇～九〇年代，已無人能出其右。

四

林清玄在出版《紫色菩提》之後的次年（一九八七）就辭掉時報的工作，成為專業作家，專心撰寫「菩提」之書。我則因在《自立晚報》的工作轉換，在次年報禁解除後擔任晚報總編輯，忙於報社新聞處理，暫離文壇，兩人來往因而日漸稀少。他的菩提系列受到歡迎，好幾年穩坐金石堂十大暢銷作家首席，他的演講錄音帶、CD也成為很多家庭主婦、車主必聽的產品。

一九九四年他又創造了迄今也無人可以打破的紀錄，由圓神出版社推出的《打開心內的門窗》有聲書一路狂賣，據說短時間內就突破十六萬套，這是他以一年時間，親自撰文、錄音的有聲作品，總共收錄了二百五十則故事，強調的是人間修行的智慧。《打開心內的門窗》巧用了小說家王昶雄於一九五〇年代寫的歌詞〈阮若打開心內的門窗〉，以這首流行歌詞中的主軸「五彩的春光」、「心愛的人」、「故鄉的田園」、「青春的美夢」為訴求，如此強調：

生命中或許有千百個鐵窗、十萬個欄柵，有種種的試煉和考驗，但是真正愛臺灣的人，都要打開心內的門窗，重新來認識故鄉的田園，珍惜所愛的人、體貼四時的變化，恆常保持愛、希望、有情的心，來追永有品質、有尊嚴的生活。

每天，我都與早上相遇的人，道早安。

每天，我都珍惜那每一個相遇的因緣。

因為在我的心裡，總有這樣的盼望；

希望和大家一起打開心內的門窗。

放到一九九四年臺灣的社會脈絡中，當時李登輝擔任總統，國民黨延續著先前二月政爭的餘緒，有分裂的危機，第三次修憲通過，海基會與海協會正進行多次事務性商談，年底則有首次省長選舉和直轄市市長選舉，臺北市陷於陳水扁、黃大洲和趙少康三人競逐的政治狂熱之中——林清玄在此時推出這套有聲書，強調「愛、希望、有情」，果然抓住了當時處於世亂中的臺灣人的心。無論是強調佛家禪理，或者強調愛惜臺灣的心，到此際他已成為最受讀者大眾喜愛的「心靈導師」。

二〇一三年八月，林清玄與向陽合影於九歌出版社創社三十五周年茶會。

遺憾的是，一九九五年，林清玄和原配陳彩鸞離婚，婚變使他做為「心靈導師」的形象迅即破滅，他在臺灣的創作和人生都因此產生巨變，瞬間從最高峰跌落谷底，我聞知此事，但不知真正原委，只能為他感到惋惜。畢竟我熟識的是「白雪少年」階段的他，一如他在《白雪少年》〈自序〉中寫的這段話：「我們小的時候，甚麼都沒有，有的是時間，就像一片白雪，乍看甚麼都沒有，可是卻有無限的生機在其中蘊藏和萌動，等待著春天。」

此後林清玄轉往中國發展，我再見到他時，已是二〇一三年八月三日，那天九歌出版社為慶祝創社三十五周年舉辦茶會，在會場上我們久別重逢，他還是神清氣爽，維持著年輕時的神采。他告訴我，他在中國的生活依然如「走馬燈」一般忙碌，到處演講，都由經紀人打點，即使窮鄉僻壤，只要條件談妥都去；他也問了我近況，相互祝福。分手前，我叫住他：「清玄兄，我們認識這麼久，我手邊都沒有與你合拍的照片。」於是兩人就在會場拍了認識以來的第一張照片，這照片，今已成他與我唯一的合照。

人生變化，如露如電，追思故友，不勝唏噓。

——二〇一九年三月

〔手稿故事〕16

後現代詩的推波者

——羅青

一

農曆年前接到年輕詩人曹尼寄來《歪仔歪》詩刊第十六期，這期專題是「羅青專輯」，翻閱詩刊，讓我勾起了年輕時期與詩人羅青書信往來的一段記憶。

生於一九四八年的羅青大我七歲，成名甚早，一九七二年出版處女詩集《吃西瓜的方法》，就被余光中譽為「新現代詩的起點」，一九七四年更以詩的成就獲頒第一屆「中國現代詩獎」，備受年輕寫作者的欽羨。此時我還是一個名不見經傳的寫詩者，仍在摸索自己的詩路，尋訪自己的詩風，在賃居的宿舍讀他的《吃西瓜的方法》，對於他以語言邏輯入詩，在語言的弔詭和機鋒之中翻轉自如，自成一家之詩，特別欣賞。

以收入詩集中的〈吃西瓜的六種方法〉為例，這首詩實際上只寫了五種「方法」，羅青先從第五種「西瓜的血統」寫起，依序寫第四種「西瓜的籍貫」、第三種「西瓜的哲學」、第二種「西瓜的版圖」，到第一種「吃了再說」，血統、籍貫、哲學這些正經的陳述與最後一行「吃了再說」形成一種弔詭的邏輯與有所暗示的機鋒，略近於禪悟，因而展現了羅青使用語言的高妙；雖說有六種方法，詩中卻只寫了五種，缺的一種應該是詩人要讀者自己去想，在「吃了再說」之後，參與想像第六種方法。這是與繪畫一樣的「留白」技法，令人久索不解，卻也因而享受了參與文本的喜悅。

出版《吃西瓜的方法》，驚羨詩壇之後，一九七五年五月，羅青與李男、詹澈、邱豐松、張香華創辦了「草根」詩社，發行《草根詩刊》。創刊號發布〈草根宣言〉，針對當時的詩壇主流詩風，採取強而有力的主張：

對過去，我們尊敬而不迷戀，對未來，我們謹慎而有信心。我們擁抱傳統，但不排斥西方，過分擁抱與過分的排斥，都是變態。我們的態度是了解第一，然後吸收、消化、創造。創造是我們最終的目的。同時，我們也知道要有專一狂熱的精神，創造方能有成，我們願意把這份精神獻給我們所能擁有的土地：臺灣。

這份宣言應該是出自當時擔任社長的羅青筆下，擲地有聲，一方面修正了一九七〇年代初期戰後世代詩社《龍族》、《主流》、《大地》回歸傳統、反對西化的主張；一方面也啟發了其後出現，在一九八〇年代發光的《陽光小集》。

一九七七年五月羅青給向陽的信。

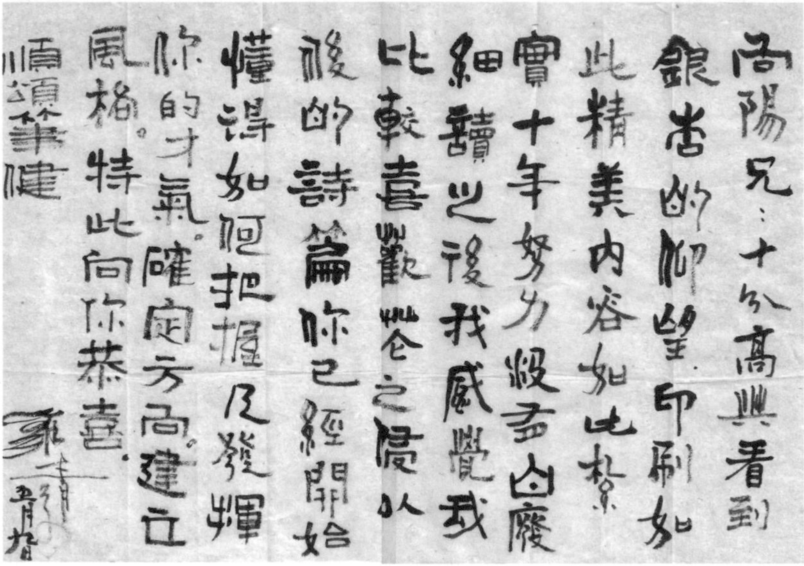
向陽兄：十分高興看到
銀杏的仰望印刷如
此精美內容如此紮
實十年努力沒有白廢
細讀之後我感覺我
比較喜歡卷之侵以
後的詩篇你已經開始
懂得如何把握及發揮
你的才氣確定方向建立
風格。特此向你恭喜。
順頌筆健
羅青
五月廿日

二

我與羅青初次見面，是渡也引介，在他敦化南路巷內的家中。一九七五年冬天，為華岡詩社舉辦「中國新詩系列講座」，我們前去拜候他，請求他的同意，他也爽快答應了。在邀請的六個演講詩人中，羅青是唯一的戰後世代詩人，頗受年齡差距大的大學詩人和同學喜愛，排在週六晚上的最後一場，聽眾居然爆滿，足見他作為當時新世代詩人領頭羊的魅力。

我也在這個時期開始向報紙副刊、詩刊投稿，羅青辦的《草根》當然是必投刊物，我認同《草根》對臺灣現實和都市生活的關注，還有對新詩形式的支持和接受。大學畢業那年四月，我出版第一本詩集《銀杏的仰望》，這本詩集雖然每首詩作都發表過，還是難掩瑕疵。我將詩集寄給羅青，他很快地回了信給我：

向陽兄：十分高興看到銀杏的仰望。印刷如此精美。內容如此紮實。十年努力。沒有白廢。細讀之後。我感覺我比較喜歡花之侵以後的詩篇。你已經開始懂得如何把握及發揮你的才氣。確定方向。建立風格。特此向你恭喜。

羅青詩作〈不明飛行物來了〉手稿。

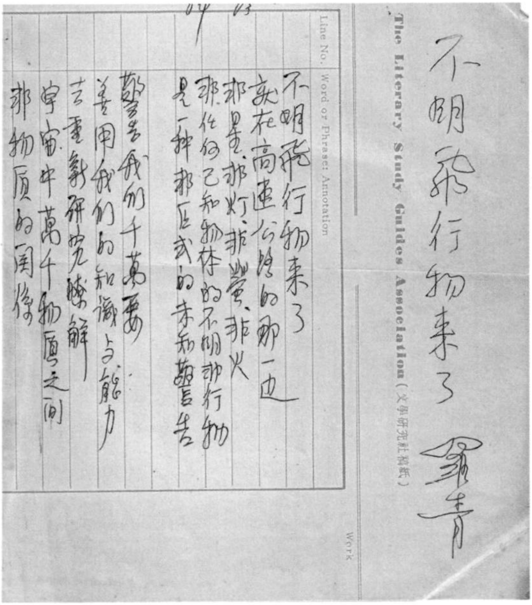

這封信頗有古風，以毛筆書法寫於宣紙上，看得出來他的慎重其事和關愛，這是一個享有盛名的年輕詩人以同儕身分給我的鼓勵，我保存至今，未敢或忘。

出版詩集《吃西瓜的方法》（臺北：幼獅，一九七二）之後，羅青的詩創作如泉噴湧，先後有《神州豪俠傳》（臺北：武陵，一九七五）、《捉賊記》（臺北：洪範，一九七七）、《水稻之歌》（臺北：大地，一九八一）等重要詩集出版。一九八四年，他的詩風開始有了新的變化，林海音為他出版了《不明飛行物來了》（純文學，一九八四），這本詩畫集，封面是羅青的畫，以黑粗體的書名，非常醒目。出版前，他將與詩集同名的詩作〈不明飛行物來了〉寄給我，這首詩是十行詩：

不明飛行物來了
就在高速公路的那一邊
非星、非燈、非螢、非火
非任何已知物體的不明飛行物
是一種非正式的未知警告

警告我們千萬要
善用我們的知識與能力
去重新研究了解
宇宙中萬千物質之間
非物質的關係

這首詩以白描筆法直接寫對不明飛行物的想像，想要凸顯廣浩宇宙的未必可知，物質之間的非物質成分。由於行數過少，無法加入羅青慣有的諧謔語言和想像，表現得稍不充分。這應該是他開始轉變詩風，思考新的路向的轉折詩集吧。不過這本詩畫集的推出，終究突出了羅青作為當代臺灣少數集詩、書、畫三絕於一身的詩人身分。

三

也就在出版《不明飛行物來了》之後，羅青開始認真思考繪畫美學和繪畫語言與詩語言之間的關係。這個思考，讓他發展出了獨樹一幟的「錄影詩學」，這是一個融詩與畫於一體，又將當時的科技產物「錄影帶」帶進詩的聲光和影像語言的大膽嘗試。

一九八六年四月，我收到羅青寄來《自立副刊》給我的一首新作〈一封關於訣別的訣別書〉：

卿卿如晤：
提起筆
就想給你寫信
抓起一張紙

三行兩行的
一寫就寫到了
這裡
既然寫到了這裡
也只有寫到
這裡了
就此打住
敬祝
平安愉快
意洞手書
民國七十五年
三月二十八日夜
西曆一九八六年
三月二十七日夜
黃曆四六八四年
三月二十六日夜

自立副刊
自立晚報 第十版
中華民國七十五年四月二十三日 星期三
海天遊踪〔王立德
沉默的迴響
～訪霍桑的故居兼談他的作品
一封關於訣別的訣別書
羅青／

一九八六年四月二十三日，羅青在《自立副刊》發表後現代詩作〈一封關於訣別的訣別書〉。

附筆：
信中所寫
絕對與信中
所沒有寫的
任何事物
無關

又及：
此信
萬一被
史學家
考古家
批評家
編選家
或偷窺狂
看到了

敬請
視而不見
高抬貴手

這首詩，對羅青來說顯然是一個重大的突破，這是他以鑲嵌和諧擬筆法嘲諷歷史的後現代詩的新的開始。這首詩以林覺民給意映卿卿的信為文本，卻重新製造新的本文，信的主文「提起筆／就想給你寫信／抓起一張紙／三行兩行的／一寫就寫到了／這裡／既然寫到了這裡／也只有寫到／這裡了／就此打住」其實毫無內容，也看不到意義，這與林覺民〈與妻訣別書〉的悲壯文本形成強烈反差，從而解構了林覺民訣別書的正典性；此外，「附筆」與「又及」部分，更以諧謔筆調強調「信中所寫／絕對與信中／所沒有寫的／任何事物／無關」，嘲諷史學家、考古家、批評家、編選家與「偷窺狂」無異。

我收到這首詩，相當驚喜，我所認識的羅青和他冷酷的語言，終於以全新的面貌出現了。我立刻將詩作發排，於四月二十三日見報。五月十一日，我在編輯檯收到他用毛筆寫的長信（共四頁）。信上除了感謝詞之外，還特別提到他的創作分期，「吃西瓜的方法及神州豪俠傳為一期，捉賊記及水稻之歌為一期，近期的不明飛行物為前兩期的變奏與加強。而主題詩不明飛行物來了，並未得到充分的發展。」接著他提到白靈和林燿德對他的批評和肯定，讓他決定整理草稿，出版新詩集《錄影詩學》；又說，這首〈一封關於訣別的訣別書〉「草根不肯發表，我在大華晚報主持的專欄也不便發表，別的地方可能無法發表」，所以就寄給自立了。對擔任副刊主編的我來說，羅青提供這篇標誌他所主張的後現代狀況的詩，是具有詩史意義的。我當即打了電話給他，表示感謝之意。

不過，這封信更重要的是他寫在第四頁的這段話：

> 未來十五年是科技迅速突破的關鍵時代，當無疑問，我們的詩壇需要有依依不捨的回顧詩人及聲嘶力竭的現實詩人，同時也需要探索未來的前瞻詩人。當然一個詩人也可在作品中三者兼備，或每一個時期發展其中一項，如能存乎一心，方能論運用之妙也。

這就是當年我認識的開闊的詩人羅青。到了一九八八年，羅青終於推出《錄影詩學》（臺北：書林），他以〈「錄影詩學」之理論基礎〉一篇長文代替後記，在這篇文論中他討論了臺灣社會進入資訊時代的背景，指出「電視、錄影為主的傳播方式」已建立了一套「機器語言」，所以應該參酌中國繪畫的「手卷思考」，融入現代鏡頭的語言寫詩，結合詩與錄影機，創發「錄影詩」。

以今天的角度來說，科技的進步太快，「錄影詩」已成明日黃花；然則在一九八〇年代，羅青的這本詩集將詩作和理論結合，卻是前衛也具有前瞻性的作為。歷來討論羅青詩集《錄影詩學》時多將之視為一九八〇年代「詩的聲光」運動的一環，近來有年輕學者李蘋芬發表論文

一九八六年五月十一日，羅青致向陽信（此為第四頁）。

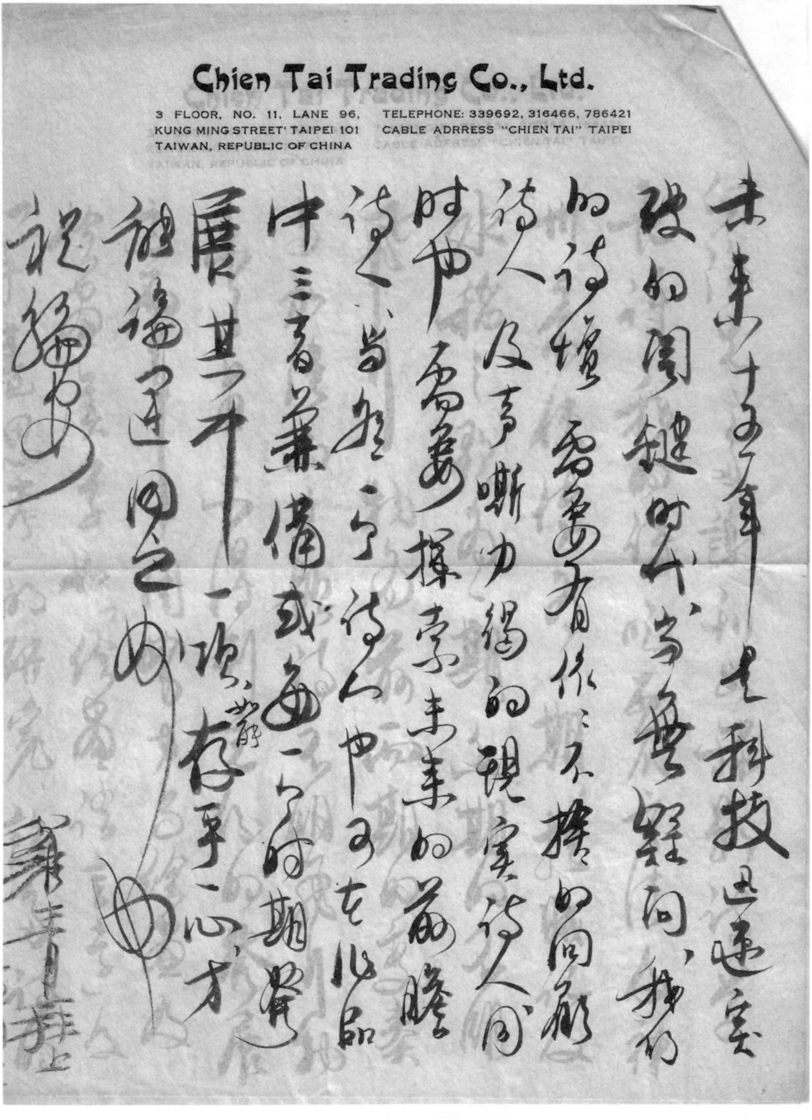

加以重探，指出詩集中展現豐富的後現代精神和徵狀，「不僅在讀法上力求新穎突破，主體游移甚至消失的狀態也時時存在詩的底蘊中。錄影詩學實為羅青一部分的後現代文學史改寫計畫，雖未能綿長延續至今，卻能為一九八〇年代現代詩史標定新一層意義。」確屬有見地之言。

四

一九九八年八月，羅青與向陽應邀赴斯洛伐克參加第十八屆世界詩人大會合影。

我與羅青的詩文因緣和書信往來都集中於一九七〇中期到一九八〇年代。我認識的羅青是善於以前衛性的語言邏輯表現臺灣進入後資本時代的詩人。他的為人謙謙有禮，有書卷氣，也有特屬於詩人的某種矜持。我感念他在我初入詩壇時的鼓勵和啟發，也感謝他將〈一封關於訣別的訣別書〉這樣的後現代詩交給《自立副刊》發表。

他是臺灣詩壇一九七〇年代崛起的風雲人物，被視為「新現代詩的起點」；也是一九八〇年代陸續以《錄影詩學》的創作與理論，再開後現代主義風潮的推波者，為了提供臺灣詩人和讀書界更多對後現代主義的了解，他還編寫《什麼是後現代主義》（臺北：五四書店，一九八九）一書，展現他對西方後現代風潮和論述的了解。

比較可惜的是，進入一九九〇年代之後，他過去每隔十年（或十五年）就會推出具有新思維和新路向的詩作已大幅銳減，取代的是他的攝影散文集和為頻繁的畫展出版的畫冊。多希望他以新的詩集重出詩壇，為他曾經相信的後現代以及可以改稱為「影像詩」，甚或以手機拍攝的微電影詩，來重寫他的詩的新頁。

——二〇一九年四月

〔手稿故事〕17

鄉土文學的守門人

——尉天驄

一

前年（二〇一七）五月四日，國立政治大學舉辦「《文學季刊》五十周年回顧研討會」以及文季系列刊物數位典藏啟用，現場並展出該校名譽教授、文學評論家尉天驄創辦的《文學季刊》、《文學》雙月刊與《文季》季刊等一系列刊物。這個研討會係由尉天驄教授和陳芳明教授擔任召集人，當天與會的學者專家甚多，我因為尉天驄教授來電指派，參加了第三場座談，以我所認識的王拓為題說了些話。記得當天這場座談會，是由陳芳明教授主持，另兩位與談人是齊益壽、李瑞騰兩教授，細節都模糊了，但因為車禍受傷而行動不便的尉天驄教授在場專注聆聽，以及他在其後上臺回憶當年創辦文季系列刊物的神情，迄今仍鮮明存在我的腦海中。

當天他精神矍鑠，談文季往事，一如昨日。在戰後臺灣文學發展史上，他創辦並親自編輯的文季系列刊物扮演了相當重要的推動角色，從現代主義、西方文學思潮的引進，到寫實主義、左翼文學思潮的推湧，中間經過一番轉折，最後匯聚為一九七〇年代臺灣鄉土文學的巨流，改寫了文學史，也深刻影響了像我這個年齡的諸多戰後世代作家；而透過文季系列刊物，尉天驄教授提供平臺，鼓舞並發掘了王禎和、黃春明、陳映真、王拓等多位作家，引領了臺灣寫實主義文學的發展，更是深刻地影響了一九七〇年代之後臺灣文壇的走向。

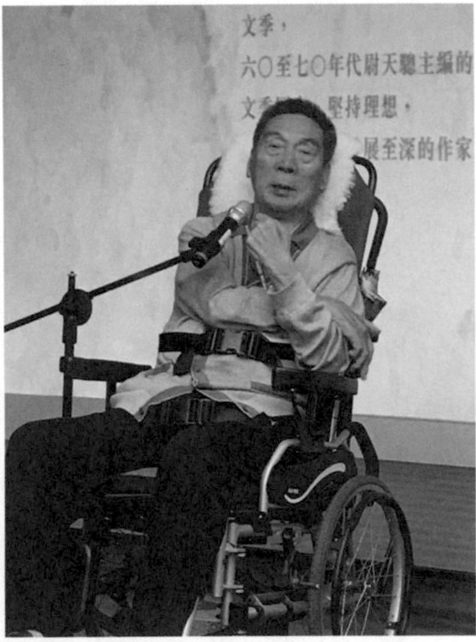

二〇一七年五月四日，政治大學舉辦「《文學季刊》五十周年回顧研討會」，尉天驄在會中回憶文季創辦點滴。

二

尉天驄創辦文季系列刊物，廣義地說，可追溯到一九五九年五月四日，當時他還是政治大學中文系的學生，就從王藍和陳紀瀅手中接辦了由任卓宣擔任發行人的《筆匯》雜誌，並以「革新號」推出，開始淡化具有國民黨黨國色彩的內容，刊登當時年輕一代作家的新作品，並介紹西方的新思潮，而與隔年（一九六〇）三月五日由臺大外文系學生白先勇創辦的《現代文學》雜誌，互比高下，成為一九六〇年代現代主義文學發展的搖籃，直到一九六一年十一月十二日出版二十四期之後停刊。當時還就讀於淡江文理學院外文系陳映真，初登文壇的小說〈麵攤〉、〈我的弟弟康雄〉等多篇作品，就是在《筆匯》發表。

到了一九六六年十月，尉天驄獲得姑母尉素秋的資助，創辦了《文學季刊》，前後發行十期，迄一九七〇年二月停刊；緊接著一九七一年一月，更名為《文學雙月刊》創刊，但只出兩期，就在同年三月停刊。這個階段的《文學季刊》，除了延續《筆匯》階段的老班底王夢鷗、姚一葦、何欣參與策劃、撰稿之外，當時的年輕作家作品也形成特色。如陳映真的〈唐倩的喜劇〉、〈第一件差事〉，王禎和的〈來春姨悲秋〉、〈嫁粧一牛車〉，黃春明的〈青番公的故事〉、〈看海的日子〉、〈兒子的大玩偶〉、〈鑼〉等名篇都是在《文學季刊》發表。這是文季系列刊物由現代主義轉向寫實主義的階段，關懷臺灣社會現實、具有批判性的作品大量刊登，不僅鼓舞了當時的年輕作家，也成為一九七〇年代臺灣鄉土文學的搖藍。

辦一份有影響力的文學雜誌，是尉天驄從不放棄的夢。《文學季刊》停刊後，到了一九七三年八月，他又另起爐灶，創辦了《文季》季刊，對仍以現代主義為主流的文壇，提出了鮮明的寫實主義主張。它的〈發刊詞〉強調：「我們認為文學不但應該是生活的反應，更重要的還是如何透過這些反應在現實中教育自己」；也在創刊號，唐文標發表了其後引燃現代詩論戰的〈詩的沒落〉、尉天驄發表〈幔幕掩飾不了汙垢——現代主義的考察〉，對於現代主義文學展開批判。不過《文季》壽命也不長，迄一九七四年五月出刊三期後又停刊。

儘管如此，到此「鄉土文學」已成氣候，《文季》的文學社群和當時的《臺灣文藝》文學社群相濡以沫，蔚成風潮，對國民黨黨國意識形態機器造成了極大的威脅，從而引爆了一九七七年的鄉土文學論戰。一九七七年四月，《仙人掌》雜誌推出「鄉土文學專輯」，發表王拓〈是現實主義文學，不是鄉土文學〉、銀正雄〈墳地裡哪來的鐘聲？〉、朱西甯〈回歸何處？如何回歸？〉和尉天驄〈什麼人唱什麼歌〉等四篇論述，分別代表左右兩個陣營；其後彭歌發表〈不談人性，何有文學？〉，質疑王拓、尉天驄、陳映真的政治立場，余光中發表〈狼來了〉，指控臺北出現「工農兵文藝」。這個論戰之後，當時的文藝青年必讀的，就是尉天驄主編的《鄉土文學討論集》（臺北：遠景，一九七八年四月）。這本重要文獻收錄了鄉土文學論戰期間正反雙方的文論，如實呈現了鄉土文學論戰的各方論點，極具參考價值。

進入一九八〇年代之後，鄉土文學陣營產生分裂，臺灣文壇也開始出現「臺灣意識」與「中國意識」的對立。一九八三年四月，尉天驄五起爐灶，創辦《文季》文學雙月刊，除了延續先前系列刊物的現實性和批判性之外，也主張「臺灣新文學是中國之新文學的一支，它必須與中國五四以來的新文學銜接起來」，這個階段的主要論述開始與《臺灣文藝》有了極大的差異和區隔，迄一九八五年六月出版第十一期後停刊。

從現代主義的追求到寫實主義的倡議，從鄉土文學的主張到中國民族主義文學的堅持，尉天驄主持的文季系列刊物基本上都維持著左翼的色彩，後期則與陳映真略似，走向中國民族主義。但無論如何，從《筆匯》革新號到最後的《文季》文學雙月刊，他在他的人生黃金時期屢挫屢奮地辦了五份名異而實同的文學雜誌，引領寫實主義的鄉土文學風潮，培植戰後臺灣鄉土作家，他可說是一個文學史的改寫者；他的編輯工作和評論書寫強化，相對地文學創作也因此銳減。已故的詩人、學者林瑞明在題為〈《筆匯》的創刊、變革及其影響〉一文中如是肯定他：

> 尉天驄在臺灣文學史上所佔有的「主編者」位置是不容忽視的，相對於作家們生產「有形的作品」，尉天驄在整個「文學生產場域」中卻能有效地、長遠地透過「刊登權力」的機制運作，形塑出當代的文學風潮，他的付出與貢獻誠有不可抹滅的時代意義。

的確，他以半生時光堅守在文季系列刊物的編務，鼓勵鄉土文學，引領一九七〇年代寫實主義文學風潮，他是文學風潮的「主編者」，也是臺灣鄉土文學的「守門人」。

三

我與尉天驄教授認識，是在發行《陽光小集》時期；認識的場合，則是在現代詩人聚會的場所，他創辦的文季系列雜誌不是只有小說，也刊登了不少同時期現代詩人的作品，詩人都是他的老朋友，他雖不寫現代詩，卻喜歡讀詩。他對我們創辦的《陽光小集》抱有期待，加上唐文標對我們這一群戰後代年輕詩人的厚愛，他見到我也總是鼓勵我要多寫作。

一九八二年我進入《自立晚報》主編副刊，常向他請益、約稿，有時也跑到木柵他的住所拜訪他。他是一個溫文儒雅而又健談的前輩，對於一九五〇年代之後的文壇發展、人文掌故瞭若指掌，如數家珍。與他聊天每每長我知識，增加作為副刊主編的我對文壇的了解，與他談話是很愉快的經驗。他也會介紹作家給我認識，如姚一葦、王夢鷗、何欣、陳映真等前輩作家，都因為他推薦而為《自立副刊》寫過稿子，當過評審。在編輯工作上，他是個大前輩，對我這個小編指引甚多。

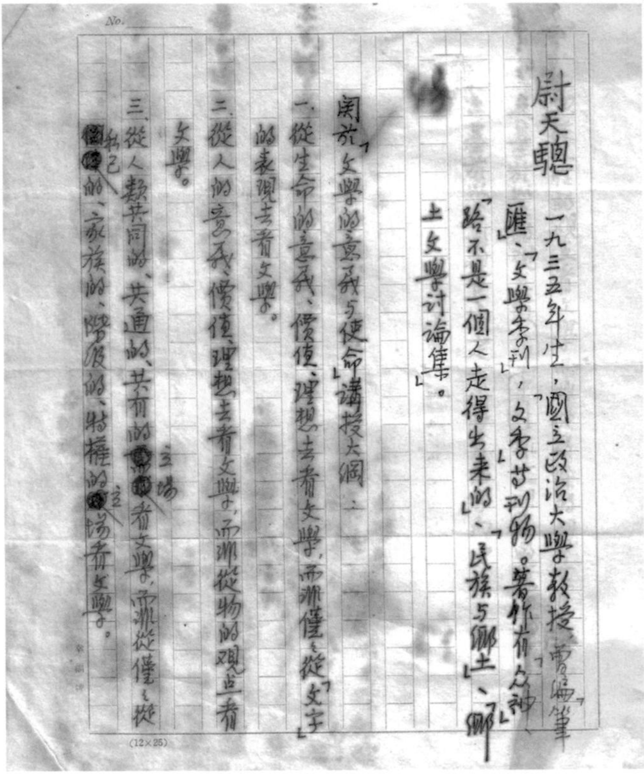
尉天驄

一九三五年生，國立政治大學教授，曾編「筆匯」、「文學季刊」，文季等刊物。著作有「民族與鄉土」、「路不是一個人走得出來的」、「鄉土文學討論集」。

關於「文學的意義與使命」講授大綱：

一、從生命的意義、價值、理想去看文學，而非僅僅從「文字」的表現去看文學。

二、從人的意義、價值、理想去看文學，而非從物的觀點看文學。

三、從人類共同的、共通的、共有的立場看文學，而非從僅僅從私己的、家族的、階級的、特權的立場看文學。

尉天驄為鹽分地帶文藝營演講所寫的課綱。

擔任《自立副刊》主編的第二年（一九八三），為了籌備將於八月在臺南南鯤鯓廟舉辦的「第五屆鹽分地帶文藝營」，我去拜訪他，希望他能答允前往授課。

鹽分地帶文藝營始創於一九七九年八月，初期是由鹽分地帶作家黃勁連、羊子喬聯繫時任《自立副刊》編輯的詩人杜文靖發起舉辦，由《自立晚報》發行人吳三連先生出任營主任，但財源必須自籌，因此初期都是艱苦經營，直到第五屆才由時任《自立晚報》社長的吳豐山決定接手主辦，身為副刊主編的我，因而被指定為籌備委員之一，必須負責課程規劃、邀約人選和副刊的特輯製作。

尉天驄教授在聽我說明來意後，很爽快地答應了，從木柵到南鯤鯓在當年是相當遙遠的距離，只有一條高速公路，搭客運或火車到臺南之後還得轉搭地方客運，加總起來大約得花五六個小時。尉天驄教

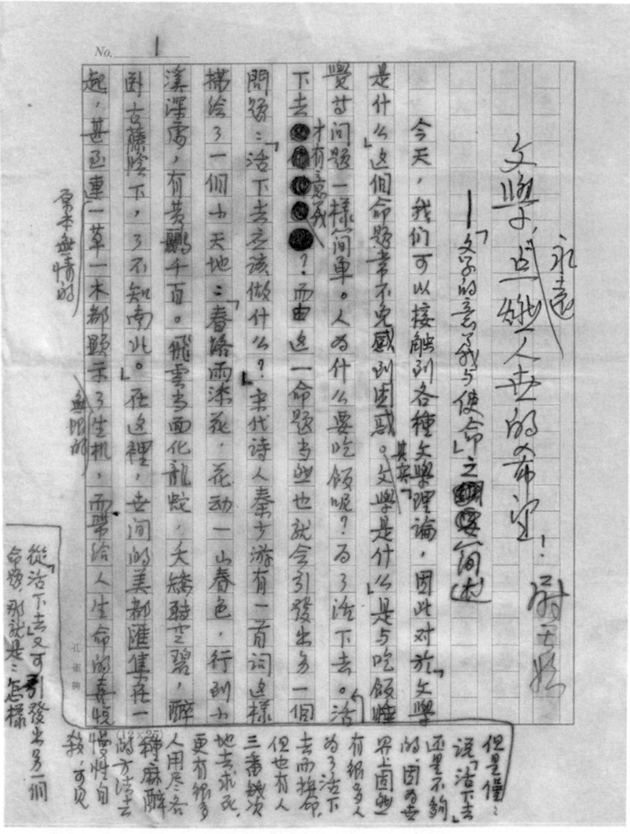

尉天驄手稿〈文學，永遠點燃人世的希望！〉。

授不嫌麻煩，也不問演講費多少，都讓我相當感謝。

演講時程排定後，為了在副刊刊布文藝營講座題目，我先跟尉教授請求寄我講者簡介與講授大綱，沒幾天，就收到他以工整的字跡寫就的稿子，講題初擬為〈文學的意義與使命〉，大綱非常詳盡：

一、從生命的意義、價值、理想去看文學，而非僅僅從「文字」的表現去看文學。

二、從人的意義、價值、理想去看文學，而非從物的觀點看文學。

三、從人類共同的、共通的、共有的立場看文學，而非僅僅從私己的、家族的、階級的、特權的立場看文學。

四、從人性的觀點看文學，而非從教條的觀點看文學。

五、基於以上的觀點對中外文學作一簡單的歷史的考察。

六、基於以上的觀點肯定我們努力的方向。

他撰寫大綱時，第五份雜誌《文季》文學雙月刊已經誕生，這個講綱當然反映了他的寫實主義的文學觀，也可視為《文季》文學雙月刊的基本走向吧。從講綱來看，這也有針對鄉土文學論戰中黨國機器的撻伐加以辯駁、強化「我們」（鄉土文學）論述的用意。收到了以後，我在編輯檯上，邊看邊點頭，這和我讀《鄉土文學討論集》時的感覺是很相近的，這也是當年他以評論集《民族與鄉土》（臺北：遠景，一九八一）榮獲巫永福評論獎的主調。

又過幾天，為了讓鹽分地帶文藝營舉辦時，未能前往參加的副刊讀者也能同步閱讀演講者當日演講的內容，我決定再請所有講者提供文字講稿，準備刊登於演講當日的副刊。編者不怕麻煩，想變花招，服務讀者，這是正常的；但對講者來說，等同於還沒演講就得先寫好演講內容，總是難免不耐——尉教授聽完我打去的電話，沒多說甚麼，只問何時交稿？

幾天後，我就收到他寄來的講稿，七張三百字稿紙，同樣字體工整、雖有增刪，但相當潔淨。這次，長久擔任文學雜誌主編的他，把原來的講題改為副標題，主標則用了相當活潑的題目〈文學，永遠點燃人世的希望！〉他是連編輯的工作都幫我處理了。

這年八月二十四日上午八點他在南鯤鯓廟的會議廳向百來名學員演講，當天的《自立副刊》也刊出了他演講的文稿。

四

手上的尉教授當年的文稿，在時光侵擾和曾遭水患的情況下，已有水漬殘痕，那是某一年颱風來時的上天傑作吧，我花了幾天工夫，一張張撕開，陰乾，才救回來。從一九八三年迄今，這兩篇尉教授的手稿，算來我已存放三十六年了，當年年輕時向尉教授請益的畫面，還有他慷慨協助一位副刊小編的豪情，都仍鮮亮如昨。

一九八五年六月十日，唐文標逝世，尉天驄所寫〈老唐的房子！〉追悼文稿。

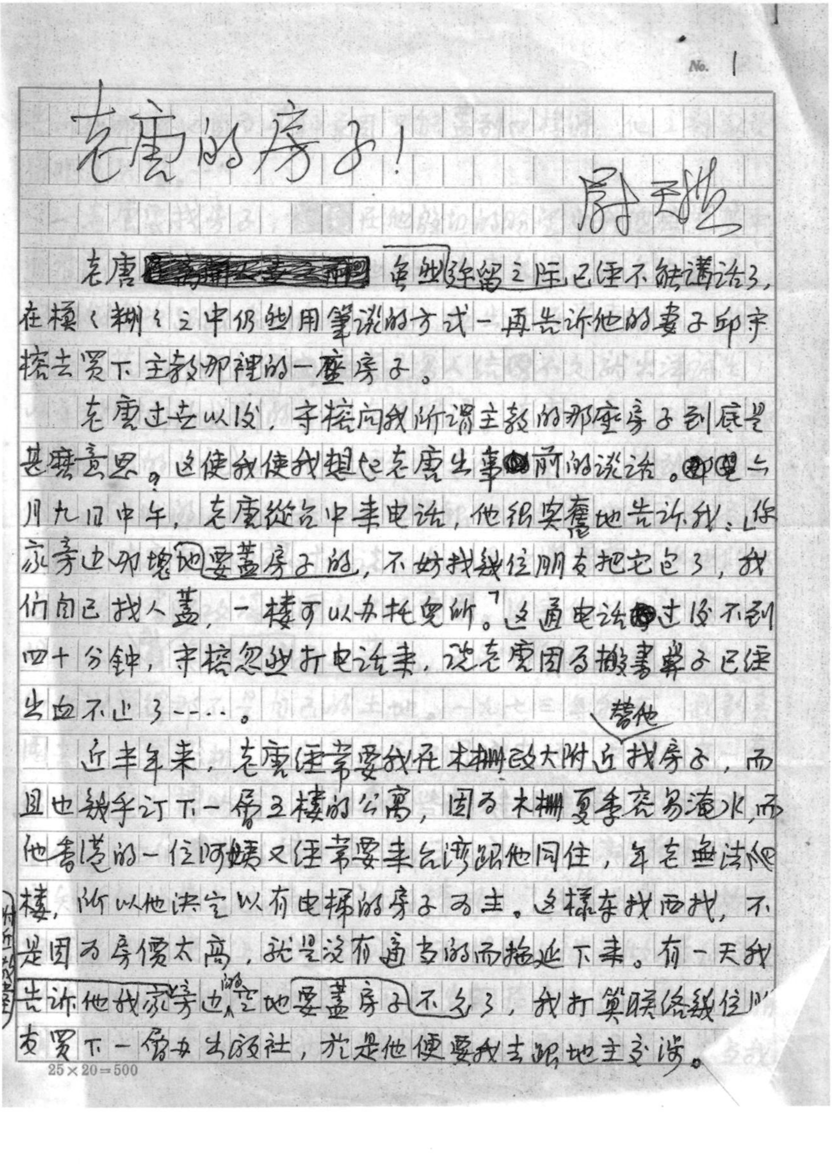

No. 1

老唐的房子！

尉天驄

老唐[redacted] 雖然彌留之際已經不能講話了，在模模糊糊之中仍然用筆談的方式一再告訴他的妻子邱守榕去買下主教那裡的一座房子。

老唐過去以後，守榕問我所謂主教的那座房子到底是甚麼意思。這使我使我想起老唐出事前的說話。那是六月九日中午，老唐從台中來電話，他很興奮地告訴我：「你家旁邊那塊地要蓋房子的，不如找幾位朋友把它包了，我們自己找人蓋，一樓可以辦托兒所。」這通電話過後不到四十分鐘，守榕忽然打電話來，說老唐因為搬書架子已經出血不止了……。

近半年來，老唐經常要我在木柵政大附近替他找房子，而且也親手訂下一層五樓的公寓，因為木柵夏季容易淹水，而他香港的一位阿姨又經常要來台灣跟他同住，年老無法爬樓，所以他決定以有電梯的房子為主。這樣東找西找，不是因為房價太高，就是沒有適當的而拖延下來。有一天我告訴他我家旁邊的空地要蓋房子不久了，我打算聯絡幾位朋友買下一層辦出版社，於是他便要我去跟地主交涉。

25×20=500

自立晚報三十五周年百萬元小說徵文評審會 尉天驄

我手上另外保存的一篇尉教授手稿，是一九八五年六月十日，唐文標逝世，我為了追悼這位鄉土文學的「大俠」，策劃以全版版面在《自立副刊》推出「懷念大俠——唐文標追思專輯」，向尉教授、以及李南衡、陳忠信三人邀文而留下。在時間相當匆迫之下，尉天驄教授以動人的文筆，追悼要好的老友「老唐」（唐文標）生前的點點滴滴，從「老唐」彌留之際告訴他的妻子「去買下主教那裏的一座房子」寫起，寫唐文標生前一直希望擁有一座屬於自己的房子，「把所有藏書放在架上，好好用功十年」，卻至死未能完成的夢。這是一篇極動人的追悼故友好文，全篇無悲痛之語，略帶諧趣，讀完後卻讓人鼻酸。可見尉天驄教授文筆的老辣，這在他的回憶散文集《回首我們的時代》（臺北：印刻，二〇一一）中也處處可見。他在自序〈書前的話〉有一段這樣說：

歷經了大半個人生，倒覺得苦難中一聲從千里外傳來的安慰、口袋中保有很多年的一封舊的家書、臨終病房中親人的一聲叮嚀，卻往往成為生命中最有力的支持。這樣一想，便覺得：在整個人世、整個歷史、整個從古到今的爭爭奪奪、殺殺砍砍、富貴貧賤的幻滅生死中，到頭來最讓人念念不忘的可能並不是那些名大位高人物的訓誡，而是一些看來微不足道的人與人間相互關懷的瑣事。它們是那樣平凡地存在於我們的現實生活之中，卻又與我們的一言一行緊密地纏在一起，讓人無法擺脫得掉，而且，日子久了，便不知不覺地融入自己的血肉中，成為生命的養份和力量。

我在三十六年前他應我之請，不厭其煩，寫下的演講課綱和文稿中，看到這樣的力量；也在他追述老友唐文標的敘事中，看到了這樣的情分。

——二〇一九年五月

〔手稿故事〕18

法國文學譯介的信鴿

——胡品清

一

今年四月中，趁著休假半年的空檔，與方梓到法國北部和巴黎旅行。十二天的行程，主要是古堡、教堂和重要景點的走踏，最後三天則在巴黎度過，參訪了羅浮宮，花了半日時光，享受宮中所藏藝術品，當然也近距離觀賞了達文西名作〈蒙娜麗莎的微笑〉；離開巴黎的前一天下午，我們搭地鐵前往才剛在十五日發生火災，尖塔遭燒毀，整建中的巴黎聖母院，繞行周圍一周，面對這座法國重要文化遺產的整建，祝禱它重建順利。

聖母院周邊，還有聞名的莎士比亞書店，雙叟咖啡、花神咖啡等與文學有關的景點。莎士比亞書店店面甚小，卻是巴黎左岸的文化地標，充滿著古老的文學閱讀氣息；花神咖啡館則是與法國文學息息相關的老店，旅遊資料上說，這座創建於一九一二年的咖啡館，曾經是當年作家和畫家聚集的場所，先後與這家咖啡館結緣的有象徵派詩人雷米・德・古爾蒙、立體派創始者阿波里奈爾、西蒙‧波娃、沙特、畢卡索等；據說沙特的名著《存在與虛無》就是在這裡寫的，不知確否。我與方梓在這家咖啡館點了咖啡和甜點，感受這家百年老店的文化感和歷史感，隔鄰的雙叟咖啡同樣也是巴黎作家、畫家和知識分子群聚的場所，只能路過了。

回旅館的巴黎街道，我不禁想起窮一生之力譯介法國文學的詩人、散文家胡品清教授。我就讀文化學院（今文化大學）時，志文出版社推出新潮文庫，其中胡品清翻譯的法國文學作品，就有福樓貝的《波法利夫人》、波特萊爾的《巴黎的憂鬱》、莎岡的《心靈守護者》等；而她譯著、編選的《法蘭西詩選》（臺北：桂冠，一九七六）更是我大三到大四兩年間常常展讀，作為寫作參考的詩選，該書收錄十二世紀以降到二十世紀的法國詩人經典詩作，通過她的譯筆，才讓我對法國詩人及其傑作有了接觸的機會。雖然我讀的是東語系日文組，無緣受教於她，但因為擔任華岡詩社社長的緣故，常向她請益，也算是她「非門下」的學生吧。

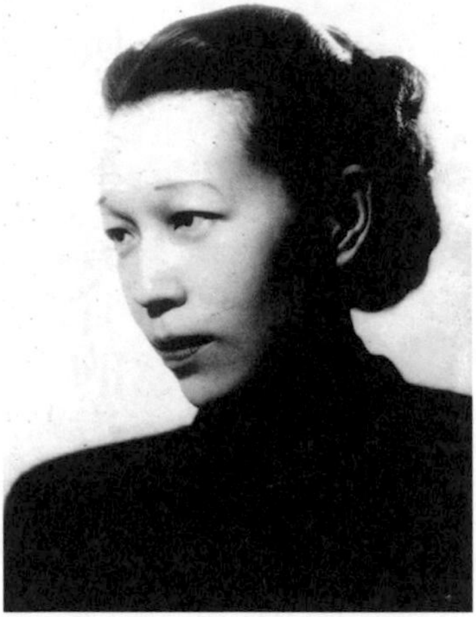

一生奉獻於法國文學譯介的胡品清。（文訊提供）

二

知道「胡品清」這個名字，則是更早的時候，一九六五年她的第一本詩集《人造花》由文星書店出版，奠定了她作為詩人的鮮明身分；其後，她出版了相當多合集（詩、散文、小說），要者如《夢的船》（臺北：皇冠，一九六六）、《夢幻組曲》（臺北：水牛，一九六七）、《晚開的歐薄荷》（臺北：水牛，一九六八）、《最後一曲圓舞》（臺北：水牛，一九六八）、《仙人掌》（臺北：三民，一九七〇）、《水仙的獨白》（臺北：三民，一九七二）等，使她成為當年頗受歡迎的作家。她的作品風格，也一如書名，充滿著浪漫、夢幻的薄荷香味，表現出一種耽美、自戀的水仙情結，她的詩與散文，讓當時年輕的讀者相當沉迷、喜愛。對我來說，她是以詩人、散文家的身分進入我的閱讀名單的。

我以生師的關係與胡品清老師結緣，是在大二那年，我選修文藝組祝豐老師（書評家，藍星詩社創辦人之一，當時也兼任《自立晚報》副刊主編）開的「詩選」課，結識了不少喜歡寫作的文藝組的同學（如魏偉琦、林文欽、林建助、郭錫隆、趙衛民……），並因此由郭錫隆手中接下華岡詩社。我們常往雙溪新村的史紫忱老師宿舍跑，吃飯聊天，有一天，也住同棟宿舍的胡品清老師來了，就這樣認識了她。

當時的胡品清老師應該已經擔任法文系主任了，她話不多，笑聲爽朗，打扮入時，看得出來她對美的事物，一如她的詩與散文，具有相當的品味。其後，我和詩社的同學也會到她的宿舍拜訪，向她請教。她總是微笑地聽我們訴說，點頭稱是；當時我已開始在報紙副刊、詩刊大量發表詩作，她偶而也會跟我說：「今天讀了你的詩，很好啊，繼續寫。」以外系學生的身分，這對我已是莫大鼓勵。

在當時的華岡，胡老師也是一道「風景」，她個子嬌小，穿著入時，總是戴著一副墨鏡，撐把洋傘，以短裙裝扮走在華岡道上，相當搶眼。看不出來出生於一九二〇年的她，這時已經五十多歲；更難想像的是，擔任系主任、教書之外，還同時進行詩和散文的創作、法國文學的翻譯，並且不斷有新書（創作和譯著）的出版。

幾次談話後，我才知道，她和文化學院創辦人張其昀有師生關係，她年輕時自浙江大學外國語文學系畢業，接著前往法國留學，就讀於巴黎大學，在那裡與法國外交官結婚，幾年後離婚；一九六二年十月，張其昀創辦中國文化學院，邀她來校任教，就這樣在華岡開展了她的教學與創作、翻譯人生。她的文學生命、翻譯志業，在我認識她的這個階段，到達最高峰。

三

我與胡品清老師開始較密切的聯繫，是在一九八一年我到《自立晚報》擔任副刊主編之後。應我之求，她總是及時供稿，詩、散文或翻譯，讓我在初始接編《自立副刊》、稿件極其匱乏的時刻，如逢及時雨。印象最深刻的有兩件事。

一是一九八三年冬，為了提振副刊的作者群，讓當時還是小報、稿費甚低的《自立副刊》擁有更多名家和寫作群，我構想了日日見報的「作家日記三六五」專欄，每日邀請一位作家提供寫於過往之年當月當日的日記，如此一年下來，就有三六五位作家為《自立》供稿，讓作者群更加多元、廣闊。我打電話給胡老師，她欣然答應，隨後即寄來她的親手謄抄的日記，稿子上填寫的時間是「一九七九年七月?日」，題目是〈最後即唯一〉。我讀這篇小品，簡直驚呆了：胡老師難不成在談戀愛嗎?這篇日記的第一段這樣寫：

仍然自封為「沒有出息的女人」，儘管我完成過許多非我莫屬的文化交流工作，用三種語言；因為我只把那些大任視為職責之履行，而非尋求之目標。換言之，識你之前，在我的心目中，那些活過的大量歲月、完成過的許多重任，只等於零。識你之後，我才擁有了無限。也許，我所謂的無限只是一種若虛若實的美和幸福感，因為你我既不能也不該「朝朝暮暮」。然而，偶爾的重逢、恆久的相憶卻化成了悠久，不期然地。

再往下閱讀，知道這是寫給一位吉他歌手的情書，「一九七九年七月?日」記的是她在民歌餐廳與一位年輕歌手的相識。她以極其熱情的文字描述這段戀情，「你像一把鑰匙，為我開啟幸福之門，使我除了活得有用之外還活得快樂和美麗。」，「在驚濤駭浪的人生海上覓得一枚領航的星子！在芸芸眾生中覓得一個鏤刻在心版上的名字。」這時的胡品清五十九歲，愛情對她來說，彷若少女一般熾熱。

我打電話給胡老師，委婉地問她：「確定可公開發表嗎?」電話那端她堅定的語氣：「當然。愛情沒甚麼不可告人的。」這就是我年輕時認識的胡品清老師，心境永遠年輕，愛一切美麗的事物和人，不矯揉，也不造作，一如她的詩文。

胡品清日記手稿〈最後即唯一〉。

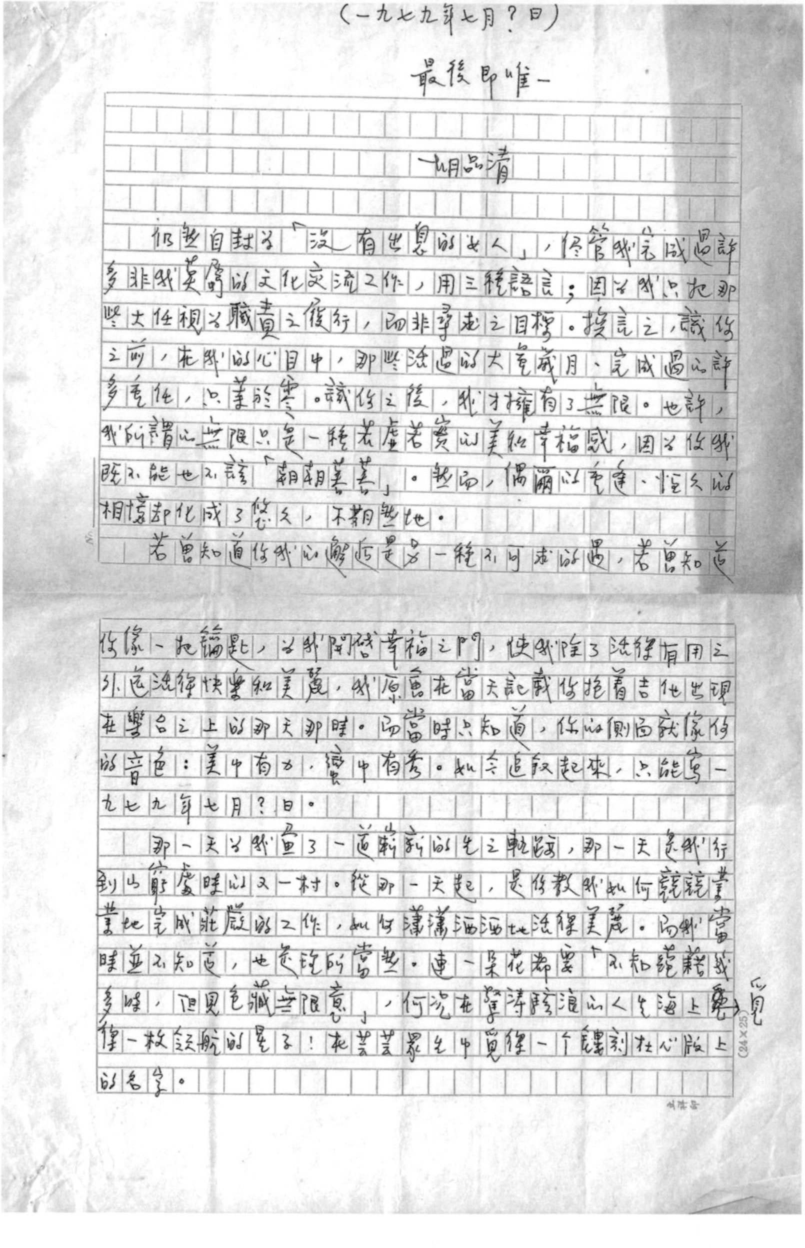

（一九七九年七月？日）

最後即唯一

—胡品清

仍然自封為「沒有出息的女人」，儘管我完成過許多非我莫屬的文化交流工作，用三種語言；因為我只把那些大任視為職責之履行，而非追求之目標。換言之，識你之前，在我的心目中，那些流逝的大量歲月、完成過的許多重任，只等於零。識你之後，我才擁有了無限。也許，我所謂的無限只是一種若虛若實的美和幸福感，因為你我既不能也不該「朝朝暮暮」。然而，偶爾的重逢、短暫的相聚卻化成了悠久，不期然地。

若曾知道你我的邂逅是為一種不可求的遇，若曾知道你像一把鑰匙，為我開啟幸福之門，使我除了活得有用之外還活得快樂和美麗，我會在當天記載你抱着吉他出現在舞台之上的那天那時。而當時只知道，你的側面就像你的音色：美中有力，柔中有秀。如今追敘起來，只能寫一九七九年七月？日。

那一天為我畫了一道嶄新的生之軌跡，那一天是我行到山窮處時的又一村。從那一天起，是你教我如何兢兢業業地完成莊嚴的工作，如何瀟瀟灑灑地活得美麗。而我當時並不知道，也是理所當然。連一朵花都要「不知能耗幾多時，但見包藏無限意」，何況在驚濤駭浪的人生海上覓像一枚孤航的星子！在芸芸眾生中覓得一個鐫刻在心版上的名字。

胡品清自撰簡介手稿。

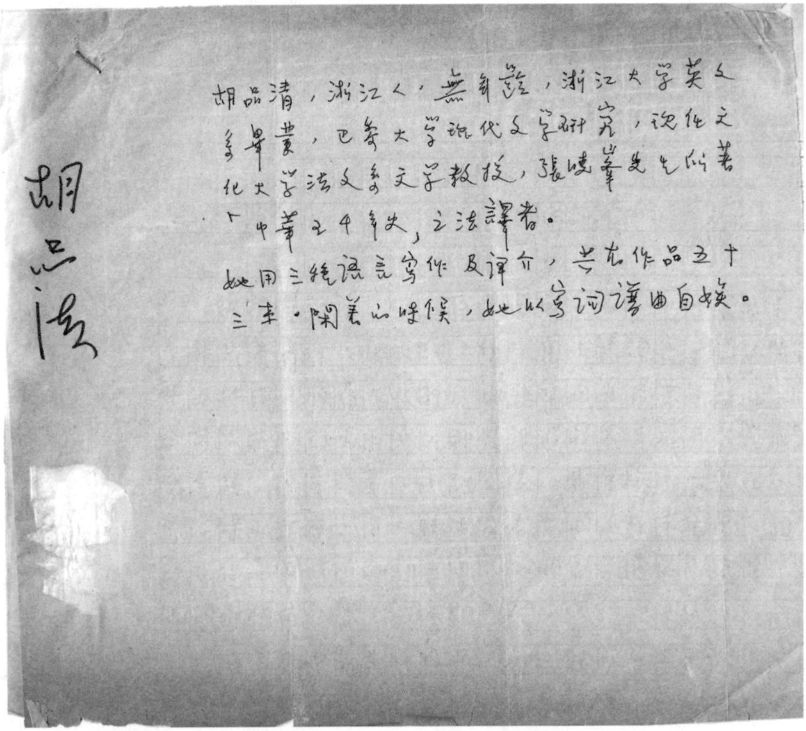
胡品清，浙江人，無年齡，浙江大学英文系畢業，巴黎大学現代文学研究，現任文化大学法文系文学教授，張曉峯先生所著「中華五千年史」之法譯者。
她用三種語言寫作及譯介，共有作品五十三本。閒著的時候，她以寫詞譜曲自娛。
胡品清

這篇日記還附了胡老師自撰的簡介，寫得相當活潑而自在：

胡品清，浙江人，無年齡，浙江大學英文系畢業，巴黎大學現代文學研究，現任文化大學法文系文學教授，張曉峯先生所著「中華五千年史」之法譯者。

她用三種語言寫作及譯介，共有作品五十三本。閒著的時候，她以寫詞譜曲自娛。

第二件是一九八五年的事。一月十六日，我收到她寫給我的信，信中提到法國小說家瑪格麗特・莒哈絲（Marguerite Duras）以自傳性小說《情人》獲得法國最高文學獎（龔固爾獎），「一個月內賣出二十七萬冊，是暢銷書，是文學」，寫的是「作者和一位越南華僑的愛情故事」，她打算翻譯，問我《自立副刊》可否連載？這對《自立副刊》來說顯然是大旱雲霓，我立刻回電話，表示高度歡迎，也請她立刻寄給我，以便安排時間開始連載。

可惜的是，莒哈絲的《情人》太熱門了，文經社的負責人吳榮斌兄不知從何得知胡品清有意翻譯，捷足先登，說服她將這部剛得獎的小說《情人》交給文經社出書，二月就出版了。我雖然感到惋惜，胡老師也打電話跟我致歉並說明，但書能出版，而且出版後相當暢銷，就影響力來說，若要等到副刊連載完畢再出書，畢竟是太緩不濟急了。我開玩笑地告訴老師：「沒關係，您補我一篇介紹的文章『抵債』好了。」

她果然立刻寄來一篇評析長文，題目是〈瑪格麗特・莒哈絲的小說世界〉，約一萬多字，詳細地介紹莒哈絲的創作歷程、重要著作與文學成就、小說技巧以及《情人》的內容與分析。在「結語」處，她這樣寫：

> 說實話，莒哈絲的語言十分優美，當她止於「中庸創新」的時候，像在「工地」那個中篇裡的語言，她能精確地描畫外景，仔細分析心理，一面保有獨創的境界，呈現一種給人陌生感，但又新穎的風格。
>
> （中略）

最後，我也不忘記說，Duras這個姓是我用最精確的「國語」翻譯的巴黎音（大部分的人都用英文發音），特為正名。

足見胡品清對於「莒哈絲」譯音漢字的自豪。作為法國文學長期的漢譯者，她真有資格如是「不忘記說」。我立即發排，此文隨即於三月十一日到十二日刊登於自立副刊，成為臺灣報界最早也最詳盡介紹莒哈絲、分析其文學創作的文章。

四

我在巴黎街頭想到胡品清老師，果然是有緣由的。年輕時我讀她的詩和散文，那充滿浪漫女性的迷離情懷、愛的憧憬與追求，未必能完全理解；捧讀她在新潮文庫翻譯的《波法利夫人》、《巴黎的憂鬱》、《心靈守護者》等文學名著，則可以透過她優美的譯筆，領會法國文學之美和法國文化的細微之處；她當年譯著的《法蘭西詩選》更是讓我對法國詩人及其詩作產生學習、砥礪的作用。六十過後才來到法國，走在巴黎街道的我，想起年輕時認識的胡老師，再自然也不過了。

胡品清老師已於二〇〇六年九月三十日辭世，她生前的教學、創作與翻譯都受到她的學生、讀者和譯界的肯定，特別是法國文學譯介的部分，更是備受推崇。她不僅翻譯了許多法國

一九八五年一月，胡品清為翻譯莒哈絲《情人》寫給向陽的信。

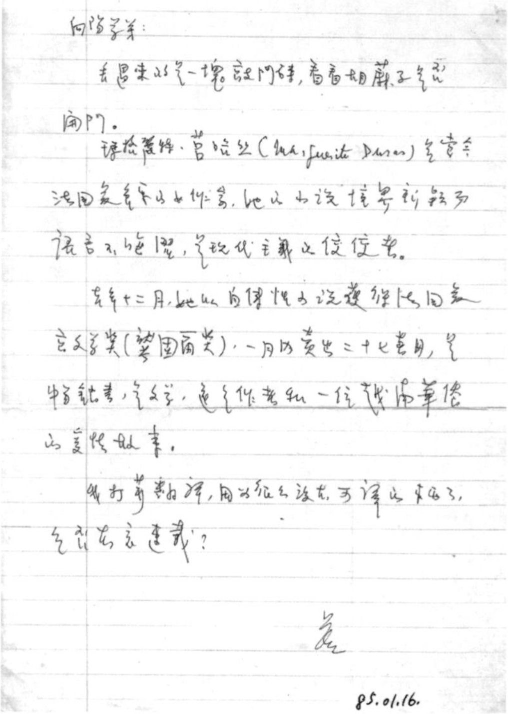

向陽學弟：

[illegible]

瑪格麗特・莒哈絲（Marguerite Duras）是當今法國最著名的女作家，她的小說擅長於[illegible]語言不[illegible]，是現代主義的佼佼者。

去年十二月，她的自傳性小說獲得法國最高文學獎（龔固爾獎），一月以前賣出二十七萬冊，是暢銷書，是文學，是作者和一位越南華僑的愛情故事。

我打算翻譯，[illegible]是否有意連載？

[illegible]

85.01.16.

文學經典，也有《法國文學簡史》（臺北：中國文化學院法國研究所，一九六五）、《「惡之花」評析》（臺北：中國文化大學出版部，一九八一）、《法國文壇之「新」貌》（臺北：華欣文化，一九八四）、《迷你法國文學史》，（臺北：桂冠，二〇〇〇）等法國文學論著，猶如信鴿一樣，她可以說是戰後臺灣法國文學翻譯與研究的先行者。為此，她不僅連獲法國政府頒贈「棕櫚飾學術騎士勳章」（一九九七）、「一級文藝軍官勳章」（一九九八）；法國在臺協會設置的《臺灣法語圖書專業互動平臺》也以「胡

一九八五年三月十一日，《自立副刊》登出胡品清所撰〈瑪格麗特．莒哈絲的小說世界〉，至次日刊完。

品清HUPINCHING」命名，向這位臺灣第一位法語譯者致意，更設立「胡品清出版補助計畫」、「胡品清版權補助計畫」，協助臺灣出版社購買法國出版品版權及出版費用，「以紀念胡女士在臺灣推廣法國作家所扮演的重要角色」。

生活中的胡品清老師，相當刻板、嚴肅，她曾形容她的生活只有「四書」（看書、寫書、教書、譯書）；創作的她浪漫、多情而耽美，她喜歡以「夏娃」自稱，愛美愛香水；翻譯的她則是理性、重視修辭與文法的譯者。這三種面向構成了既單純而又複雜、善感而又嚴肅的她，但無庸置疑的是，她以一生心血奉獻其中的法國文學譯事，將被永遠記得，一如我在巴黎街頭想到她。

——二〇一九年六月

〔手稿故事〕19

女性大河小說的開拓者

——黃娟

一

五月下旬，旅美小說家黃娟的傳記《活出愛：黃娟傳》出版，在北教大國際會議廳，出版該書的世聯倉運文教基金會為她辦了一場新書發表會，現場觀眾爆滿，顯見此書的備受矚目。今年已八十五歲高齡的黃娟女士特別遠從美國回來參加，我因為擔任協辦單位之一的吳三連獎基金會祕書長，奉命擔任發表會主持人，而與黃娟女士久別重逢，看到她雖然長途跋涉，身體和精神都極朗健，能為她出版傳記做一點小事，也感到特別高興。

黃娟女士一九三四年出生於新竹，童年接受日本教育，曾經歷戰前盟軍空襲和糧食缺乏的苦痛，戰後考進新竹女中，開始接受中文教育，其後考進臺北女師範，畢業後曾在臺北市螢橋國校、大同中學任教。一九六一年開始創作，處女作〈蓓蕾〉在《聯合副刊》登出，一鳴驚人，從此頻繁發表作品，主要的發表園地多在《聯副》、《自由青年》和吳濁流創辦的《臺灣文藝》，直到一九六八年辭職隨丈夫翁登山赴美定居這八年間，她的創作力旺盛，量多質精，是頗受矚目的小說家，也被視為戰後臺灣文學的第一批女性作家，出國前已先後出版了短篇小說集《小貝殼》（臺北：幼獅書店，一九六五）、《冰山下》（臺北：商務，一九六八）、《這一代的婚約》（臺北：水牛，一九六八）以及長篇小說《愛莎岡的女孩》（臺北：純文學，一九六八），另有一本短篇小說集《魔鏡》交給蘭開書局，稿件卻遭遺失，如果也出版的話，她總計就寫了五本小說，作品之豐，可以想見。

赴美之後，她的作品漸寫漸少，終至停筆有十年左右，直到一九八三年她加入旅美臺灣作家組成的「北美臺灣文學研究會」，才於次年重新提筆創作。她彷彿急著要將空白的十年追回來似地，小說、散文、評論、論文，無所不寫，但因為作品具有強烈的臺灣意識，多半發表於本土報紙如《自立》、《臺時》、《民眾》等報副刊，以及《臺灣文藝》、《文學臺灣》等雜誌。遠隔重洋，她在美國的書寫，並不為她所摯愛的臺灣讀者熟知，她的寂寞於此可見。

但她並不因此灰心，二〇〇五年，她由前衛出版社推出大河小說《楊梅三部曲》，第一部《歷史的腳印》寫日本殖民統治，第二部《寒蟬》寫國民黨戒嚴時期，第三部《落土蕃薯》則寫旅美時期的思國懷鄉。《楊梅三部曲》奠定了她作為臺灣女性大河小說開拓者的地位，這部大河小說從一九九五年發想到二〇〇五年年初完稿，前後十年，從六十一歲寫到七十一歲，無論體力、毅力，都相當驚人，這大概也和她具有客家的硬頸精神有關吧。

二〇一九年五月二十六日，黃娟回臺參加《活出愛：黃娟傳》新書發表會，發言時向陽為黃娟拿麥克風。

二

我與黃娟女士初識，是在她赴美停筆十年後又再復出的階段，一九八五年秋天，我與楊青矗兄一起赴美參加愛荷華大學「國際寫作計畫」，十月底到美東旅行，在華盛頓葉芸芸家中與她見了面。面對從故鄉來的作家，她關心之情溢於言表，特別是青矗兄才因美麗島事件坐了四年牢出來不久，她殷殷垂詢，可以感覺她對臺灣民主發展的高度關心，對美麗島事件後臺灣政局的滿懷憂心。她是當年臺灣女性作家中，少數強烈關心臺灣民主政治的作家。

我當時擔任《自立晚報》自立副刊主編，因此她也問詢我《自立晚報》的經營狀況，這個階段的《自立晚報》銳意革新，已非當年不起眼的小報，尤其對臺灣民主發展、言論自由、本土文化特別重視，已成為政界和文化界必讀的報紙，黃娟女士在海外雖然無法讀到《自立》，我還是誠懇地向她邀稿，希望她將來多為《自立副刊》寫稿。

這年十二月初我回到臺灣，上班首日，就收到她從美國寄來的小說〈弱點〉，附了一紙短札：

> 這趟美國之行，收穫如何？能夠在芸芸處相見，真是高興！
> 茲寄上拙作「弱點」，請指教！
> 這篇小說描寫東方人在工作崗位上所受到的歧視，是我的力作之一。臺灣讀者也可以得到不少啟示罷？
> 這邊看不到自立晚報，刊出時，尚請寄下剪報為禱！

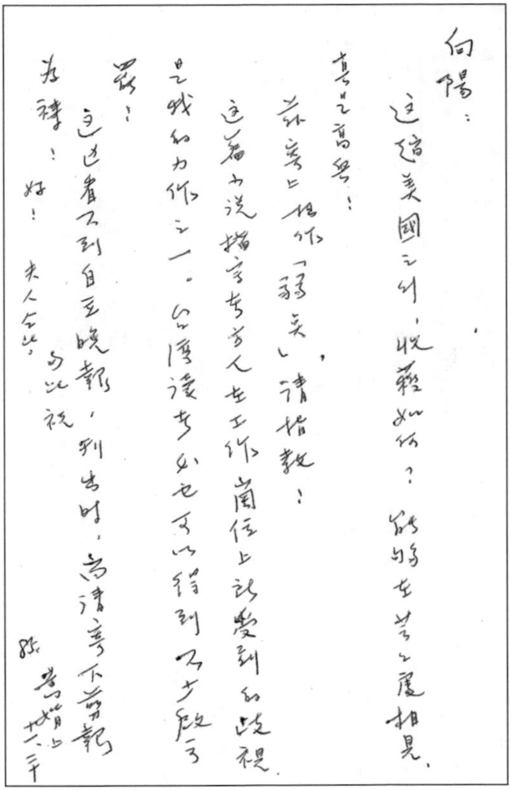

向陽：
這趟美國之行，收穫如何？能夠在芸芸處相見，真是高興！
茲寄上拙作「弱點」，請指教！
這篇小說描寫東方人在工作崗位上所受到的歧視，是我的力作之一。台灣讀者也可以得到不少啟示罷！
這邊看不到自立晚報，刊出時，尚請寄下剪報為禱！
即此祝
好！
夫人全此
黃娟上
十一.廿

一九八五年十一月二十日，黃娟寄給向陽的短札。

一回國就收到黃娟女士的小說稿和信札，實在太高興了，這表示她將我

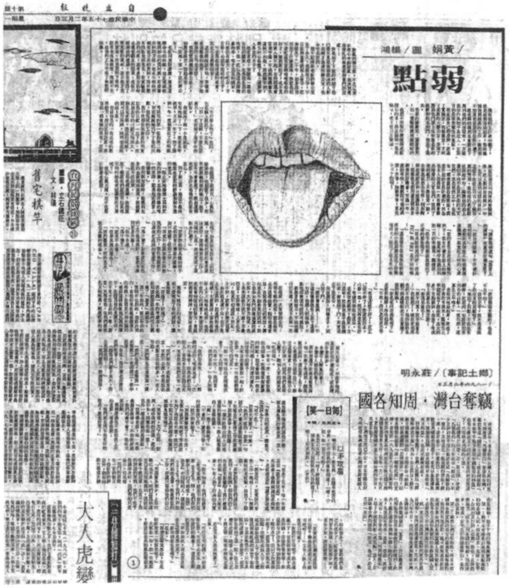

一九八六年二月三日，自立副刊登黃娟小說〈弱點〉，四天連載。

的約稿認真地放在心上，寫信的時間是「十一、二十」，當時我還在愛荷華，她許是推估我十二月回臺時間才寫的吧，她是如此重然諾而又如此細心！

〈弱點〉是短篇小說，但也有二萬五千字左右，小說寫的是東方人（臺灣人）在美國公司上班，遭到上司種種刁難的故事，相當精采，黃娟女士的文筆清暢，小說中的對話處理、敘事技巧也高超，小說結尾老闆對主角「東尼」說的：「反正我不能升你，也不能加你太多的錢。你的弱點不是『語言』，身為『東方人』才是你真正的弱點！」鞭辟入裡，果然如她信札中所說是一篇力作。

讀完後，我趕緊回信給黃娟女士，感謝她給《自立》好稿子，因為字數稍多，請容我安排發表時間。當時的副刊，稿量甚多，我策劃了幾個專題，等到刊出時，已是第二年二月三日，以三天頭條處理，連載了四天，甚受讀者好評。黃娟女士收到從臺北寄出的剪報應該是月中了。希望這份來自故鄉的報紙副刊，可以慰她的鄉愁。

一九八八年二月，報禁解除，《自立晚報》新創《自立早報》，我由副刊主編轉任《自立晚報》總編輯，早報副刊主編由《中國時報》挖來詩人劉克襄接任，晚報副刊則由詩人沈花末接任，黃娟女士仍繼續供稿。這一年三月，她以小說〈相輕〉榮獲吳濁流文學獎小說正獎；七月，又接任北美臺灣文學研究會會長。她的復出，已經受到文學界的肯定，遠在臺灣，我也為她感到高興。

一九八九年八月初，她率領北美臺灣文學研究會的作家學者陳芳明、謝里法、楊千鶴、林衡哲、張富美等人，在張良澤任教的日本筑波大學召開「臺灣文學研究會筑波國際會議」，臺灣團則由鍾肇政先生率領杜潘方格、林宗源、李敏勇、吳錦發、林南、林文義和我參加。在筑波大學我們終於又見了面。黃娟女士主持會議，有板有眼，條理清楚，讓會議圓滿結束。這次的筑波會讓旅美、旅日與臺灣來的作家與談，也把北美臺灣文學研究會的影響力發揮到了一個高峰。寫作之餘，她對臺灣文學公共事務的推動同樣讓我敬佩。

一九九四年六月，我服務的自立報系傳出經營危機，員工組成工會向資方抗爭，仍然不敵，最後經營權轉移，九月一日記者節，臺灣跨媒體新聞人員為此發起「九〇一為新聞自主而走」遊行，此即「自立事件」。在這波危機下，多數員工離職，我也轉換生涯，進入政治大學新聞系博士班就讀。我進自立擔任藝文組主任兼副刊主編時，二十七歲，離職時三十九歲，離開原以為可以為新聞志業和臺灣文學奉獻一生的工作，內心相當沮喪，且對進入學院，從研究生開始爬起的未來感到憂心。

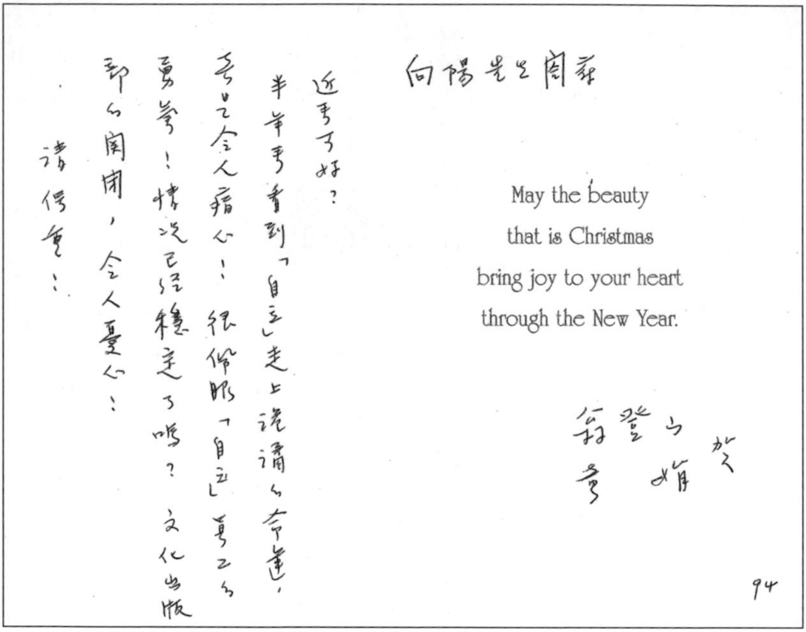
向陽先生閤鑒

近來可好？

半年來看到「自立」走上詭譎的命運，真是令人痛心！很佩服「自立」員工的勇氣！情況已經穩定了嗎？文化出版部的關閉，令人憂心！

請保重！

May the beauty
that is Christmas
bring joy to your heart
through the New Year.

翁登山
黃娟　賀

94

一九九四年十二月中，黃娟寄給向陽的聖誕卡

這年十二月中，我收到了黃娟女士和夫婿署名的聖誕卡，上面是她娟秀的字跡：

近來可好？

半年來看到「自立」走上詭譎的命運，真是令人痛心！很佩服「自立」員工的勇氣！情況已經穩定了嗎？文化出版部的關閉，令人憂心！

請保重！

字字句句滿溢前輩的關心，很顯然她在美國也熟悉整個自立事件的過程和狀況，所以她用「詭譎的命運」形容自立經營權的轉移；她知道自立工會從六月開始展開的抗爭，以及對新聞專業、編輯自主權的堅持，所以

對員工的勇氣表示佩服；最後是她對我這個後輩的關心，「請保重！」讓我不禁含淚。即使如今事隔二十五年，重讀這張賀卡，仍不勝唏噓。

三

黃娟女士傳記《活出愛：黃娟傳》發表會當天，我致開幕辭時高度肯定她這一生為臺灣文學作出的貢獻。

首先當然是她的創作，她是一九六〇年代相當活躍的女作家，以小說切入生活之中，葉石濤前輩說她當時的創作活動「相當惹人注目」，赴美停筆再復出後，「觀察人生的機微已到爐火純青的地步」，這都可看出她的筆力；但更重要的是她花費十年工夫完成的大河小說《楊梅三部曲》，這是踵繼鍾肇政《濁流三部曲》、《臺灣人三部曲》，李喬《寒夜三部曲》、東方白《浪濤沙》之後的巨構。身為臺灣作家，她以敏銳的小說之筆、客家女性的細膩與堅韌特質，寫出她所經歷的日治時期、戒嚴年代和旅美時期的聞見行思，通過小說呈現自身的生命史，也顯映了女性之眼所看到的臺灣歷史真相。她無愧於「臺灣女性大河小說開拓者」的稱譽。

《活出愛：黃娟傳》封面。

其次，也與她的創作有關，由於身為「臺美人」（旅美臺灣人），她赴美之後，長期觀察臺灣人在美國的生活與處境，省視旅美臺灣人面對的生活困頓、職業上遭受的種族歧視、關心家國故鄉政治與社會發展的憂慮與憤怒，這都使她的小說，無論短篇、長篇乃至大河小說，都形構了一個異於一九六〇～七〇年代「留學生文學」的「臺美人文學」典模。她用她的作品呈現了旅美臺灣人的生活真實，為「臺美人文學」提供了相當足以研究的資產和空間。

最後，則是她在認真創作的同時，也高度關注並參與公共事務，且勇於提出她的政治見解。除了擔任北美臺灣文學研究會任期內，積極促進臺灣文學的研究、鼓勵臺灣作家參與交流之外，她多年撰寫臺灣作家的評論、書評，向旅美臺灣人介紹本土文學的發展；她也擔任過北美臺灣客家公共事務協會會長，不遺餘力推動客家權益和文化，並因而榮獲二〇〇八年客家終身貢獻獎。她是一位彩筆寫史、熱血入世的作家。

——二〇一九年七月

〔手稿故事〕20

新詩史料的保存者

——麥穗

一

七月十二日下午，在突來的暴雨中前往文訊雜誌社，參加「文藝資料研究及服務中心」周年茶會以及《詩的聲音》文物特展的開幕式。來到現場的多為詩人、作家及捐贈文藝資料中心史料的家屬，其中三位詩人向明（一九二八～）、管管（一九二九～）、麥穗（一九三〇～）都已是九十耆老，他們身康體健，都仍在持續寫作中，也常出席文壇聚會，他們和《詩的聲音》展出的三位已逝詩人余光中（一九二八～二〇一七）、周夢蝶（一九二一～二〇一四）、洛夫（一九二八～二〇一八）都是同年代的詩人，都用一生擁抱現代詩，把詩當成生命來創造。

前半場《詩的聲音》文物特展開幕由文訊社長封德屏開場後，先由歌手李德筠演唱三位已逝詩人的詩作，接著分別由陳芳明、管管、向明、洛夫次子莫凡、曾進豐致詞；後半場「文藝資料中心」周年，由封德屏致詞，說明文藝資料中心一年來推動的各項活動和進行的諸多工作，再由我代表顧問群致詞。

我致詞時肯定文藝資料中心「一個作家，一個文庫」的經營理念和作法，為臺灣作家建立系統典藏，從著作、手稿、照片、書信到相關評論，累積文學史料，儼然就是一座臺灣文學「野史館」（非官方史料館），在封德屏主持下，讓臺灣作家的心血可以被典藏、被看見、被研究；我也呼籲作家以及家屬，共同來支持文藝資料中心，捐獻作家史料，讓文藝資料中心更加壯大，一年、五年、十年地經營下去，蔚成臺灣文學的文獻中心。

麥穗與向陽合影於文藝資料中心成立周年感恩會場。

活動尾聲，由封德屏邀請捐贈文獻資料數量最多的詩人麥穗代表致辭並受獎。文訊製作的影片中，麥穗個人捐贈給文藝資料中心書籍、期刊和已絕版的早期詩刊就超過三千本，這可說是他這一生寫詩之餘，涵容於文學與閱讀、文獻與收藏的心血。看著影片中流動的書影、絕版詩刊封面，也讓我不禁想起三十七年前與麥穗先生因為《新詩》週刊結緣的舊往。

二

一九八二年十一月底，在《自立晚報》副刊編輯檯上，我收到詩人麥穗寄來的一篇稿子〈現代詩的傳薪者新詩週刊〉，約有三千餘字，還附了一封信：

向陽先生：

現代詩的「開山者」「新詩週刊」創刊卅一週年了，但是詩壇對它的史料卻甚為模糊，筆者雖未能完全明瞭創刊時的一切，但手頭所存一些資料是可對一些大家極想知道的如創刊日期、停刊期數日期等等都是很確實的。目前一些為現代詩作史的

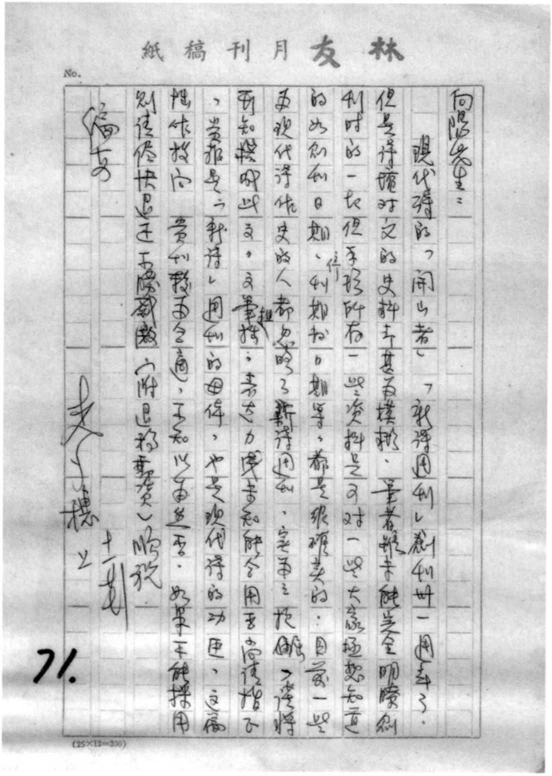
林友月刊稿紙
No.

向陽先生：

現代詩的「開山者」「新詩週刊」創刊卅一週年了，但是詩壇對它的史料卻甚為模糊，筆者雖未能完全明瞭創刊時的一切，但手頭所存一些資料是可對一些大家極想知道的如創刊日期、停刊期數日期等等，都是很確實的。目前一些為現代詩作史的人都忽略了「新詩週刊」……

麥穗上 十一月廿七

71.

(25×12=300)

一九八二年十一月二十七日，麥穗寄給向陽的信，為《新詩》週刊目錄的整理踏出第一步。

人都忽略了新詩週刊，實為之抱屈。僅將所知撰成此文，文筆粗拙，表達力淺，未知能合用否，尚祈指正，貴報是「新詩」週刊的母體，也是現代詩的功臣，這篇拙作投向 貴刊較為合適，不知以為然否？

接到此信此稿，我當然甚感欣喜，這一年六月我剛接編《自立晚報》副刊，十月與詩人張默、向明、蕭蕭、李瑞騰、張漢良應邀擔任爾雅出版社《年度詩選》編輯委員，對麥穗先生能夠提供當年《新詩》週刊的一手史料並撰文介紹，自是求之不得，更何況這份詩刊是在一九五〇年代的《自立晚報》的版面上出現的？一份長期以政治新聞聞名的晚報，在它初創之時居然能提供版面給一群詩人創辦《新詩》週刊，這是何等奇妙？但一直只聞《新詩》週刊之名而未見其詳，儼然一則「神話」，能因為麥穗先生的文章讓它出土，也有助於臺灣現代詩史的重建。

我立刻回信給麥穗先生，感謝他不藏私，願意提供如此珍貴的文稿給《自立副刊》；也希望他能影印手邊珍藏的《新詩》週刊部分版面，供發表時配合使用。信發出後沒幾天立刻收到他的回信，除感謝我採用他的稿子，也表示由於是報紙版面，篇幅較大，非一般影印店能為，「如果 貴報社可以或有影印設備，我可將刊物攜過去，因為我的辦公室離 貴報約五分鐘的路程。」這封信使用《林友月刊》雜誌社的用箋，月刊是臺灣省林業產業工會聯合會的通訊刊物，麥穗先生當時擔任主編吧，辦公室就在杭州南路的林務局內，離位在濟南路二段的《自立晚報》的確很近，步行即到。我因此跟他約了時間，請他前來報社。

幾天後，麥穗先生依約前來，手上帶了厚厚一疊《新詩》週刊的剪報，一如他信上說的「有七十多期」的報紙張數，甚是可觀。這些報紙因為時隔久遠，多已泛黃，加上紙質粗劣，偶有破損，多虧麥穗先生的細心保存，我方才從他的手上看到這一批珍貴的史料。彷彿走入歷史長廊一般，我們將《新詩》週刊逐一攤開在桌上，麥穗先生保存的最早一期是從第六期開始，時間是一九五一年十二月十日，這一天正巧也是同日，這一年與一九五一年已經時隔三十一年；接著是第十二期（第七期到十一期未保存），又翻過了一年，已是一九五二年一月二十一日——詩刊上的詩作、翻譯與評論，也被午後窗間洩入的陽光閱讀著。

麥穗先生帶來的報紙上，還存留著他當年閱讀的標記，在《新詩》週刊第六期的版頭上，他註記「四十年十二月十日」（校正報眉上「四十一年」的錯誤）和「四十年十一月五日創刊」，各家詩作標題上部分打了「レ」，表示閱讀過或「按讚」吧。一九五一年時，他才二十一歲，還在省營茶業公司文山茶場工作，認識了同單位的詩人夏菁，《新詩》週刊就是調回臺北的夏菁每星期寄給他的讀物，就這個因緣，他開始蒐集、保存《新詩》週刊，而在這個午後拿到我的面前。

聊了一陣子，接著我趕緊將他帶的《新詩》週刊拿到資料室影印，印了兩份，一份給他，一份我留存。這影印的資料，至今仍在我手邊，算來已然三十七年，仍如當年始印。

麥穗先生的大作〈現代詩的傳薪者新詩週刊〉，我安排在這年十二月二十九日、三十日兩

一九八二年十二月一日，麥穗以《林友月刊》雜誌社用箋寫給向陽的信。

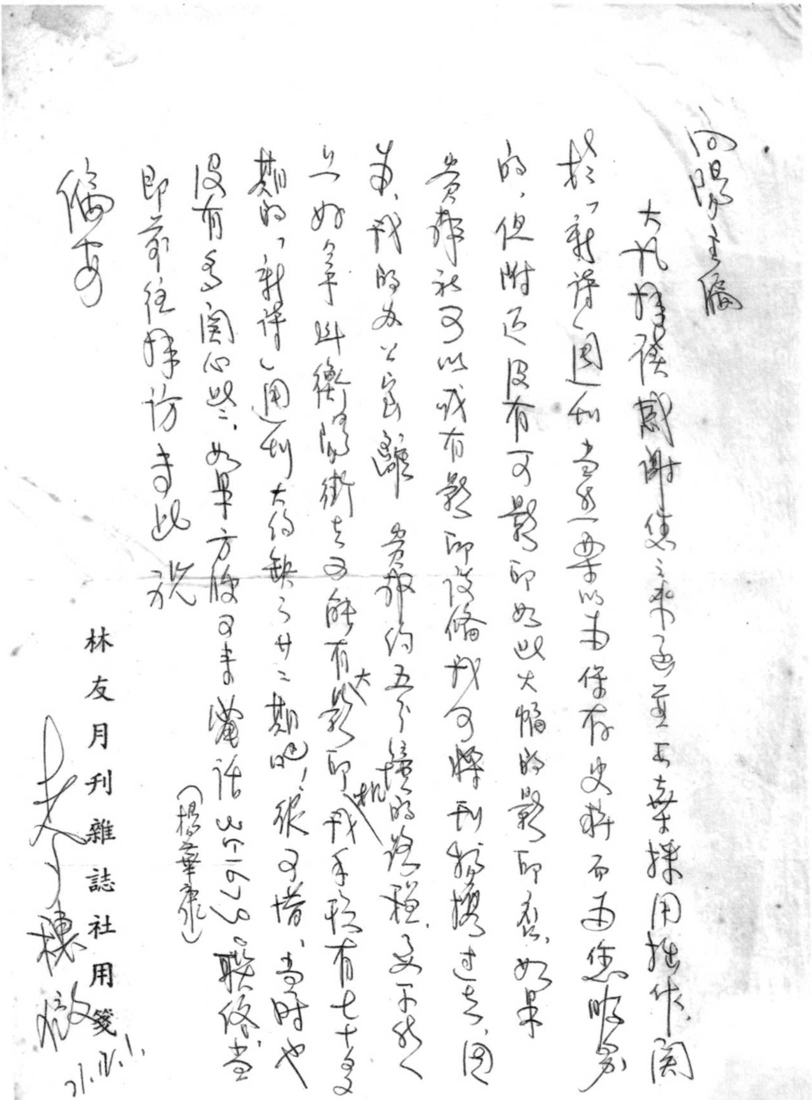

向陽主編：

大札拜悉，謝謝你惠來函並不棄採用拙作〈閱於「新詩」週刊〉和臺灣一些以前保存史料而再使您吃驚，的，但附近沒有可影印如此大幅的影印機，如果貴報社可以找有影印設備，我可將刊物寄過去，因為，我的住處離　貴報約五個鐘頭的路程，又不能久之。如今手此衡陽街去了，能有（大）影印（機），我手頭有七十多期的「新詩」週刊，大約缺了廿二期吧！很可惜，當時也沒有多關心些。如果方便可來電話 4571076 聯絡，當即前往拜訪。專此 敬頌

編安

（楊華康）

麥穗 敬
71.12.1.

林友月刊雜誌社用箋

一九八二年十二月二十九日、三十日《自立副刊》連續兩天刊登麥穗〈現代詩的傳薪者新詩週刊〉。

現代詩的傳薪者
新詩週刊
麥穗
〈下〉
自立副刊

天見報。在這篇文稿中，他就手上存有的詩刊詳細考證《新詩》週刊創刊日期（一九五一年十一月五日）、停刊日期（九十四期，一九五三年九月十四日），以及參與《新詩》週刊的詩人有葛賢寧、鍾鼎文、紀弦、李莎、覃子豪等五人：

> 我認為上述五位都是《新詩》週刊的策畫、創辦、編輯者。我們可以從二十七期以前《新詩》週刊社址設在臺北市濟南路二段四號四二一室，和二十七期以後設於中山北路一段一〇五巷四號。可以證明紀、覃兩位曾先後主其事，因為前者為紀弦先生服務於成功中學的宿舍，也是後來《現代詩》刊的社址，後者是覃子豪先生生前服務於物資局時的宿舍，也是後來《藍星》詩刊的社址。

作為一個重視史料的保存者，麥穗先生的不放過細節，於此可見。在這篇文稿中，他特別注意到本省詩人的表現，他指出，當時在《新詩》週刊脫穎而出的有陳保郁、騰輝、秋瑩星、林亨泰，「他們都有日文創作詩的基礎，所以創作和譯作一起來，而且作品非常豐富。」他也盛讚覃子豪「提掖後進不遺餘力」。最後他強調，《新詩》週刊「是自由中國詩的薪傳者和詩刊的開山者」，其「傳薪火，開山頭」的功績長期以來被忽視、被掩蓋了。

這篇文章校正了詩壇長期以來以紀弦創辦《現代詩》「帶來臺灣現代詩的火種」的錯誤印象，對於臺灣新詩史的澄清影響至大。麥穗先生根據史料說話，稽查事證的嚴謹，讓我肅然起敬。作為《自立晚報》的一份子，我以能夠刊出這篇文章，彰顯《自立晚報》曾經以大眾媒體的力量支持現代詩的文化責任為榮。

三

〈現代詩的傳薪者新詩週刊〉刊出後，反應甚佳，麥穗先生顯然受到鼓舞，次年（一九八三年）十月分別在《藍星》詩刊發表〈覃子豪與新詩週刊〉、在《創世紀》詩刊發表〈「新詩週刊」目錄初編〉（上）（其後兩期另刊中篇與下篇）。這樣綿密而嚴謹的求真精神，也顯示了他的治學態度。這兩篇刊出後，他都曾打電話告知我，語氣相當興奮。

〈「新詩週刊」目錄初編〉在同樣重視詩壇史料的《創世紀》詩刊連登三期，上篇刊出時「編者按」如此敘述《新詩》週刊：

> 「新詩週刊」為自由中國最早創辦的詩週刊，於民國四十年十一月五日借自立晚報副刊版面創刊，每逢週一在該報第三版刊出。第一—廿六期，由詩人紀弦主編。第廿七期起，由詩人覃子豪主編，共出九十四期，於民國四十二年九月十四日正式休刊。是自由中國新詩運動最早的催生者。

麥穗先生的編目花了相當大的精神，他逐期謄抄《新詩》週刊上的作品與作者，並按各期內容分類（如「創作」、「譯詩」、「論著」、「舊詩新譯」、「其他」等），再加上部分「註」，用以說明當期內容或異常狀態。這是一種「死工夫」，與做學問的期前準備無異，也可見他對年輕時引為精神食糧的《新詩》週刊的深厚感情。

〈「新詩週刊」目錄初編〉在《創世紀》連載到一九八四年六月出版的六十四期結束，上中下三篇，總共有十八頁之多。我當時如獲至寶，根據這個目錄初編，逐項查對，特別是麥穗先生所缺各期，再到報社資料室重新翻找，赫然發現有部分《新詩》週刊仍有存報，可補〈初編〉所缺的部分期數，於是根據〈初編〉闕漏，加以補編。這時我還在編《自立晚報》副刊，工作忙碌，補編的工作都在夜裡進行，除了補〈初編〉缺期之外，也就麥穗先生部分存疑的「註」、初刊日期作了些校正，最後完成〈「新詩週刊」目錄補編〉，寄給《創世紀》，於一九八四年十月該刊第六十五期發表。

雖然是〈補編〉，仍不完整。〈初編〉所缺創刊號等十六期未能發現，我在「補編說明」

麥穗〈「新詩週刊」目錄初編〉與向陽〈「新詩週刊」目錄補編〉都在《創世紀》詩刊發表。《初編》上的註記係向陽所寫。背景係《新詩》週刊舊報。

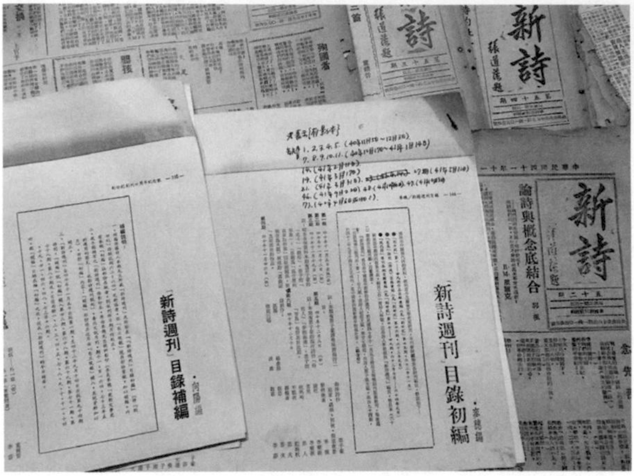

中強調願能「促成『新詩週刊』的早日補齊」。這個願望直到一九八八年報禁解除後，才因為報社出版《自立晚報縮印本》（自一九四七年十月一日迄一九八七年十月三十一日達成，但我日日在新聞工作打轉，已沒有餘力編寫最終的完整目錄了。）

這個小遺憾，過兩年後，終究還是由麥穗先生補足了。一九九〇年十月，《創世紀》刊出了他補足的完整版〈《新詩》週刊目錄續編完結篇〉，被淹沒了四十年的《新詩》週刊終於以完整的目錄呈現在讀者眼前。

真是令人尊敬的前輩，從年輕時愛上詩，自一九五三年參加覃子豪擔任詩歌班導師的「中華文藝函授學校」之後，就把詩當成生命的麥穗先生，一生寫詩，有「森林詩人」的雅號，早年曾與詩人秦松、季予、吳望堯、丁潁、寒星等人組織「明天藝文社」，以鋼版油印《明天詩訊》月刊，也曾加盟紀弦發起的「現代派」，見證了戰後臺灣現代詩的運動和發展，但直到一九七八年才出版他的第一本詩集《森林》，將他長年在林務局工作，深入臺灣各地山林的所見所思化為詩篇，寫出臺灣山林的美；二〇一〇年，高齡八十的他出版了第九本詩集《歌我泰雅》，以三十六首詩作寫出泰雅文化之美，他以之前向烏來泰雅族長老、學者學習泰雅語和文化的基礎，用詩呈現他所接觸的泰雅印象，為臺灣現代詩的森林書寫再添一道里程碑，這本詩集出版後，他贈我一本，我在閱讀之際，深深感動於他強烈的學習精神和對於泰雅文化的認同。

這股精神，也在他對現代詩史料的保存上發揮到極致，一九九八年，他出版《詩空的雲煙》一書，細數《新詩》週刊以及相關的臺灣新詩史料（含完整版的〈《新詩》週刊目錄續編完結篇〉），都不能不讓人佩服他對現代詩發展的博徵詳引，無怪乎和他一樣為新詩史料貢獻甚大的詩人張默讚譽他是「早期新詩史料的撞鐘人」，瘂弦也稱美他為「新詩歷史館館長」了。

四

午夜燈下，回想與麥穗先生因為他收藏的《新詩》週刊而結緣的往事，驚覺這已是三十七年前舊事，他從中壯到耋耄，我則從青絲到白髮，飛逝的時光顯然並沒有沖散我們共同的對於詩的信念，和對於新詩史料的重視。在文藝資料中心周年慶的會場上聽到他將一生愛藏的史料三千多份捐出，聽他致詞時這樣說：「這樣的話，可以省得朋友們費盡工夫，只要到文訊來就可方便運用。」更感佩他將愛藏化為公共財的可貴。

我想起一九八四年他完成〈「新詩週刊」目錄初編〉之後，當年五月，《文訊》第十一期推出「現代文學史料整理之探討」專題，他發表了〈我對文學史料運用的芻見——從新詩週刊說起〉一文，談到他寄稿到《自立副刊》，與我結緣的經過，這種發現重要史料就想公開分享，讓有需要者也能方便使用的心情，我是可以了解的。但更重要的是，麥穗先生當年做出的建議：

文學史料的蒐集、收藏、編纂應該由有關主管文藝機構或文藝學術團體來總其責。成立文藝史料館，作家檔案，把散置在各個私人手上的史料集中收藏陳列，善為運用。每年編印年度文學概況，各種文學選集。以公正的立場為我們子孫留下一個完整的「文學史」。這是目前當務之急，實在不能再拖延了，越遲收集資料越困難。

當年他的這個心願，部分如今已達成，如「文藝史料館」已有臺灣文學館之設、「年度文學概況」也有每年《文學年鑑》之出，「文學選集」則有民間出版社各類文學年度選的問世，而「作家檔案」的構想就在甫成立一年的文藝資料中心「一作家，一文庫」的理念下進行中。作為臺灣新詩史料保存者的麥穗先生，在捐贈大量珍貴的文學史料予文藝資料中心的同時，也讓我看到了他當年畫出的不只是夢想，更有遠見。

——二〇一九年八月

〔手稿故事〕21

解構政治的小說家

——黃凡

一

暑夏燠熱，忽來一陣雷雨，瞬間讓氣溫下降許多；雨間歇停，暖暖書房前的遠山圍繞雨霧，甚是美麗。這樣的山居生活，讀書寫作也怡然自得。書房中翻閱舊時資料，在眾多信函、手稿中，看到一張攝於一九八八年五月的舊照，照片中，站在中間的是小說家黃凡，左邊是已逝的詩人、畫家楚戈。我們三人站在一起合影，是因為當時曾經到過愛荷華大學的臺灣作家合組「愛荷華大學國際寫作計畫臺灣分會」，在會場上相談，被媒體記者拍下。

這照片勾起了我對已然久未聯繫的黃凡的想念，目今也在中部鄉間過著山居生活的他一切都好嗎？是否還依然寫作不輟？我最後一次與黃凡見面，是在二〇〇三年八月聯合文學舉辦的全國巡迴文藝營，當時他剛出版停筆十年後復出的小說《躁鬱的國家》，來文藝營演講，我則擔任新聞組駐營導師，只要沒上課的時間，作家們都在休息室，黃凡總是找東年、吳鳴和我天

一九八八年五月，黃凡（圖中）與楚戈（左）、向陽合影於愛荷華大學國際寫作計畫臺灣分會成立會場。

南地北地聊。我們算是同一個時期出發的戰後代作家，擁有共同的時代背景和記憶，也都是在一九八〇年代初期參加文學獎浮出檯面，話題自然不少。

當時的黃凡，對於臺灣的政局發展似乎充滿憂心。閒聊中，我問他寫作《躁鬱的國家》的構想，他只淡淡地說：「你不覺得臺灣此刻的政局就是這樣嗎？患了躁鬱症一樣，大家都瘋狂了。」那時正是臺灣首次政黨輪替，民進黨取得政權，陳水扁擔任總統的階段，臺灣走過一黨獨大的民主蛻變，似乎沒有讓他感到安慰，而是更大的憂慮。

《躁鬱的國家》寫一個投身臺灣民主運動人士「黎耀南」的虛構故事，主角黎耀南在支持的政黨執政後進入體制，受總統任命籌建「國家發展模型」小組，卻因為先前離婚、罹患躁鬱症以及小組解散的打擊，最後辭職。黎耀南將這一連

二〇〇三年八月，黃凡（右）與聯合文學全國巡迴文藝營駐營導師合影，左起陳列、郝譽翔、吳鳴、向陽、聯合文學發行人張寶琴、東年、黎煥雄。

串的打擊歸因於黨內同志小高的算計，因此他以南下旅行，寫信給總統等政府高層的方式來發抒他的憂慮和建言。

這部小說的主旨用黃凡寫於〈前言〉的話來說，就是「這個國家得了躁鬱症，下一步便是瘋狂」。雖然這是黃凡的虛構，但相當程度顯映了他對臺灣民主政治的悲觀態度。作為一位小說家，黃凡對於政治的嘲諷，在當代小說家中算是鮮明的一位，他總是試圖解構政治，以政客的卑汙、權力的迷醉來凸顯政治的荒謬性。純就小說來說，他擅長以黑色幽默、諧擬諷喻的筆法，寫政治現象的深層，並寫出權力和利益的掛勾。從兩千年以降至今的臺灣政治現象，從躁鬱到瘋狂，似乎被當年的他寫中了。

二

我與黃凡認識，是在一九七九年，因緣則是中國時報舉辦的第二屆時報文學獎，他以短篇小說〈賴索〉勇奪小說甄選獎首獎，我以敘事詩〈霧社〉得到敘事詩甄選獎優等獎，在頒獎典禮會場中互相認識，從此成為朋友。

黃凡以〈賴索〉得獎，備受當年文壇矚目。得獎前他還是默默無名的寫作者，〈賴索〉以主人翁賴索參與政治的虛構故事為背景，透過意識流、蒙太奇技巧的使用，寫出一個熱中於政治的小人物的悲哀與失落。賴索出生於日治時期，曾經在一九四〇年代因參與政治運動下獄，出獄後成為社會邊緣人。五十多歲以後再度看到當年帶他加入共產黨、臺獨組織「臺灣民主進步同盟會」的領導人韓志遠，卻已物換星移。韓志遠受到國民黨政府策反回國，接受電視臺訪問；賴索則混進電視臺內，攔住談話節目結束後正要離開的韓志遠，卻只換來韓「我不認識你！」的回應，只留下賴索一個人，結結巴巴地說：「我是賴索，我是賴索。」「我只想說，說，好，好久不見了。」

這是一篇精采的小說，寫在鄉土文學論戰後兩年，顯現了黃凡想要突破政治禁忌，以政治題材入小說的雄心，也突破了當年禁忌，在眾所矚目的大獎中脫穎而出，受到當年評審之一的白先勇激賞，說這篇小說「觸及臺灣現實的核心，而小說表現的技巧，亦與眾不同，頗富獨創性」，此後並被視為臺灣政治小說的經典之作。

從此之後，黃凡屢獲大獎，一九八〇年他以〈歸鄉〉獲得第三屆時報文學獎小說佳作、以〈雨夜〉獲第五屆聯合報小說獎（不分名次）；一九八一年更以〈國際機場〉獲聯合報文學獎短篇小說推薦獎、以〈零〉獲聯合報文學獎中篇小說獎。一時之間，他成為我們同一時期青年寫作者最羨慕、也最欽佩的作家之一，朋友相聚，總是消遣他是「得獎專家」，每一出手，就有好作品。

當時年輕的黃凡，稍顯羞澀，內向而不多話，友朋笑談，他多半只是傾聽，微帶笑容，少見大聲談笑。這與他的小說中詼諧、幽默的筆法相差甚大。一九五〇年生的他，畢業於中原理工學院，後任職於貿易公司、食品工廠，直到得獎後才辭掉工作，專事寫作。這樣跨界成名的作家，與文學青年背景的作家多少有些隔閡在所難免。他在小說創作上的成就，和他對於社會，特別是都市生活、政治事務，持有相當敏銳的觀察力和想像力有關。他對小說作為一種志業，在言談中也經常很自然地流露出來，他是生來寫小說的作家，年輕時我就這麼認為。但真正與他無話不談，則是我進入《自立晚報》編副刊以後的事了。

三

一九八二年六月底，我離開《時報周刊》進入《自立晚報》編副刊，為了凸顯相異於當時兩大報的副刊風格，我將本土性、生活性和世代性設為基調，開始展開約稿。與我同一世代的年輕作家因此成為我較能著力、也較易溝通的寫作群。文學創作如此，副刊專欄也如此，剛從文壇如一顆新星崛起的黃凡，自然不可或缺，他的小說當時已是兩大報副刊必登，還是小報的《自立》，稿費又偏低，實在不好意思跟他約稿，我因此想了個變通的辦法，跟他約專欄的稿子。

「你怎麼知道我可以寫專欄？」黃凡問我，我告訴他：「看你的小說，對當前的臺灣，政治或社會，感覺你有很多話要說。寫不進小說中的，就寫成專欄吧。」就這樣，青年小說家黃凡的第一篇專欄文章〈長期看我們都死光了〉來到了編輯檯，在這篇雜文中，他批判中央銀行不顧景氣低迷、百業蕭條的國內經濟狀況，採行高利率政策的不當，使得「地下經濟」暴增，產業外移。他的文字犀利，說理清楚，果然是評論高手。我當即打電話告訴他，決定以「黃凡專欄」為名，在副刊推出，考量他寫小說是正業，約定以不定期方式刊登，「你有話就說，來稿必登。」就這樣，黃凡的第一個專欄「黃凡專欄」於這年七月二十二日見了報，這是小說家寫社會時事評論的開始。

因為專欄的推出，黃凡有空時也會帶稿子來報社找我，他關注讀者有無反應，也想問我對他文章的看法；在我剛接編的這個時期，我另外也約了阿盛寫「金角銀邊」、蕭蕭寫「蓬萊速記」、王定國寫「零時筆記」等新專欄，都是當時的新銳作家，他有時也會關心這些專欄的內容，要我說說這些作家和他的專欄的殊異。可以想見他是認真的，他對社會有話說，這大概也

黃凡的第一篇專欄文章〈長期看我們都死光了〉，首刊於一九八二年七月二十七日自立副刊。

黃凡專欄
長期看我們都死光了
那個叫托西的傢伙
自立副刊

是為什麼他的小說總是扣緊了當時社會普遍關切的政治、經濟、社會和都市發展的原因吧。

也在這一年，《自立晚報》舉辦的「百萬元長篇小說徵文」到八月三十一日截止收件，稿件徵文和評審業務都由副刊承辦，身為主編，我有義務鼓勵副刊的作家投件，截止收件後，先由副刊聘請心岱、高天生、黃武忠、杜文靖和我進行初審，經過三輪討論，票選出《傷心城》、《海煙》和《森林》三部作品進入決審；九月二十八日舉行決審會議，五位決審委員何欣、李喬、陳映真、葉石濤、尉天驄在長達四個多小時的討論後，做出了「得主從缺，次年繼續舉辦」的決定。

這是臺灣報界第一次以百萬元徵求長篇小說（簡稱為「百萬小說獎」），決審委員皆為重要評論家或小說家，他們看的稿子全數打字，無作者名，經過四小時討論，還是決定從缺，我身為承辦者，不無遺憾之感，但也必須接受他們的決議，繼續籌備第二年的徵選。

這三部作品的作者分別是黃凡（《傷心城》）、呂則之（《海煙》）和王世勛（《森林》），知道這消息，或許會失望吧。這年十月十一日到十三日，《自立副刊》以〈期待一個小說大家的出現〉為題刊出了長達三萬字的評審過程紀錄，將各決審委員對三部作品的品評發言鉅細靡遺地登出，不只是為了昭公信，同時也是提供參選作家了解評審的意見，作為持續創作的參考。我特別約請葉石濤另撰一篇〈談「百萬元長篇小說徵文」三部佳構——森林・傷心城・海煙〉於十四日登出，葉老在文末特別強調：

以臺灣文學現時的水準來看這三部小說，它們都是扎根於本土的現實主義小說，充分承繼了臺灣文學抗議和批判的傳統精神。我有幸看到這三部小說，這加深了我對臺灣文學未來燦爛發展的信心。我向這三位作家脫帽致敬，不管您們是否得獎，您已證明了您是經得起考驗的勇者。

紀錄刊登之後，黃凡來報社看我，難掩失望之情。他寫《傷心城》花了相當多的心血，對於得獎似乎也頗有信心。我只能安慰他，也許獎額太大，門檻相對提高了，請他看看葉老對他作品的高度評價，這真是憾事啊。

這年十一月二十九日，《傷心城》開始在副刊連載登出，搭配副刊編輯以「葉樺」筆名寫的訪問稿〈黃凡眼中的世界〉，在這篇訪問的最後，編輯問他「未來有何打算」，黃凡強調「我的目標很明確，就是繼續寫，寫出更好的作品」；請他對《傷心城》的讀者說幾句話，他回答：「希望你們不要被嚇壞了。」這就是黃凡。才氣洋溢，對於寫作具有強烈抱負，不與人同的青年小說家黃凡。

次年四月，黃凡的《傷心城》、呂則之的《海煙》和王世勛的《森林》由自立晚報出版部推出，總算稍稍降低了我內心對這三位小說家懷抱的愧疚。

四

「得主從缺」的遺憾，在第二次「百萬元長篇小說徵文」決審時又一次發生了。這次的徵文從一九八二年十一月開始徵件，至次年十二月底截止，總共收件廿三部，同樣經由初選，最後選出《嘴臉》、《荒地》、《失蹤的太平洋三號》、《反對者》、《兩鎮演談》與《大火》等六部進入決選，決審委員為姚一葦、白先勇、馬森、司馬中原、鍾肇政。決審會議於三月十七日召開，經過五個多小時討論，決定以決審委員「過半數通過」的方式產生得主，並以具名投票方式決議，結果《反對者》二票、《失蹤的太平洋三號》一票、《大火》一票、《荒地》一票，都未能過半；五位委員繼續討論仍僵持不下，終至無法產生得主。

這次黃凡也投稿了，他的長篇是《反對者》，得到白先勇、姚一葦兩位委員的肯定，只要多一位委員投票給他，就能得獎。可惜的是，其他委員各有屬意之作，他也只能又一次接受這樣殘酷的結果了。面對這樣的遺憾，我也無法跟他多說些甚麼。評審紀錄於三月二十六日至

一九八四年四月十八日黃凡寫給向陽的信。

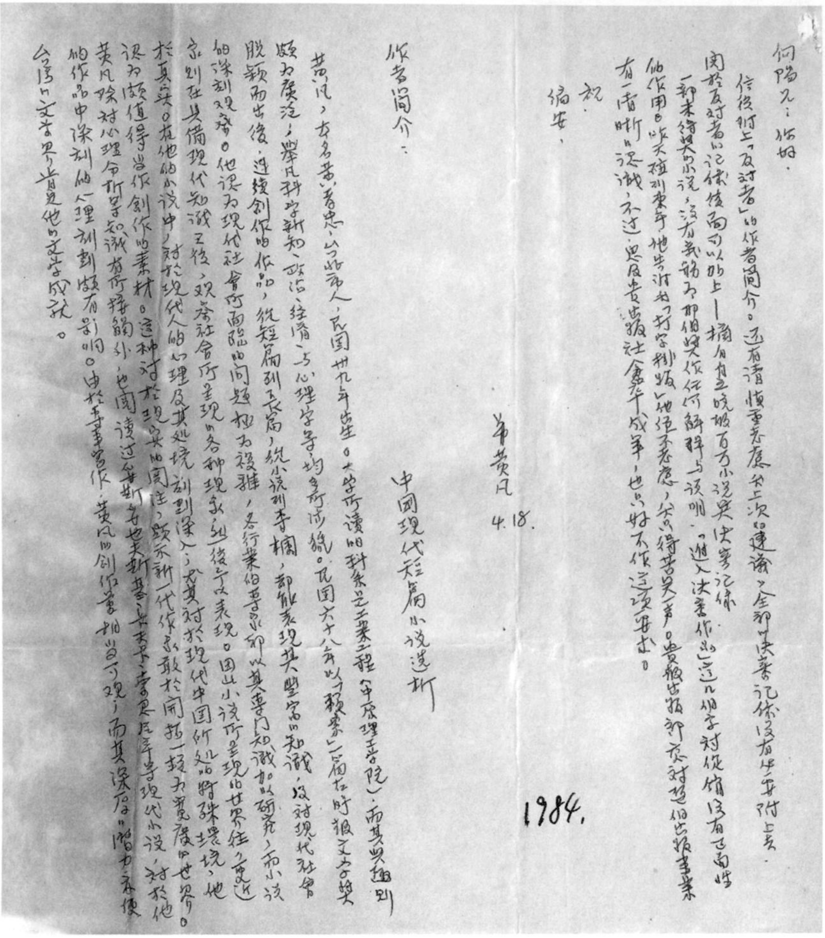

向阳兄：你好。

信後附上「反对者」的作者简介。还有请慎重考虑我上次的建议，全部决赛记你没有出，要附上去。

关於反对者的记录後面可以加上一摘自自立晚报百万小说奖决赛记录，一部未得奖的小说，没有义务为那个奖作任何解释与说明，「进入决赛作品」这几个字对促销没有什么作用。昨天接到来信，他告诉我「打字排版」他很不考虑，我只得苦笑一声。贵报出版部应对这个出版事业有一清晰的认识，不过，思及贵出版社仓卒成军，也只好不作这项要求。

祝

编安，

弟黄凡

4.18.

1984.

中国现代短篇小说选析

作者简介：

黄凡，本名黄孝忠，台北市人，民国卅九年出生。大学所读的科系是工业工程（中原理工学院），而其兴趣则颇为广泛，举凡科学新知、政治、经济、与心理学等，均多所涉猎。民国六十八年以「赖索」一篇在时报文学奖脱颖而出後，连续创作的作品，从短篇到长篇，从小说到专栏，都能表现其丰富的知识，及对现代社会的深刻观察。他认为现代社会所面临的问题极为复杂，各行业的专家都以其专门知识加以研究，而小说家则在具备现代知识之後，观察社会所呈现的各种现象，然後予以表现。因此小说所呈现的世界往往更近於真实。在他的小说中，对於现代人的心理及其处境刻划深入，尤其对於现代中国所处的特殊环境，他认为颇值得当作创作的素材。这种对於现实的关注，显示新一代作家敢於开拓一较为宽广的世界。黄凡除对心理分析学知识有所撷取外，也阅读过杜斯妥也夫斯基、卡夫卡、索忍尼辛等现代小说，对於他的作品中深刻的心理刻划颇有影响。由於专事写作，黄凡的创作量相当可观，而其深厚的潜力，亦使台湾的文学界肯定他的文学成就。

一九八四年四月十八日黃凡寫給向陽的信（附件）。

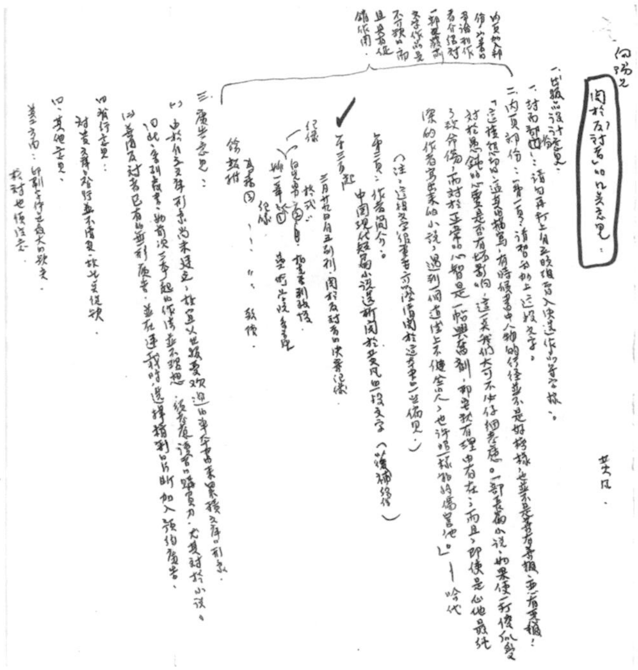

向陽兄

關於「反對者」的出版意見：

一、出版設計意見：

一、封面部份：請勿再打上自立晚報百萬小說決選作品等字樣。

二、內頁部份：第一頁：請替我加上這段文字。

「這種想像、這類的描寫，有時候書中人物的行徑並不是好榜樣，也並不是著者本人的意見，而有害處！對於愚鈍的心靈是否有壞影響，這一點我們大可不必仔細考慮。一部長篇小說，如果使一行傻瓜受了致命傷，而對於正常的心智是一帖興奮劑，那它就有理由存在；而且，即使是他最純潔的作者寫出來的小說，遇到個道德上不健全的人，也許照樣的為害他」。——哈代

（注：這段文字須重新排在關於這本書的一些偏見。）

第二頁：作者簡介。

中國現代短篇小說選所附於黃凡的段文字（請補錄修訂）

第三頁起

三月廿九日自立副刊：關於反對者的決審紀錄。

紀錄格式：

（一）白先勇②：對黃凡的批評。

姚一葦①：紀錄：黃凡的小說……

葉石濤③：〃〃 紀錄。

（內頁加入部份之意見：評論和作者介紹對一部嚴肅的文學作品是不可缺的部份，且具有促銷作用。）

三、廣告意見：

（一）由於自立文庫形象尚未建立，故宜以出版受歡迎的單本書來累積文庫的形象。因此，系列叢書、如前次一手包辦的作法並不理想。須考慮讀者的購買力，尤其對於小說。

（二）善用反對者已有的無形廣告，並在連載時選擇精彩片斷加入預約廣告。

四、發行意見：

對貴文庫的發行並不清楚，故此不提供。

四、其他意見：

美工方面：印刷工作也是很大的缺失。校對也須注意。

向陽兄：

以上是小弟的淺見，是以一種雙贏互利為出發點，如貴報希望暢銷，對貴文庫的形象和財務狀況皆有大益。

黃凡

三十日連載完後，他來報社看我，兩人相見，也只能苦笑以對。

黃凡當年叱吒文壇，《反對者》雖未能得獎，各大出版社必會極力爭取，不想可知，我受報社之責，須遊說他將這部小說交給自立出版。當時的出版部附屬於報社之下，規模不大，何況黃凡已經二度鎩羽，這任務真是艱難哪。四月中我請他來報社旁的小咖啡館聊天，告知他副刊將會連載《反對者》的決定，以及報社想要出版《反對者》的誠意，此外則提出我的建議供他參考：《傷心城》出版後讀者反應甚佳，《反對者》如繼續由自立

出版，應可相互產生拉抬，對兩書可能產生連鎖的互動；雖然遺憾未能獲獎，但畢竟兩書加起來已有前後十位文壇大家對你寫作實力的肯定，續由自立出版，也具有意義。黃凡沉默了一下子，最後同意了我的請託。

幾天後，我收到了他寄來的信，共兩頁，前頁回覆我關於出書所需作者簡介的資料以及他的想法：

信後附上「反對者」的作者簡介。還有請慎重考慮我上次的建議，全部的決審記錄沒有必要附上去。關於反對者的記錄後面可以加上——摘自自立晚報百萬小說獎決審記錄。一部未得獎的小說，沒有義務為那個獎作任何解釋與說明。「進入決審作品」這幾個字對促銷沒有正面性的作用。昨天碰到東年，他告訴我「打字排版」他絕不考慮，我只得苦笑一聲。貴報出版部應對整個出版事業有一清晰的認識，不過，思及貴出版社倉卒成軍，也只好不作這項要求。

這信寫得直率，可想見黃凡對於前一本《傷心城》的出版品質並不滿意，特別是自立早期出版係以「打字排版」的平版印刷方式出書，有品質上的擔憂。好友之間，直率說話，我完全可以接受；不滿意而又思及當時自立出版社的條件不佳，「只好不作這項要求」，實際上當然是以婉言希望我向報社建議改善。

第二頁用的是銅版紙，其上以紅簽字筆勾註「關於《反對者》的幾點意見」，顯然是他與我見面後的出書想法。他共寫了五點意見。第一點是「出版品設計意見」，提到封面，「請勿再打上自立晚報進入決選作品等字樣」；內頁部分則規劃了第一到第三頁想要處理的細節。他寫得相當仔細，足見他對出版《反對者》這本書抱有甚高的期待和要求；接著是「廣告意見」、「發行意見」和「其他意見」。這一頁密密麻麻的字，顯現了黃凡除了是一位優秀的小說家，同時也是一位對於出版、行銷和企劃具有卓絕能力的經理人。

收到這封信，我隨即將黃凡的建議轉達給報社主管，大家討論後，出版部決定進行改革，黃凡在意的版本問題、「打字排版」問題、美工編輯和校對問題，就從出版《反對者》開始，改採鉛字排版（凸板）印刷，封面延聘美術編輯設計，版型則由過去的三十二開本改為新二十五開本。一九八四年九月，黃凡的《反對者》和呂則之的《荒地》由自立晚報出版，同時也開啟了自立出版的新的風貌。

果然，黃凡的《反對者》出版後，一方面是因為他的作品具有藝術性和議題性，一方面也因為新版本的品質，在書市中暢銷，不斷再版。

五

從以〈賴索〉崛起文壇，到《傷心城》、《反對者》的先後出版，前後不過五年，黃凡在

黃凡長篇小說《傷心城》於一九八二年十一月二十九日開始在《自立副刊》連載。

傷心城

黃凡的眼中世界

小市民的權益

黃凡長篇小說《反對者》於一九八四年五月二十八日開始在自立副刊連載。

處理人物的能力很高

反對者

臺灣自治史上的一尊大砲

台灣民族運動史

一九八〇年代颳起的旋風一逕強悍而獨樹一幟。

在小說創作上，他量多而質精，尤其長於處理政治題材和都市文學。他以政治小說步入文壇，受到矚目，帶領了一九八〇年代臺灣政治小說的書寫風潮，儘管政治小說在當時具有高度的禁忌性，也被視為寫實主義的標竿，但是黃凡筆下的政治小說則以後設手法為之，帶有虛無的、嘲諷的後現代解構意圖，他的政治小說不循傳統的批判路徑，而以諧謔、揶揄的角度切入，顛覆了傳統政治小說的理路，說他是政治小說的解構者，或者稱他為解構政治的小說家，都說得通。這個特質一直到二十一世紀復出後寫的《躁鬱的國家》依然留存。

這使我想到一九八二年十一月二十九日，《傷心城》開始在《自立副刊》連載當天，他接受副刊編輯訪問時回答的一段話：

文學的理想絕對不能以它是否能改造社會來論斷其價值。文學一如藝術本身即能自我滿足，無需他求。……這是個不確實的時代，一切都不確定。生活在這個時代的現代人，被各式各樣的困擾所包圍，焦慮、不安、挫折、無力感擊潰了個人的「內在秩序」，我希望藉著我的作品能幫助或重整這些人的「內在秩序」。

正是這樣的創作理念，以及由此表現出來的傷感式的荒謬，才讓黃凡的政治小說別有看頭，置諸於當前臺灣的政治情境，仍有諷喻入裡的深沉之痛！

——二〇一九年九月

〔手稿故事〕22

浪漫的寫實散文家

——林文義

一

八月三十日早晨醒來，看到詩人鄭烱明兄臉書，發布了老友、詩人羊子喬已於凌晨病逝臺大醫院的訊息，驚聞噩耗，備覺哀傷。曾是年輕時代就認識的文壇好友，又是曾在戒嚴年代的異議報館《自立晚報》一起工作的同事，遽然離開他所鍾愛的這塊土地，回想起當年在報館、在街頭、在鹽分地帶文藝營的往事，既傷老友的離開，也不免懷念年輕時以文學、理念、工作相互鼓勵、打氣的情誼。

九月十日公祭那天，第二殯儀館來了很多《自立晚報》的老同事，由我代表已然消失的報社率領同仁致悼，凝視子喬兄的遺照，不禁哽咽。公祭後，我與同來的林文義兄一起進入靈堂後的房間瞻仰子喬兄遺容，送他最後一程，祝禱他離病去疾，脫苦安息，這是身為老友最後能做的事了。

這一天，文義兄和我哀戚相對而無言，他與子喬兄都是崛起於一九七〇年代中期的文壇新銳。子喬兄寫詩寫散文，一九七四年由水芙蓉出版社出版散文集《太陽手記》，同年林文義也由光啟出版社推出散文集《歌是仲夏的翅膀》，兩人的散文出手不凡，都受到文壇和同齡文青的注目。只是後來羊子喬以詩人著稱，卻因生活壓力過大，詩和散文寫寫停停，最後抑鬱以終；林文義則專注於散文研磨，創作不歇，而於二〇一四年以散文成就榮獲吳三連獎、二〇一八年又獲《鹽分地帶文學》舉辦的「當代臺灣十大散文家」榮銜，在文學這條路上走出一片天。來送老友，想必他也與我一樣不捨。

送老友遠行後，我從辛亥路步行回位在和平東路的學校，雖然已入初秋，但仍然燠熱異常，陽光打過路樹葉隙，在人行道上織出了光影，聚散離合也許是人生常態，行者去矣，生者尚有一段路得走，我心中忽然閃現林文義在他的散文集《遺事八帖》中略似的感慨：

> 硫火的灼熱、冰雪的寒冷，似乎已是尋常世故的逐漸不以為意了；半百過後的人生漫行，天堂和地獄猶若伊甸園和修羅場，悲歡離合之切身印證著月圓月缺的瞭然於心。
>
> ——〈硫火之雪〉

二

時間回到一九八〇年代末期，在以政治新聞敢於突破執政者禁忌，副刊則強調本土、批判特色的自立晚報社。一九八八年報禁解除，二月，自立晚報社新創《自立早報》出刊，我由副刊主編被調任為晚報總編輯，早報總編輯則由陳國祥首任。此時的早、晚報朝氣蓬勃，來自各方的年輕記者、編輯群聚，甚是熱鬧，林文義就在早報創刊後的次月，進入報社政治經濟研究室擔任研究員。

二〇一八年林文義獲《鹽分地帶文學》舉辦的「當代臺灣十大散文家」榮銜。

彼時詩人杜文靖擔任晚報社會新聞組主任、羊子喬在出版部擔任企劃；此外，詩人劉克襄也由《中國時報》人間副刊進入報社，擔任早報副刊主編、詩人沈花末則接任晚報副刊主編。我們六人年齡相近，都是文學創作者，也都是舊識，在報館內相濡以沫，相知相惜。晚報最忙的時段在上午，中午出報後，往往相約聚餐，要不就是下午有空時到附近的咖啡廳聊天。那段時光，如今想來，青翠且綠意盎然。

林文義之所以進入報社，並非以散文而是以漫畫專長受聘，在進入政治經濟研究室前，一九八八年一月，林文義甫由駿馬出版社推出他的漫畫書《唐山渡海》，這是最早以漫畫介紹臺灣史的書。當時他寫了一封信給我，希望我出席這本書的新書發表會，信上說「這段日子我的散文幾乎全然擱置，都是漫畫，現實的為了謀生計。」身為好友，我當然義不容辭，前往金石堂站前店為他的漫畫敲邊鼓。林文義不知道，就因為這本漫畫他獲得了報社的延聘。

林文義進入報社時，與政治漫畫家漁夫、L.C.C.（羅慶忠）同室，工作就是供稿給早晚兩報使用，他們的政治漫畫備受讀者和政壇人物激賞，也為早晚兩報增加不少報份。越兩年後（一九九〇年）十月，因為沈花末離職，他終於以文學家的身分出任晚報副刊主編，圓了他編副刊的夢，也為進入九〇年代的臺灣本土文學傳播盡心付出不少。

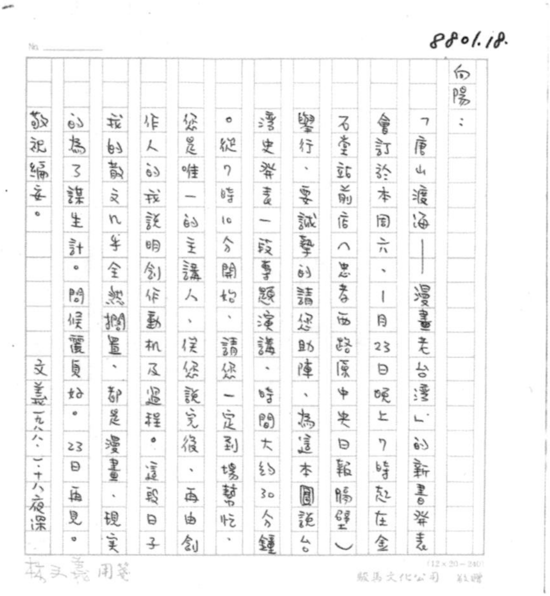
8801.18.

向陽：

「唐山渡海——漫畫老台灣」的新書發表會訂於本周六、1月23日晚上7時起在金石堂站前店（忠孝西路原中央日報騎樓）舉行、要誠摯的請您助陣、為這本圖說台灣史發表一段專題演講、時間大約30分鐘。從7時10分開始、請您一定到場幫忙、您是唯一的主講人、候您說完後、再由創作人的我說明創作動机及過程。這段日子我的散文几乎全然擱置、都是漫畫、現实的為了謀生計。問候霞貞好。23日再見。

敬祝編安。

文義 一九八八、一、十八夜深

林文義用箋　(12×20−240)　駿馬文化公司 敬贈

一九八八年一月林文義給向陽的信。

林文義接編副刊，除了作家身分，事實上也緣於他早在一九八五年主編過《文學家》月刊，雖然這份刊物壽命不長（一九八五年十月創刊，次年五月停刊），他卻卯盡全力，用心編輯，開創了以文學家為主題的的雜誌新風。創刊號出版時，我在美國愛荷華，他特別寄來給我。出國前我就已知道他將負責編務，特別為他高興，十月中我接到他寄來的航空郵簡，告知我雜誌創刊號出版了，會寄給我，我收到時已是月底，在異國看到他編的《文學家》果然出手不凡，餵飽我的鄉思。十一月底離開愛荷華前夕，收到他第二封信：

> 「文學家」第二期出版了，專卷人物是蘇偉貞（市場取向），「文學的家園」是吳晟（我們的理想）……第三期專卷人物是克襄，「文學的家園」是吳念真，總算逐漸符合我們的文學理想。當時，你赴美之前，極力鼓勵我一定要接編「文學家」，你的鼓勵也給了我許多的信念與啟示，想到你在「自立副刊」所展現的精神，那種屬於我們臺灣這塊土地的，你都做到了。

多年後的今天，重看當年林文義寫給我的這封信，看到他兩次寫道「我們的理想」，不禁莞爾。他接編《自立晚報》副刊，大概也是因為抱有這股「屬於我們臺灣這塊土地」的「我們的理想」吧。

當年在自立，在我之前負責副刊編務的杜文靖，慢我進入報社服務於出版部的羊子喬，以及先後主編早晚報副刊的劉克襄、沈花末……，不也都是為了這樣的「我們的理想」的嗎？

三

但漫畫創作和編輯工作畢竟不是林文義的最愛，散文才是他唯一的忠誠。

自立報系每年八月協助鹽分地帶文友舉辦鹽分地帶文藝營，杜文靖和羊子喬每年參與，副刊主編也要協力宣傳、報名、課務工作，以南鯤鯓廟為核心的鹽分地帶文藝營就成了我們這群報社作家共同的回憶。一九九四年九月，自立報系易手經營後，我們也各自分飛，羊子喬進入立委彭百顯辦公室擔任主任，次年林文義也進入施明德辦公室擔任主任，四年之後才辭去工作，專事寫作。

林文義的散文生命如細水，卻長流。在《遺事八帖》中他有諸多片段敘說了他寫作以來的各階段心境。其中有無業或失業的傷痛，也有因為自立關門後轉入政界、參加電視臺叩應節目的憤怒與無奈——千折萬轉，最後還是回到他最專注的文學志業。自立那幾年中大概是他最快樂也最安定的日子，而專事寫作後近二十年則是他的散文進入巔峰的時期。

以《歌是仲夏的翅膀》崛起的青年林文義，一如他自己所說，第一階段的散文「大多是吟風弄月而少社會關懷」；一九八〇年他以〈千手觀音〉獲得第二屆時報文學獎散文優等獎，漸趨成熟，通過旅行和參與民主運動，觸探臺灣社會與土地，散文集如《千手觀音》、《寂靜的航道》、《撫琴人》、《島嶼之夢》、《銀色鐵蒺藜》等，都深受讀者喜愛，「生命既是華

一九八五年十一月林文義給向陽的航空郵簡。

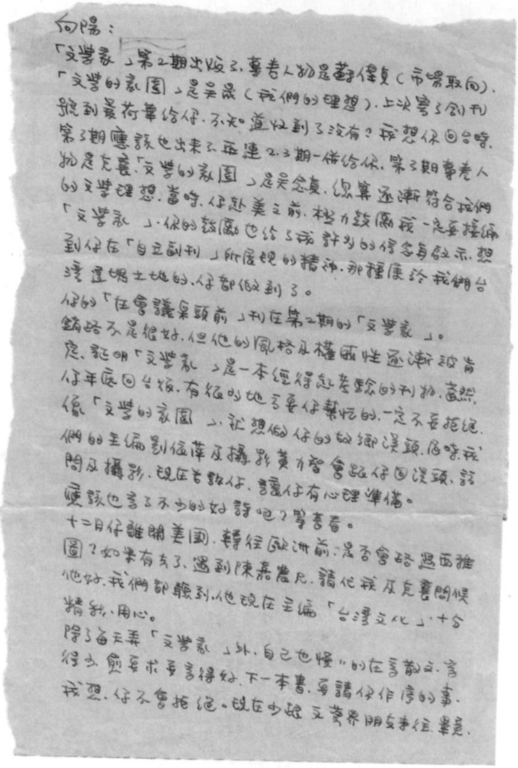
向陽：
「文學家」第2期出版了，專卷人物是蘇偉貞（市場取向），
「文學的家園」是吳晟（我們的理想），上次寄了創刊
號到愛荷華給你，不知道收到了沒有？我想你回台時，
第3期應該也出來了，再連2、3期一併給你，第3期專卷人
物是見寰，「文學的家園」是吳念真，總算逐漸符合我們
的文學理想。當時，你赴美之前，極力鼓勵我一定要接編
「文學家」，你的鼓勵也給了我許多的信念與啟示，想
到你在「自立副刊」所展現的精神，那種屬於我們台
灣這塊土地的，你都做到了。
你的「在會議桌頭前」刊在第2期的「文學家」。
銷路不是很好，但他的風格及權威性逐漸被肯
定，証明「文學家」是一本經得起考驗的刊物，當然，
你年底回台後，有很多地方要你幫忙的，一定不要拒絕。
像「文學的家園」，就想做你的故鄉溪頭，屆時我
們的主編劉佐萍及攝影黃力智會跟你回溪頭，訪
問及攝影，現在先告訴你，讓你有心理準備。
應該也寫了不少的好詩吧？寄來看看。
十二月你離開美國，轉往歐洲前，是否會路過西雅
圖？如果有去了，遇到陳嘉農兄，請代我及見寰問候
他好，我們都聽到，他現在主編「台灣文化」，十分
精彩，用心。
除了每天弄「文學家」外，自己也慢慢的在寫散文，寫
得少，愈要求要寫得好，下一本書，要請你作序的事，
我想，你不會拒絕。現在少跟文藝界朋友來往，畢竟，

麗，也是蕭索」，「人民、土地遂成為此後的散文主題」；到了進入自立晚報的階段，則是「最適意、抒放的歲月」，「逐漸回到內心的深邃挖掘」，儘管如此，他還是寫了《家園・福爾摩沙》、《關於一座島嶼》、《母親的河——淡水河記事》等與土地相關的作品。

我讀他的散文，從年輕到年老，發現浪漫、傷感、憐艾，一直貫串於他的不同時期作品中，儼然主調，在他獲得高度評價的《遺事八帖》之中，這個特質依然頑強地抓攫著字裡行間的骨架，一如日常中我所熟悉的老友本人，他真是個徹徹底底的浪漫主義者。

但是，由於鄉土文學論戰、美麗島事件以及其後黨外運動的洶湧，促發了他對生身的土地的省視、對社會與底層的關注，以及對臺灣歷史的爬梳，讓他成為本土文化的實踐者和書寫

二〇〇二年自立副刊前後四任主編合影於玉山頂峰。（右起林文義、向陽、劉克襄、沈花末）

一九九一年五月二十日向陽與林文義參加「五二〇反政治迫害大遊行」。

者。從一九八〇年代之後，他的散文就開始填注有血有肉的內涵，浪漫的、某種程度節制的哀愁，讓這類堅實的寫實作品爆發新生命，並形成獨特的、迷人的語風，在他的散文中發亮發光，而這正是出版於二〇一一年的《遺事八帖》最最動人之處。用白話來說，他是一個浪漫的寫實散文家。

四

我與林文義相識甚早，我們同一年獲得時報文學獎，當時邀他加入《陽光小集》，請他繪製詼諧幽默的詩壇評論漫畫，作為詩刊的重要賣點之一，他擅長以簡易之筆勾描詩壇怪現象，每能讓讀者噴飯。當時的他，是詩社不寫詩的同仁，想不到中年後他也開始提筆寫詩，還出版了《玫瑰十四行》、《旅人與戀人》這些充滿浪漫氛圍的詩集。

進入自立晚報之前，他以漫畫繪臺灣史，之後則用以評論政治，諷刺政客，也深獲歡迎；一九九〇年他跨足小說創作，由自立晚報出版他的第一本短篇小說集《鮭魚的故鄉》，一九九九年後也寫了多部長篇小說，先在副刊連載，後再出版，如《北風之南》、《藍眼睛》、《流旅》等——但比較起來，他的散文更具特色，也更為深沉。一如吳三連獎頒給他的得獎評定書所述：

林文義的散文語言獨樹一格。文字的華麗與蕭索、纖柔與剛毅，筆觸的輕盈爽朗與沉鬱蒼茫，語氣的濃稠纏綿與平淡指點，心情的熱切與憂傷，訴求的公共議題與私己情事，諸如此類相異的特色或氣質，在林文義的散文作品裡，經常交相映陳，而貫穿其中的則是林文義自稱的「真情實意」與「浪漫抒情」，並且因而流露出令眾多讀者深為著迷的文體風格。近作《遺事八帖》的備受文壇矚目，即是這些特質的精進展現。

當年在自立晚報一起奮鬥的文友，詩人杜文靖早於二〇一〇年三月九日辭世，如今羊子喬也走了。那段為了「我們的理想」昂揚奮起的年代已逐漸遠離我們。子夜燈下，找出林文義當年寫給我的批信，追憶相知相惜的時光，也向我與文義兄共同的故友敬表追思。

——二〇一九年十月

〔手稿故事〕23

新詩美學建構者——蕭蕭

一

秋光明媚之日，收到詩人蕭蕭兄寄來他剛出版的詩集《撫觸靈魂　風的風衣》（臺北：新世紀美學），以六十六首短詩連作，寫人情、親情、愛情與詩情，也談佛、談茶、談禪、談心靈，搭配畫家北七強的畫作，以唯美的繪本形式，展現了他年逾七十之後「從心所欲不逾矩」的浪漫情懷。保守估計，這應該是他寫作至今出版的第一百三十餘本書了。

從一九七六年出版第一本散文集《流水印象》（彰化：大昇），迄今四十三年，平均算來，他幾乎以一年至少三本著作的速度在寫作之海中泅泳，而且彌廣彌堅，從詩、散文、評論、賞析、導讀到學術論述，無一不與；外加編輯各種選集、詩人作品學術評論集等，更是難計其數，已成為著與

蕭蕭最新詩集《撫觸靈魂　風的風衣》。

述、寫與論、選與編都等身的大家。出身彰化朝興村農村家庭的他，簡直是以農夫的精神全力筆耕文學的田畝，從春華到秋實，未嘗一日懈怠，方才有這樣驚人的著述成果。

寄來新著的同時，蕭蕭兄還附了一張A４的手稿送我。他將我寫於一九七八年的十行詩〈心事〉截為三句，題曰〈心事隨風〉：

所謂心事是楊柳繞著小湖徘徊
小湖又把圈圈圈不住的皺紋
隨風交給游魚去處理了

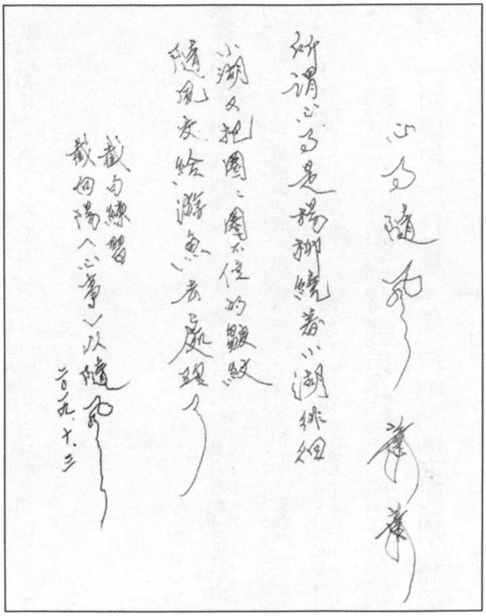

蕭蕭以向陽詩作〈心事〉截句而成的〈心事隨風〉手稿。

詩後註記「截句練習／截向陽〈心事〉以隨風」。我在秋光瀲灩的窗下展讀他的手稿，感覺紙上的字也隨著進入窗內的日照，游魚一般在紙上潛行。我與蕭蕭兄初識，大約在寫作〈心事〉的前後，掐指算來已超過四十年，這四十年來，他以兄長之情待我，特別是在我還是詩壇新人的階段，沿路提攜，從來不吝給我鼓勵和美言。這樣的情誼，經年未褪，猶在這張他以我的〈心事〉截句而成的手稿上泛著波光。

二

蕭蕭早從十六歲（一九六三年）就開始現代詩的創作與發表，當時他還就讀高二，可說是早熟的詩人，他對文學的熱愛，也在高中階段就已形成，根據他自編的〈蕭蕭寫作年表〉，高三時他和同學黃榮村（後曾任教育部長）就加入《新象》詩刊，也參與編輯；進入輔大中文系後，開始瘋狂閱讀並背誦現代詩，擔任過輔大「文哲學會」會長、《輔大新聞》社長、輔大校刊《新境界》社長，參與兩刊物編務，並協助當時也在輔大就讀的陳芳明創辦「水晶詩社」；其後他又與辛牧、林佛兒、陳芳明、林煥彰、蘇紹連等合創《龍族》詩社，出版詩刊（一九七一年）；與蘇紹連共組《後浪》詩社，出版詩刊（一九七二年）；到了一九七六年，已經從師大國文研究所取得碩士學位返鄉任教的他還組了大昇出版社，並出版第一本散文集《流水印象》——是這樣的「瘋狂」築夢，奠定了他日後躍身文壇的厚實基礎。

但他真正受到文壇矚目，並不是詩，也非散文，而是詩論。早在一九七〇年，服役於軍中的他就撰寫長達三萬字的論文，評析洛夫名詩〈無岸之河〉，顯現了他評析詩作、論述詩學的精悍實力；一九七四年，他與張漢良同獲《創世紀》詩社創立二十週年詩評論獎，並因此獲得瘂弦推介，於一九七七年四月由幼獅文化出版他的第一本現代詩評論集《鏡中鏡》，成為眾所矚目的青年詩評家。同一時間，讀大四的我也自費出版了第一本詩集《銀杏的仰望》，卻深覺詩藝不精，《鏡中鏡》於是成為我努力「啃讀」，學習如何提升詩藝的寶典。他的第一本詩集《舉目》則在一九七八年由詩人季刊社出版。

我認識蕭蕭，是從「詩評家蕭蕭」開始的。《銀杏的仰望》出版後，我寄詩集請他指正，雖說「指正」，卻不敢妄想他對這本詩集會有好評，沒想到一年後他居然以〈悲喜交集的新律詩——論向陽〉為題，寫了一萬四千字的評論，以「樹的向陽」一節論詩集中臺語詩的泥土性、以「木的向陽」一節論我詩作中（包括十行詩在內）的形式的堅持。當時我的臺語詩只寫了七首、十行詩也不過二十首，都在試驗階段，他卻能從蕪雜的詩集中用慧眼看出我未來發展的詩風與路向（而那是當時我也未必敢確定的），他以X軸（新律詩的嘗試與完成）和Y軸（踏進民俗的臺灣、歷史的臺灣，去挖掘真正的臺灣）「指陳向陽未來的座標」，相當大膽，卻又準確，因為後來證明，這兩軸的確都在我其後的詩集中應驗了。那是蕭蕭一九七八年的預測，而這預測也隱然成為我其後暗夜行路的明燈。

一九七九年八月，我從軍中退伍，北上臺北，任職於海山卡片公司，與臺北文友之間往來漸多，也與當時幾家新興的出版社（如許長仁主持的故鄉出版社、黃進蓮創辦的大漢出版社、陳寧貴擔任總編輯的德華出版社、林文欽擔任總編輯的三民書局、陳信元主持的蓬萊出版社等）常有接觸。就在這一年十一月，故鄉出版社一口氣出版了蕭蕭和張漢良共同編著的五大冊《現代詩導讀》，分為作品導讀三冊、理論一冊、批評一冊，既深入評析詩人代表作，也精挑

二〇一九年十月十四日，蕭蕭與向陽合影於新北市政府。

細選了重要的詩論、詩壇文獻以及詩人評論，勾勒出戰後臺灣現代詩的整體面貌和創作理路。這套書頗有總結戰後截至一九七〇年代現代詩經典的用心，出版後，立刻成為青年詩人必讀的入門之書。

故鄉出版社在一九七九年為我再版《銀杏的仰望》，我因此獲贈了一套《現代詩導讀》，這套書的第三冊收入了我的十行詩〈未歸十行〉（張漢良導讀）和臺語詩〈村長伯仔欲造橋〉（蕭蕭導讀），對當時的我鼓勵莫大，讓我更具信心，朝向十行詩和臺語詩的雙軌前進，從而建立了屬於我自己的風格。從〈論向陽〉到導讀我的詩，即使到今天，我都仍感念蕭蕭兄宛如師長一般對我的指引和提攜。

《現代詩導讀》是當年的暢銷書，這顯然也對蕭蕭鼓舞甚大。一九八〇年，他與詩人楊子澗共同編著《中學白話詩選》，同樣由故鄉出版；第二本現代詩評論集《燈下燈》同時由東大圖書出版。接著，一九八一年，他和詩人陳寧貴加上我共同編選《中國現代新詩大展》，我們開始了合作編輯的關係；一九八二年，他撰述的《現代詩入門》再由故鄉出版……。這都使他從詩評家化身為備受出版社器重的詩選編輯人、詩學教育者的身分。一九九五年，他和詩人張默合編《新詩三百首》（臺北：九歌）一再重刷，成為最受初學者愛讀的暢銷書，到二〇一七年更增補為《新詩三百首・百年新編》，分「五四時期」、「臺灣篇」、「域外篇」等三卷，擴增為全球華文新詩選，就可看出他和詩壇名編張默兩人長久浸淫現代詩、編選現代詩的不凡功力。

一九八二年十月，爾雅出版社隱地先生委請張默組編委會，準備出版《年度詩選》，蕭蕭與我受邀加入（其他編委還有向明、李瑞騰、張漢良），這是我們第一度共同編詩選，直到一九九三年解散，前後十年；二〇〇三年二魚文化承接《年度詩選》，蕭蕭與我再度成為編委（其他編委還有陳義芝、焦桐與白靈），直到去年編委會解散，又合作了十五年。兩個階段的編選時程，加起來就是四分之一個世紀，蕭蕭在編選《年度詩選》的這條路上，已成我的益友，真不可不謂緣深啊。

三

寫詩評、寫導讀，編詩選、編教材，從年輕到今天，在蕭蕭的寫作生涯中一直持續著，這可看出他樂於「為人作嫁」而不疲，為傳揚詩教而奉獻的無私。但無論如何，這都是一種犧牲。我與蕭蕭兄熟識後，特別是一九八七年他推出詩學論述《現代詩學》（臺北：東大），就不時建議他為臺灣新詩寫史，以他從年輕時就對現代詩瞭若指掌的深厚涵養、以他從評論出發到編選詩選的廣泛閱讀和深刻評析，也以他為人處事的正直、中和和寬闊胸襟。史識、史觀、史德，三者兼備的他，當然是撰寫臺灣新詩史的不二人選。這個建議至今仍在殷切期盼中。

進入二十一世紀之後，蕭蕭先後推出《臺灣新詩美學》（臺北：爾雅，二〇〇四）、《現代新詩美學》（臺北：爾雅，二〇〇七）、《後現代新詩美學》（臺北：爾雅，二〇一二），三書可說是蕭蕭為臺灣詩學潛心建構的「新詩美學三部曲」。透過三書，他從臺灣新詩發展的歷史過程、美學主張與詩人詩作析論，創建了一套論述邏輯甚為清楚的「共構論」，在歷史脈絡上，循著「斷裂／鍛接」的模式發展，因而產生多元、多樣的美學支脈；而在這複雜的支脈並行中，則可觀察到「現實主義／超現實主義」、「入世精神／出世情懷」這兩大共構現象：

> 詩人在這樣的共構結構下，或者趨近於現實主義，或者趨近於超現實主義，或者以現實主義為內涵，以超現實主義為表達技巧，都可以明晰辨清他們的系譜，共同維繫臺灣詩壇的永恆張力。

在我來看，蕭蕭的共構論述精準掌握了受到臺灣歷史發展與政治變遷影響的新詩美學。這三本書雖然不以新詩史為名，但無論評價詩人定位、詩作美學或爬梳發展脈絡，都已有新詩史之實。二〇一七年，他又一口氣推出《空間新詩學》、《物質新詩學》和《心靈新詩學》（臺北：萬卷樓）三書，展現了他作為臺灣新詩美學建構者的淵博與深刻。蕭蕭擁有積其一生鑽研於茲、琢磨於茲、衡量於茲的功力，只要他能挪出時間，據之以著史，應足以傳世。

蕭蕭以評論起家，以學術論述而成一家之言，顯然掩蓋了他的詩和散文的成就，從一九八二年出版詩集《悲涼》（臺北：爾雅），到剛出版的這本詩集《撫觸靈魂 風的風衣》，他先後已出的詩集估計應已有二十冊之多，晚近幾年更是多產。他擅寫十行以內的小詩，主題則以禪詩、茶詩為多，充滿逸趣、語言活潑而帶有哲理；這幾年來，他與白靈提倡「截句」詩，不遺於力，因此也有《蕭蕭截句》（臺北：秀威，二〇一七），寫作時他剛邁入七十之年，仍有年輕心靈的浪漫飛揚，更有隨心之年的自在揮灑與智慧神思，可以說已入深醇之境。一如這首〈風入松〉那樣深富禪機，盡得風流：

風來四兩多
松葉隨風款擺、吟誦
風去三四秒
五六秒
松，還在詩韻中
動

二〇一七年二月十三日，二魚版《年度詩選》編委最後一次聚會。（左起蕭蕭、向陽、焦桐、白靈、陳義芝）

二〇一五年二月，二魚版《年度詩選》編委合影。（前排左起蕭蕭、陳義芝、向陽，後排左起白靈、焦桐）

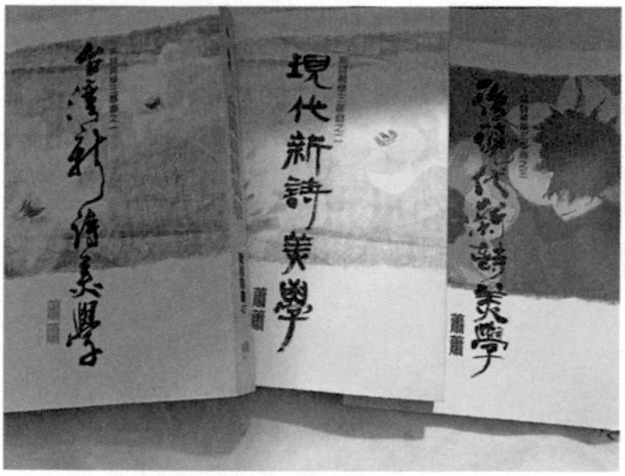

蕭蕭新詩美學三書。

二〇〇九年九月十六日蕭蕭與向陽攝於暖暖蕭宅。

蕭蕭在《暖暖壺穴詩》扉頁上題贈向陽、方梓的字句。

讀蕭蕭之詩，一如此作，不管風動還是松動，都讓人心動。讀他的散文，則是另一種況味，為讀者熟知的如《太陽神的女兒》（臺北：九歌，一九八四）、《父王‧扁擔‧來時路》（臺北：爾雅，二〇〇二）、《稻香路：蕭蕭農村散文新選》（臺北：九歌，二〇一三）等，則以帶有情感的感性筆調，寫師生之情、父子之愛、鄉土之戀、物我之思，相當寫實而又能啟人深思。

四

我與蕭蕭兄有過幾年的鄰居關係，在暖暖。一九九六年我和方梓從臺北移居暖暖，感覺頗有溪頭老家的清涼和綠意，蕭蕭兄嫂在我們的鼓吹下，也來暖暖購屋，成為我們的鄰居。蕭蕭喜愛花草，屋旁植樹、二樓陽臺種花，從我家陽臺望去就可賞看他的植栽和園藝，我常笑稱他種花給我看；偶爾兩家互訪、吃飯喝茶小坐，笑談風生，那是我移居暖暖之後最歡喜的時光。

暖暖潮濕，蕭蕭兄多半假日才由臺北開車前來小住，沒想到幾年內他就走遍暖暖區，並寫出《暖暖壺穴詩》（臺北：紅樹林，二〇〇三）這本在他的眾多著作中最為奇特的旅行之書。他以雙腳行踏，以詩心詩眼觀照，細膩描繪暖暖的自然景觀、人文風貌、歷史古蹟和產業。每一個篇章都嵌之以「詩」，如〈壺穴，時間在岩石上鐫刻的詩〉、〈看暖暖人留在石碑的詩〉、〈聽暖暖人留在唇齒間的詩〉、〈水自己寫的詩〉、〈黑色的詩〉……等，他用「詩」

凸顯暖暖之美，成功地一改旅遊書的單調刻板。

多年之後的此際，在暖暖書房重翻此書，看到方梓和我寫的〈推薦序〉，以及書中選錄我一篇與暖暖有關的散文〈春雨基隆河〉，不時浮出那幾年與他和蕭大嫂同在暖暖比鄰而居的畫面，那是一如扉頁上他以力透紙背的字寫出的「兄弟姊妹般的情誼」。

隨風飄散的是青春和歲月，在我追尋詩的路途上，飄不散的是蕭蕭兄一路以來給我的指引和提攜。

——二〇一九年十一月

〔手稿故事〕24

縱橫戰後臺灣文壇的詩人

——余光中

一

詩人余光中去世已將屆兩年了。兩年前（二〇一七年）的十二月十五日，我在從桃園機場開車回學校的高速公路上，聽到民視新聞播出他已於早上病逝高雄的消息，既感錯愕，也覺不捨。出生於一九二八年的他，算來已享九十高壽，葉落風中，走完最後一程路，捨病離苦，也是福壽雙全了。

余光中的一生，都與文學相繫。從一九五二年在臺灣出版第一本詩集《舟子的悲歌》，當時他剛從臺大外文系畢業，以新星之姿受到矚目，崛起於戰後臺灣詩壇，迄二〇一八年由九歌出版他的遺著《從杜甫到達利》，總計出版了七十餘種著作，含括詩、散文、評論、翻譯等領域，可說是

向陽所藏余光中第一本詩集《舟子的悲歌》

縱橫戰後臺灣文壇的大家。在自撰的〈余光中簡介〉中，他說詩、散文、評論、翻譯是他寫作的「四度空間」，可以想見他對自己一生以文學為志業，出入於不同文類的自得。他一生忠悃於詩文，優游其中，享有盛譽。

這一生中，他也參與過大大小小的論戰，從年輕到盛年。年輕時他曾和紀弦、蘇雪林、言曦論劍新詩，後來和詩人洛夫也有過「天狼星論戰」；中年時他和唐文標、顏元叔有過現代詩論戰；一九七七年發生「鄉土文學論戰」，他發表〈狼來了〉，指控當時的鄉土文學是「工農兵文藝」，這對他的文學令譽造成了傷害，可能也是他心中最大的痛吧。

二

我與余光中先生認識甚早，從初發表詩作到發行《陽光小集》時期，他都與我一直互有書信往來，當時他已是文壇名家，以詩和散文睥睨文壇，他在一九六〇年代末期所著詩集《敲打樂》、《在冷戰的年代》，散文集《望鄉的牧神》，是我高中時相當著迷的詩與文；一九七四年他出版詩集《白玉苦瓜》、散文集《聽聽那冷雨》之時，我讀大二，更是反覆閱讀，想要從中學習創作技巧，在當時超現實詩作盛行的潮流下，余光中的詩已開始警覺到西化過度的謬誤，收在詩集中的多首詩作也被楊弦譜曲成歌，促成了現代民歌的起步。我與他的初識，就在這個時期。

大三之後，我才算找到自己的創作之路，以十行詩和臺語詩兩軸並進的方式創作並大量發表，余光中先生對我以新格律寫十行之詩相當鼓勵，這可能和他年輕時創作的形式相近有關吧，他早期的作品也多半以整齊的行數、段數出之，我的嘗試多少也受到他的影響；至於臺語詩，因為發表的地方都在非主流的《臺灣文藝》和《笠》，他可能也沒有讀過，因此未置可否，直到多年後他才告訴我：「你寫的方言詩很有趣，朗讀更有味道。你知道嗎？我都聽得懂。」

真正與余光中先生書信往來，則是我與南部詩友合創《陽光小集》之後。當時他已經到香港中文大學任教（一九七四～一九八五），開展他的香港時期書寫生涯，我透過書信向他約稿，請他提供詩稿給《陽光小集》，他總不吝於回覆我的信，並附寄他工整有勁的手稿。記得他最早寄來給我的詩是〈石胎〉，寫金剛石是「地下懷孕的石胎」，是「用一整座火山的壓力和熱力」生成，最後五行這樣寫：

比一切剛強的寶石更吃硬
更無畏煉火的烈焰和熔漿
且對不同方向的壓力
用最冷最純的光
射出那麼多面的反抗

稿末註記「一九八〇年四月卅日」，當時的《陽光小集》剛創刊兩期，是一份新生的詩刊，他給的這首詩應該有鼓勵年輕詩人要耐得住煉火、熔漿和壓力的考驗，才能發散光芒的用意吧。這首詩隨即以手稿製版，發表於當年七月出版的《陽光小集》第三期，給同仁帶來相當的激勵。

一九八二年後我又約他詩稿，寫了一封信託他的愛女余珊珊面交給他，他很快地回了一封信給我：

> 珊珊帶回來的信收到，現附上二稿，詩給「陽光小集」，文投臺灣日報。一年容易，又是穀雨霏霏的季節了。此地山上最多相思樹，本地人稱臺灣相思，翠葉黃蕊，動人遠念。好在七月初我們就回臺灣小住了。

「臺灣相思，翠葉黃蕊，動人遠念」十二字，筆簡意深，足見他對臺灣的感情；附寄的詩以「香港中文大學」稿紙書寫，題為〈最薄的一片暮色〉，共廿四行，寫他在沙田宿舍臨窗所見的暮色。詩作一開頭寫暮色之將至：「山和海和天和落日一齊屏住的／是我此刻的呼吸／這渾然的時辰，渾然不覺／造化大球正向東翻滾」；詩末則描述他的感悟：

余光中在《陽光小集》第三期發表的詩〈石胎〉。

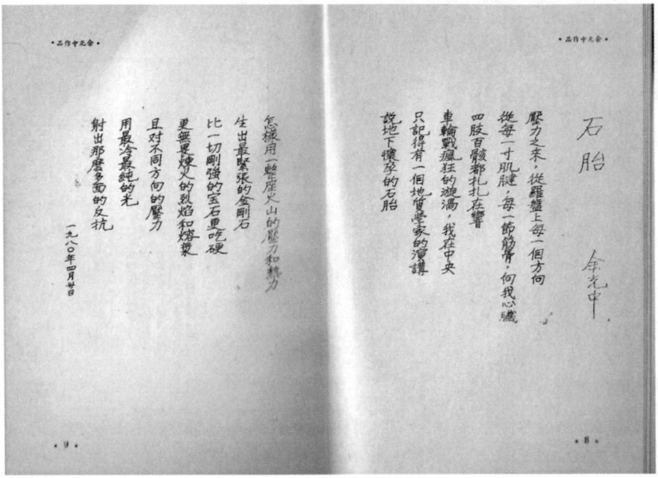

•余光中作品•

石胎

余光中

壓力之來，從羅盤上每一個方向
從每一寸肌腱，每一節筋骨，向我心臟
四肢百骸都扎扎在響
車輪戰瘋狂的漩渦，我在中央
只記得有一個地質學家的演講
說地下懷孕的石胎

•8•

•余光中作品•

怎樣用一整座火山的壓力和熱力
生出最緊張的金剛石
比一切剛強的宝石更吃硬
更無畏煉火的烈焰和熔漿
且对不同方向的壓力
用最冷最純的光
射出那麼多面的反抗

一九八〇年四月廿日

•9•

一九八二年五月，余光中寫給向陽的信。

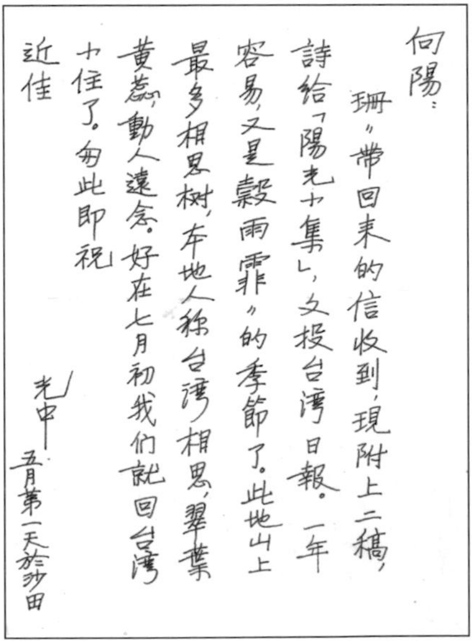

向陽：

珊珊帶回來的信收到，現附上二稿，詩給「陽光小集」，文投台灣日報。一年容易，又是穀雨霏霏的季節了。此地山上最多相思樹，本地人稱台灣相思，翠葉黃蕊，動人遠念。好在七月初我們就回台灣小住了。匆此即祝

近佳

光中

五月第一天於沙田

余光中以「香港中文大學」稿紙書寫的手稿〈最薄的一片暮色〉。

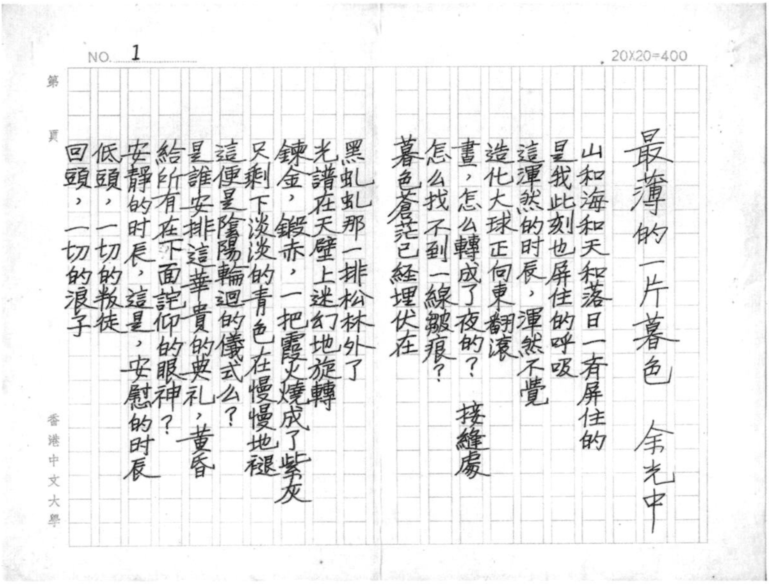

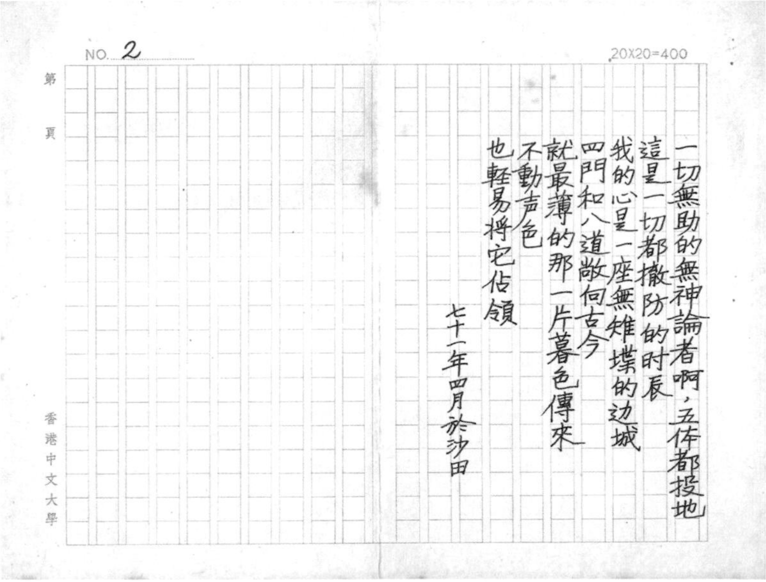

這是一切都撤防的時辰
我的心是一座無雉堞的邊城
四門和八道敞向古今
就最薄的那一片暮色傳來
不動聲色
也輕易將它佔領

這首詩寫出了他在香港沙田山居的恬靜胸懷，萬千氣魄都在暮色襲來之際，是他旅居香港時期的代表作之一。得此佳構，我立即安排在一九八二年夏季出版的《陽光小集》第九期，同樣以手稿製版方式登出。

第九期的《陽光小集》還策劃了針對詩人洛夫發表於《中外文學》詩專號的〈詩壇春秋三十年〉一文的迴響專輯，我也約請余光中先生撰稿回應，不過他婉拒了。他以一封長信（五頁）回我，談到他早期與洛夫之間發生「天狼星論戰」的心境，說他當時「幾乎是獨臂抵抗全盤西化之潮流，四面楚歌」，而此際：

我不欲「輕啟戰端」，因為我每次坦陳文壇真象，必引起一場風暴。年紀越大，越認為一位作家對批評家最有力的答覆，乃是寫一篇更好的作品，而非浪拋精力，大動干戈，陷於拉鋸式之「泥戰」。

這段感慨繫之的話，帶引出的是作家對待他人批評時用「更好的作品」回應的正面態度，同時也點出了鄉土文學論戰後他對於「論戰」的戒慎戒懼。

《陽光小集》每期都有專訪前行代詩人的專欄，第九期訪問詩人白萩，第十期製作「青年詩人心目中的十大詩人」，由四十四位年輕詩人票選，余光中獲得最高票數，因此我約請詩評家李瑞騰訪問他，訪問是在夏夜的廈門街余宅，當晚我和幾位同仁陪同前往，剛從香港回臺小住的余光中先生神采奕奕，對於李瑞騰的提問逐一回應，其中包括論戰和鄉土文學陣營對他的批判等尖銳問題，也包括他對年輕詩人崛起和鄉土詩浪潮的看法。關於前者，他說：「得壞評，信心不至於動搖；得好評，不至於自我陶醉。」關於後者，對於當時的青年詩人關懷社會、寫明朗的詩，他認為是好的現象，但不宜「陷入前人的窠臼」；對於鄉土詩他也持肯定態度，「如今猶是實驗階段，要給予自然發展的機會，我們不能以缺乏史的眼光的二分批評法去處理詩發展之動向。」又舉吳晟的鄉土詩為例，對他的鄉土詩成就讚許有加。我在旁聆聽他們的問答，對於余光中先生創作態度的磊落有了更深的認識。

但我印象最深刻的，還是他對於當時「憤怒文青」的《陽光小集》詩人群的支持和鼓勵。為我們無償寫稿之外，一九八三年《陽光小集》策劃「政治詩專輯」，他應我之請，無償為我們翻譯土耳其現代詩中的政治詩。這年十一月二十八日，他從香港寄信和稿子給我。信上說

余光中譯詩〈土耳其現代詩選〉手稿之〈等著你〉詩末（作者康尼克，Orhan Veli Kanik,一九一四～五〇）。

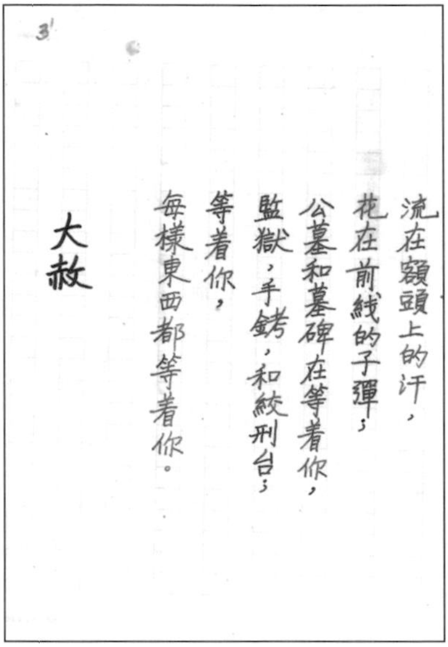
3'

大赦

流在額頭上的汗，
花在前綫的子彈；
公墓和墓碑在等着你，
監獄，手銬，和絞刑台；
等着你，
每樣東西都等着你。

「奉上譯詩三首，皆可說是『政治詩』，或合『陽光小集』之用；隨信寄來的譯詩〈土耳其現代詩選〉三首分別是安岱（Melih CevdetAnday）的〈青青月桂樹〉、康尼克（Orhan Veli Kanik）的〈等著你〉和希克美（Nazim Kikmet）的〈大赦〉——這三篇政治詩，都相當直接地針對獨裁者和肅殺的政治環境提出控訴，寫的雖然是土耳其，在當年的臺灣發表，同樣有惹禍的極大可能。如〈等著你〉詩的末段：

流在額頭上的汗，
花在前線的子彈；
公墓和墓碑在等著你，
監獄，手銬，和絞刑臺；
等著你，
每樣東西都等著你。

《陽光小集》第十期刊登李瑞騰訪問余光中專文。

李瑞騰

聽我胸中的烈火

——夜訪詩人余光中

時間／一九八二年七月十三日
地點／台北市廈門街余宅

「且附過耳來，聽我胸中的烈火」

不必等到夜深，轉入廈門街的這條長巷，市塵的喧囂就遠遠被拋在腦後，如此靜謐的氣氛，合當是屬於我們將去拜訪的這位詩人的，於是我想起了他的詩句：「在巷底那一排闊葉樹陰裏，這是全世界最隱秘的地方」（廈門街的巷子），闊葉樹隱在黑暗裏，然而，隱秘嗎？詩人，我們卻是那麼輕易地按捺門鈴，應聲而入。

詩人猶未歸來，幼珊說，「父親去參加永春同鄉的夜宴」，福建永春，那正是詩人的祖籍所在，在那裏，以及常州、重慶、廈門等地，他度過弱冠以前的歲月，一九四八年七月，隨著父母遷移至香港，輾轉來臺，就這樣，他只能用多年未醫中國的眼睛，饕餮地圖，從西湖到太湖，到多鷓鴣的重慶，代替回鄉。於是，藉著詩這個文學儀式，他一次又一次纖染二十歲以前的層層經驗，提昇個人的鄉愁而成對於民族悲運的傷痛或悲憤。我想到這一些，此刻，我多麼希望他能帶點酒意歸來，在一首題為「樓頭」的詩中，他說過：

三杯鉛興剛下肚
一股豪氣上衝
滿座相看，浪子盡成英雄

五十歲以後的余光中，豪氣猶在，但是他不自豪，他說：「路遙，正是測馬力的時候／自命老驥就不該伏櫪／問我的馬力幾何？／且附過耳來，聽我胸中的烈火……」（五十歲以後），今晚，當然是來聽他胸中的烈火，一種上揚高亢的「火的歌聲」（火浴）。

他眞的帶著酒意歸來。

我們上了二樓的書房，簡單潔淨地擺設，應該可以說是超俗吧，沿著牆壁，一排長長的書櫃，即使已是第二度走進這個房間，亦忍不住想去逐册翻閱玻璃內的書籍，看看詩人點讀批眉的痕跡，我想那應更能有效追蹤他在詩中所呈現的知識之來源。

坐定之後，我們都急於進入今晚的主題，原先我所設計的訪談內容是從「作家論」的思考角度出發的，包括三大部份：足以影響詩之生命的外緣問題、詩風格之誕生與轉變軌跡以及詩人對於一些重要問題的看法，時間恐怕不允許我們全面討論，最後決定從第三部份開講，希望能帶出前二者。

詩人與詩評

有人說，余光中是臺灣現代詩壇暴風雨的中心，這種說詞當然有點誇飾，不過卻也指出了一項事實：在當代詩人中，余光中是最受重視的幾位之一。評論其人其詩之衆，當代無出其右者，根據黃維樑所收，到一九七九年四月爲止，「至少接近二百篇」（「火浴的鳳凰」導言），中年以後，余光中很少針對評論者表示他的看法，於是我提出了這個問題。他說：

「我從香港返臺之前，曾接受 Asia Week 一位女記者的訪問，她也提到這個問題，我覺得對於一個年輕作家而言，批評者的言詞如果太猛烈，他很可能受不了，像濟慈和拜倫都是這樣，拜倫被人一評，火氣直冒，花了兩年的時間寫了一首長詩來反駁。可是，對於一個中年人而言，閱歷較多，經驗豐富，得壞評，信心不至於動搖，得好評，不至於自我陶醉，我想這樣才對。」

評論對我的影響不大，但絕對是有，我覺得……

16　17

這首詩寫出了爭取自由的鬥士必然面對的悲劇，即使今天讀來依然怵目驚心。我當時就將這三首譯詩交給編輯部，在《陽光小集》登出。

三

在余光中先生遠行後兩年的冬夜，我燈下讀他寄來的一封封信和手稿，更感念他對我的鼓勵和對《陽光小集》的支持。

一九八〇年代開始發揮影響力的《陽光小集》詩人群，多是戰後出生的本土詩人，年輕，氣盛，常對前行代詩社、詩人發出批判之語，他每期都可收到看到，而不以為忤；他無償提供詩作或譯詩給我們，以包容和期許之心對待這一群年輕激進的世代；《陽光小集》也常刊登與他論戰過的評論家、詩人之作，他從不介意，也從未向我抱怨過。這些，都讓我感佩。

此外，他對舍弟林彧更有賞識之恩，一九八四年林彧出版第一本詩集《夢要去旅行》，請他作序，他以〈拔河的繩索會呼痛嗎？〉為題，撰寫長文肯定林彧探索一九八〇年代都市生活的「都市詩」，並讚許這些詩「觸覺敏銳，風格朗爽，觀點刷然一新，不但是他個人獨造的成就，也為現代詩的長途另闢了一站」，「已經成為八十年代新感性的醒目站牌」。同一年，我的詩集《十行集》能由九歌出版社出版，據蔡文甫先生告訴我，也是他推薦的結果，不過此事他從未向我提過。

一九八五年九月，余光中先生回到臺灣，在中山大學任教並兼任文學院院長，直到他去世，長達卅二年都在西子灣度過，高樓對海，讓他寫下了不少與海有關的詩和散文；次年一月，他參加高雄市政府舉辦的「木棉花文藝季」，與席慕蓉、蔣勳和我同臺朗讀詩作，當時他朗讀的是初臨高雄所寫的主題詩〈讓春天從高雄出發〉，發出豪語，要「讓木棉花的火把／用越野賽跑的速度／一路向北方傳達」。這首詩其後廣為歷任高雄市長和政治人物引用，也被作曲家劉聖賢譜成合唱曲，傳唱至今。

一九九四年九月，我因《自立晚報》經營不善而離開媒體，進入學院，職場轉換以及課業繁重的壓力，使我有一段時期和文壇疏於往來，也與余光中先生的聯繫日少。二十多年來，我們的見面，多是在文藝界聚會場所，每次見面，他的第一句話總是問：「林彧好嗎？他的近況如何？」二〇〇七年，林彧返鄉賣茶，寄茶予他，他還為此寫了一首〈贈林彧〉之詩，重提當年《夢要去旅行》這本詩集，滿溢對林彧的疼惜，他的戀舊惜才，都讓我這個做哥哥的備感慚愧。

二十多年來，與余光中先生漸行漸遠，部分是因為他在南我在北，甚少相見，部分則因他與我在部分公共議題的看法不同所致。但當年他對我的鼓勵和提攜，我感銘在心，一直不敢或忘。他曾是我年輕時習詩習文的標竿，也曾在我的寫作與編輯路上給我不少奧援，入冬夜裡找出他的信稿，追憶這段曾經受他恩澤的舊事，不免也有悵惘和感念交雜的喟嘆。

就用他去世當日我在臉書敬悼他的短文末段作為本文的結尾吧：

如今他已遠行，缺憾都還給了天地。無論他生前喜不喜歡、滿不滿意這塊土地，他的文學終究還是臺灣文學不可或缺的一部分，西子灣來去的波潮，也將永遠記得他的容顏和身影。

——二〇一九年十二月

九　歌　文　庫　　1　3　2　6

寫真年代——臺灣作家手稿故事 3

國家圖書館出版品預行編目（CIP）資料

寫真年代——臺灣作家手稿故事 3 / 向陽著 . -- 初版 . --
臺北市：九歌 , 2020.4
面；　公分 . -- (九歌文庫；1326)
ISBN 978-986-450-286-8（平裝）

863.55　　109002746

作　　者——向陽
責任編輯——鍾欣純
創 辦 人——蔡文甫
發 行 人——蔡澤玉
出版發行——九歌出版社有限公司
　　臺北市八德路 3 段 12 巷 57 弄 40 號
　　電話 / 25776564 傳真 / 25789205
　　郵政劃撥 / 0112295-1

九歌文學網　www.chiuko.com.tw

印　　刷——晨捷印製股份有限公司
法律顧問——龍躍天律師 · 蕭雄淋律師 · 董安丹律師
初　　版——2020 年 4 月

定　　價——400 元
書　　號——F1326
I S B N——978-986-450-286-8